사소한 그늘

사소한 그늘

◇

이혜경
장편소설

민음사

차
례

지선은 전화기를 노려보고 있다. 검은 몸체에 0부터 9까지의 숫자가 동그라미에 갇힌 송수화기를 들고, 저 번호들에 손가락을 끼워 넣어 돌린다. 지선의 머릿속에 간밤의 꿈이 스친다.

환한 밤길이었다. 새벽 2~3시쯤 되었는데 백야처럼 환한 밤길. 차가 끊기고 지선은 집을 찾아가는 길이었다. 내 살던 곳이 어디쯤인지, 그곳에서 누가 살고 있는지 통 생각이 나지 않고, 집 주소를 적은 종이조차 잃어버렸다. 낯선 거리, 큰길가의 막 문을 닫으려는 구멍가게에서 만난 한 노파가 재워 주겠다고 했다. 무서웠다. 노파를 따라가면 뭔가 엄청난 일을 겪을 것 같았다. 몸을 돌려 뛰었다. 적막한 거리에, 지선이 뛰는 발걸음 소리만 쿵쿵 울렸다.

지선은 고개를 젓는다. 그리고 송수화기를 든다. 우선 경선 언니에게, 그리고 영선 언니에게 전화를 한다.

"언니, 나야!"

"지선이구나, 별일 없니?"

언니의 반기는 목소리를 듣는 순간 가슴이 턱 막힌다. 제 결혼식에서 좋아하던 언니들을 떠올리며, 지선은 억지로 소리를 밀어낸다.

"별일이…… 있어."

"왜? 어디 아프니?"

언니의 목소리에 더럭 겁이 실린다. 지선은 숨을 크게 들이쉬고 그 힘으로 말을 뱉는다.

"아니, 나 진오 씨하고 갈라서려고."

"뭐? 그게 무슨 말이야?"

"나중에 만나서 이야기해 줄게. 그럼 끊는다."

"지선아, 지선아!"

다급하게 외치는 소리를 들으며 지선은 수화기를 내려놓는다. 이어서 따르릉, 따르릉, 전화기가 소리를 낸다. 지선은 가만히 그 소리를 듣는다. 그러다 그 소리에 못 이겨 송수화기를 든다. 경선 언니다.

"너 미쳤어? 앞으로 어떻게 살려고 그래?"

"몰라. 어떻게든 살아지겠지. 언니, 나 그만 끊을게."

다시 전화기가 따르릉거리며 아우성치자, 지선은 송수화기를 잠시 들었다 내려놓는다. 문득 적막이 감싸며, 살갗에 소름이 돋는다. 잘한 거야, 잘한 거야. 지선은 자신을 격려한다. 그럴 수밖에 없었다.

1

그토록 쉬운 오해

아기가 처음으로 한 말은 '까까'였다. 그렇다고 했다. 그걸 처음 들은 사람은 아기의 셋째 오빠 봉규였다.

아기에겐 부모와 오빠 셋, 언니 둘이 있다. 큰오빠 태규는 서울에서 대학교에 다닌다. 중학생인 언니 경선과 영선, 초등학생인 오빠 진규와 봉규가 아랫목에서 누워 지내는 아기에게 제 기분에 따라 말을 걸어 주거나 무시하는 사람들이었다.

봉규가 빈방에 슬며시 들어섰을 때, 아기는 아랫목에서 잠들어 있었다. 숨을 쉴 때마다 아기의 배가 작은 무덤처럼 봉긋하게 부풀었다 가라앉았지만, 봉규의 눈엔 그런 게 들어오지 않았다. 마음이 바빴다. 봉규가 가게로 들어섰을 때, 아버지는 진열장에서 물건을 꺼내려 하고 있었다. 이제 손님에게 그 물건에 대해 설명하고 값을 흥정할 것이다. 봉규는 등을 보인 아버지에게 들키지 않도록 살금살금 지나쳐 안으로 들어왔다. 혹시라도 아버지가 눈치챘다면? 학교에서 돌아오면 책가방만 던져둔 채 밖으로 나돌다 밥때에나 들어오는 봉규가 밥 먹을 때도 아닌데 살림채로 들어가는 걸 보았다면 아버지는 손님을 보내자마자 방으로 들이닥칠 것이다. 손님이 아버지를 좀 더 붙잡아 주기를 바라는데, 그야 손님 마음이었다. 엄마는 장을 보러 갔거나, 약국에 갔을 것이다. 장에서 우연히 만난 동네 아줌마가 '늦둥이 키우느라 얼굴이 반쪽이 되었네, 쯧쯧' 하면서 늦둥이랑 식구들 소식을 묻거나, 약국 아줌마가 동네에 떠도는 소문으로 엄마의 치마꼬리를 붙들고 놓아주지 않아야 할 텐데. 엄마는 두통으로 자주 양미간을 찌푸렸다. 먹으면 명랑해진다는 두통약 '명랑'도 엄마의 얼굴에 웃음을 돌려주진 못했다. 약국에 갔든 시장에 갔든, 돌아오면 엄마는 아기부터 들여다볼 것이다. 시간이 없다.

봉규는 벽에 걸린 아버지의 점퍼 호주머니에 손을 넣는다. 코를 풀었는지 꼬깃꼬깃한 일력 종이와 호주머니 바닥에 깔린 담배 부스러기만 잡힐 뿐이다. 점퍼 안에 걸린 바지 호주머니도 마찬가지다. 지폐는커녕 동전 한 닢도 안 잡힌다. 손톱에 낀 담배 가루 냄새라도 맡아 본다. 구수하다. 아버지가 피우던 담배를 밖에 버리라고 주면, 봉규는 한 모금 빨고 버렸다. 어차피 버릴 거니까.

이번엔 옷장이다. 옷장 문을 열고 며칠 전 아버지가 초상집에 갈 때 입었던 양복 호주머니에 손을 넣는다. 후줄근해진 손수건만 들어 있다. 다른 옷은 뒤져 볼 것도 없다. 사흘 전에 한차례 샅샅이 손을 댔으니. 장롱 서랍을 열어 본다. 엄마는 서랍장 바닥에 신문지를 깔고 그 위에 개킨 옷을 넣어 둔다. 그 신문지 아래서 횡재를 만난 적이 몇 번 있다. 신문지 끝동을 들어 올려 바닥을 살펴본다. 속았지? 말간 널빤지가 약을 올린다. 오늘은 영 소득이 없다. 이럴 때면 가게의 철제 금고가 눈앞에 어른거린다. 엄마 혼자 가게를 볼 땐 엄마가 손님을 상대하는 사이에 슬쩍 금고에 손대는 건 일도 아니었다. 아버지가 있을 땐 어림도 없다. 금고가 있는 가겟방 근처만 가도 벌써 눈부터 부라린다.

이제 방 안에 봉규가 손대지 않은 곳은 손이 안 닿는 선반 위와 벽장뿐이다. 재봉틀 의자를 끌어온다. 어른 손바닥 두 개를 펼친 크기의 디딤판은 두 발로 꽉 찬다. 선반 위엔 작은 단지와 종이 상자 몇 개, 양초며 성냥갑 같은 것들이 고운 먼지를 뒤집어쓴 채 놓여 있다. 단지는 열어 볼 것도 없다. 아버지의 약재로 쓰이는 숙지황 같은 게 들어 있을 테니. 상자엔 묵은 장부와 영수증 종이가 차곡차곡 쌓여 있다. 혹시나 하고 그영수증 갈피를 더듬어 보지만 역시나다. 부모의 단속이 철저해진 건 지난번에 고액권 한 장을 집어낸 뒤부터다. 띠지로 묶어 놓았다면 손댈 엄두를 내지 못했을 것이다. 그냥 뭉치로 있어서 괜찮을 줄 알았다. 슬쩍 한 장을 빼냈다가 경을 쳤다.

이제 기댈 곳은 벽장뿐이다. 간절한 눈으로 벽장을 바라보는 순간, 위태롭게 가누던 몸이 무게 중심을 잃고 기우뚱한다. 하마터면 바닥으로 떨어질 뻔했다. 선반 끝에 손을 걸쳐 겨우 가눈다. 그 통에 사람 대신 성냥갑이 떨어지고 만다. 헐겁게 꽂혀 있던 성냥개비가 산지사방으로 흩어진다. 이럴 때 아버지가 들어온다면? 머리카락이 쭈뼛 선다. 선반에서 뭘 찾으려 했냐? 네 속 빤히 보인다는 듯, 무서운 눈으로 바라보며 윽박지를 것이다. 어떻게 대답하든 매는 피할 수 없다.

황급히 의자에서 내려오는데 아랫목에서 무슨 소리가 들려온다. 제대로 소리가 되지 못한 무언가가. 그, 그아…….

언제 잠에서 깬 걸까. 아기는 구슬 같은 눈으로 빤히 봉규를 바라보고 있다. 아깐 곤히 자는 것 같더니, 성냥갑 떨어뜨리는 소리에 깬 걸까. 어쩐지 아기가 제가 하는 짓을 낱낱이 지켜보고 있었던 것만 같다. 언제 잠잤느냐는 듯 말똥말똥, 빤히 바라보는 눈이 자꾸만 그런 생각이 들게 한다. 문득 켕겨서 얼굴에 가득 미소 지으며 눙친다.

"어이구, 우리 지선이 일어났어? 착하지, 울지도 않고."

그러는 동안에도 손은 부지런히 성냥개비를 쓸어 담는다.

아기가 그 말에 대답하듯 물봉선 같은 입술을 달막거린다.

"그아, 가, 가……."

옹알옹알, 뭔지 알아들을 수 없는 옹알이만 하던 아기가 처음으로 말 비슷한 걸 하고 있다. 봉규는 잠시 갈등에 빠진다. 가? 가라니, 나더러 꺼져 버리란 말인가. 아무도 없는 틈을 타서, 없어져도 표 안 날 적은 돈을 챙기려는 이 오라비의 길을 저 콩알만 한 게 막으려는 것일까. 설마? 바쁜 손길을 멈추고 아기를 바라본다. 아기의 작은 눈은 엄마의 손가방에 박힌 구슬처럼 반들거린다. 어쩐지 시궁창에서 막 빠져나온 생쥐의 눈 같기도 하다.

그 눈을 바라보는 동안 아기의 얼굴이 점점 커져 어른의 얼굴이 된다. 금방이라도 이놈, 하고 소리칠 것 같다. 억지로 띠었던 봉규의 미소가 서서히 지워진다. 콩알만 한 게! 아기는 말도 못한다. 혼자서는 움직이지도 못한다. 여태 젖이나 먹는 게! 그러자, 아기가 자기더러 꺼지라고 할 이유가 없다는 걸 깨닫는다. 아기의 돈을 훔치려는 것도 아니었고, 아기가 가지려는 돈을 먼저 훔치려는 것도 아니었으니. 그럼 뭐라고 한 걸까? 분명 뭐라고 하긴 했는데. 손에 쥔 성냥개비를 모아 키를 맞추며 봉규는 고개를 갸웃거린다. 오물오물, 뭔가 말하듯 오물거리며 봉규의 눈길을 맞받던 아기는 스르르 눈을 감는다. 그냥 잠꼬대였나? 잘못 들은 건가 보다. 성냥골이 위로 가든 아래에 있든 아랑곳하지 않고 대강 꽂아 선반에 올려놓고 내려서던 봉규는 깜짝 놀란다. 그새 아기가 다시 눈을 뜬 것이다. 어찌나 놀랐는지 가슴이 콩닥거린다. 한 대 쥐어박고 싶지만 그래 봤자 제 손해다. 아기가 울음을 터뜨릴 테니까. 봉규가 매운 눈으로 흘기자 아기는 금세 입술을 비죽인다.

"가, 가⋯⋯."

아기의 눈빛이 간절해진다. 딱지치기가 끝나고 친구가 쓸어 담는, 조금 전까지만 해도 제 것이었던 딱지를 바라볼 때면 제 얼굴에 저절로 떠오르는 그런 표정. 봉규는 자기가 왜 이 방에 들어왔는지도 잠깐 잊고 아기가 왜 저러는지 짐작하려 머리를 굴린다. 두개골 안에서 뇌가 달각거리는 소리가 날 정도로 열심히. 자기 살 궁리에도 바쁜 봉규가 남을 신경 쓴다는 건 아주 드문 일이다. 아기의 눈은 그렇게, 도저히 무시할 수 없는 간절한 호소를 담고 있었다. 가, 가가 뭘 말하는 걸까. 달각거리며 어지러이 구르던 머릿속 구슬들이 한순간, 셈을 다 마치고 떨어낸 주판알처럼 가지런해졌다. 봉규는 엄지와 중지를 비틀어 딱, 소리를 냈다. 내가 공부를 안 해서 그렇지, 아이큐는 높다고 선생님이 말했지!

"까까라고 했지? 지선아, 까까 먹고 싶어?"

아기가 한숨을 포옥, 내쉰다. 봉규에게는 수긍으로 들리는 한숨이다. 맞아, 이거였어.

"잠깐만 기다려. 엄마한테……."

엄마를 부르려던 봉규는 잠시 갈등에 빠진다. 아기가 배가 고픈 모양이다. 엄마를 찾아서 아기에게 젖을 먹여야 한다. 그렇지만 엄마가 방에 들어오는 순간, 오늘의 거사는 수포로 돌아간다. 엄마는 아기에게 젖을 먹이고, 바로 부엌에서 저녁을 지을 것이다. 아기가 잘 노는지, 혹 젖을 게우는 건 아닌지 들여다보기 위해 부엌과 안방 사이의 문을 열어 놓은 채. 그럼 빈손으로 나갈 수밖에 없다. 공동 우물 옆에서 기다리던 형 진규는 자기를 보자마자 손바닥부터 펼쳐 볼 것이다. 맨손인 걸 알면 바로 꿀밤이 날아온다. "벼엉신! 또 우물쭈물하다가 그냥 나왔지? 계집애만도 못한 쪼잔한 놈!"

최후의 보루인 벽장을 뒤지는 데엔 시간이 필요하다. 벽장 안은 어둡고 온갖 물건들이 쌓여 있다. 배고파서 우는 아기와 벽장에 코를 박고 있는 봉규. 아버지든 엄마든 보자마자 사태를 알아차릴 것이다. 나쁜 손버릇에다가 우는 동생을 내버려 둔 죄까지 덮어쓰게 된다. 위험을 감수하느니 착한 오빠 노릇이나 하자, 의젓하게 마음을 먹는다. 초가삼간 다 타도 빈대 죽는 시원함이 없지 않다. 훔친 돈으로 군것질할 땐 형이라는 걸 내세워 제가 더 많이 차지하면서도 돈을 훔치는 위험은 동생에게 떠넘기는 형이 얄미워서라도 빈손으로 가리. 그냥 일어서긴 조금 억울해서 다시 중얼거린다. 콩알만 한 게 사나이 대장부의 길을 막다니! 대장부의 갈 길이란, 훔쳐 낸 돈으로 십리사탕을 사서 알밤 숨긴 다람쥐처럼 불룩한 양 볼로 동무들을 약 올리는 거였다. 알사탕 하나라도 얻어 보려고 알랑대는 아이들은 일부러 딱지치기에서 져 주기도 했다. 하긴, 곧 이집 저집에서 저녁 먹으라고 애들을 불러들일 시간이다. 신 포도라며 돌아서는 여우의 심정이 되어 방을 나선다. 부엌문 앞에서 신문지에 싼 두부를 들고 들어서는 엄마와 마주친다. 하마터면 그대로 잡힐 뻔했다. 속으로 가슴을 쓸어내린다.

"엄마, 지선이가 배고픈가 봐. 까까 달래요."

"까까? 아기가 말을 하든?"

엄마는 두부를 부뚜막에 내려놓고 저고리 앞섶부터 문지른다. 되게 앓고 난 뒤 끊겼던 월경이 어느 날 갑자기, 어디 먼데 다녀오기라도 한 듯 시작되면서 생겨난 늦둥이다. 단산한 줄 알았던 몸은 제 안에 열 달 동안 아기를 품은 걸 잊은 듯 제대로 젖이 돌지 않았다.

"응, 까까라고 하던데."

아기가 드디어 입을 뗐다. 그 첫마디가 '엄마'가 아니라 '까까'라는 건 사흘 굶은 거지가 동냥 그릇 비우는 속도보다 더 빠르게 퍼진다. 그날 저녁 밥상머리에서 식구들은 밥알이 튀는지 침이 튀는지 아랑곳하지 않고 그 이야기에 열을 올린다.

아버지가 저녁을 밖에서 먹고 오는 날이라 어려운 사람도 없다. 맨 처음 한 말이 겨우 '까까'라니. 식구들은 고개를 설레설레 젓는다. 다들 자기의 첫말이 최소한 '까까'보다는 의젓한 단어일 거라고 굳게 믿는다. 국군 장병 아저씨가 무장 공비를 막아 줄 것이라고 믿는 것만큼이나 확고하게. 근거 없는 믿음이 휩쓸고 난 자리, 가라앉는 먼지처럼 슬금슬금 의문이 피어오른다.

"엄마, 나는 무슨 말을 처음으로 했어?"

둘째 딸 영선이 먼저 묻는다. 그러자, 모이 달라고 입 벌리는 제비 새끼들처럼 너나없이 재재거린다.

"엄마, 나는?"

태어나자마자 일곱 발짝 걷고, 한자라서 기억할 수는 없지만 몇천 년 더 지난 지금까지 전해지는 걸로 보아 굉장히 깊은 뜻이 있으리라 짐작되는 말을 한 어느 아기만은 못하겠지만, 자신의 첫마디가 최소한 '까까'는 아닐 거라는 믿음으로 공연히 으쓱해진 진규가 누나의 물음을 채뜨린다. 이 심각하고 심오한 밥상머리 주제가 자기가 목격하고 전한 말 때문에 시작되었다는 걸 상기한 봉규가 뒤늦게, 아메리카 대륙을 발견한 콜럼버스의 기개로 제 권리를 주장하고 나선다. 아기가 태어나기 전까지 오랫동안 막내였으니, 다른 사람은 몰라도 제가 한 말만은 기억할 거라고 믿어 의심치 않으며.

"엄마, 나부터!"

자식들이 저마다 기억을 까뒤집어 놓으라고 까치 떼처럼 나대는 바람에 엄마는 정신이 없다. 난데없이 들이닥친 세무서 사람들이 숨겨 놓은 장부 찾는다고 여기저기 헤집어 대는 격이다. 첫말이 아니라 꿈이 먼저 떠오른다. 소름 돋게 굵고 번질거리던 뱀이 치마 속으로 기어들던 망측한 꿈, 까치 비슷한 새가 둥지에서 날아오르던 꿈, 살얼음 낀 독에서 꺼낸 동치미 무를 와작와작 씹어 먹던 꿈 등이 스쳐 간다. 그게 태몽이었는지 그냥 개꿈이었는지도 아슴아슴한 판에 한두 명도 아닌 애들이 처음 입을 떼며 한 말이 찬장 속 그릇처럼 가지런히 정돈되어 있을 리 만무하다. 봉규를 아리송한 표정으로 바라보며 하나 마나에 가까운 대답을 한다.

"글쎄다…… 엄마라고 했는지, 맘마라고 했는지…….."

"맘마나 까까나!"

아무래도 자기가 특별한 말을 했을 것 같지 않아 철없는 것들 하는 표정으로 동생들을 보기만 하던 맏딸 경선이 때를 놓치지 않고 비웃는다.

"맘마 아니야. 엄마라고 했을 거야."

거의 10년 전 일을 어찌 그리 기억하는지, 봉규는 확신에 차서 반박한다.

"알기도 잘 안다. 그런 것까지 외우는 애가 왜 통신표는 가가가가, 가 투성이냐? 지선이가 까까라고 한 게 아니라 너더러 '가가' 오빠라고 한 거 아냐?"

"맞아, 창피하니까 쟤가 공연히 까까라고 둘러댄 거지."

형제들끼리 마구 싸우다 그중 하나가 옆집 애에게 얻어맞으면 갑자기 일치단결하듯, 중구난방이던 말이 하나로 합쳐진다. 아기가 제 오빠의 통신표를 본 적이 없다는 것, 설사 보았대도 글자를 알 리가 없다는 건 아무도 신경 쓰지 않는다.

"그렇지, 지선아?"

"아이고, 똑똑한 것. 글자도 모르면서 머저리 같은 오빠 성적표는 어찌 보고서!"

부족한 젖 때문에 채워지지 않은 배가 텅텅 울리는 듯한 느른함에 젖어 있던 아기는 식구들의 눈길이 한꺼번에 쏠리며 저마다 한마디씩 하자 입을 비죽인다. 엄마가 밥술을 내려놓고 아기를 안아 젖을 물린다. 울음을 터뜨리려던 아기는 엄마의 젖에 코를 묻어 식구들의 시선에서 제 눈을 가린다. 그래도 어쩐지 불안해서 양손을 젖가슴에 올려놓는다. 손 가득한 느낌이 안정감을 주고, 화살처럼 찌르는 시선을 원천 봉쇄하는 효과도 있다. 그제야 마음이 놓여 제대로 고이지도 않은 젖을 숨차게 빤다. 그 게걸스러운 모습을 본 형제들은 바람결에 뒤집히는 나뭇잎처럼 '까까'가 맞다는 결론으로 돌아선다. 아무래도, 자꾸만 토를 달 봉규보다는 말 못하는 아기에게 오명을 씌우는 게 편하다. 그 덕에 봉규는 잠시 손상되었던 명예를 회복한다.

"지선아, 까까 먹고 싶었어?"

학교에서 오자마자 책가방을 던져 놓고 밖으로 나돌던 둘째 언니 영선이 이해한다는 듯이 아기의 볼을 어루만졌다.

"넌 까까 먹으려면 한참 더 커야 해. 먹지도 못할 걸 바라긴……."

집안일 따위는 나 몰라라 팽개친 채 밖으로 뛰쳐나간 영선 때문에 시끄러워진 속으로 방바닥을 닦던 경선이 아랫목에서 말똥말똥한 눈으로 천장을 바라보는 아기가 같잖다는 듯 타박했다.

"까까 먹고 싶지? 오빠도 주고 싶은데, 넌 아직 먹으면 안돼. 조금만 기다려라, 네가 이빨 나고 먹을 만큼 크면 이 오빠가 어련히 줄까."

훔친 돈으로 산 캐러멜, 호주머니에서 녹지근해진 그것을 아기의 눈앞에서 까서 입에 털어 넣으며 봉규가 약을 올렸다.

"어이구, 네 엄마가 젖이 모자란다더니 어린 게 어지간히 허기졌나 보다. 세상에, 애가 입 떼면서 까까 소리부터 했다는 건 내 평생 듣도 보도 못했다."

장날, 장 보러 나왔다 들른 고모는 혀까지 찼다.

졸릴 때면 엄지손가락을 죽죽 빠는 아기의 평범한 몸짓에도 새롭게 의미가 부여되었다. 나중에 우량아 선발 대회에 보내라는, 입찬소리를 하는 친척도 있었다. 식구들이 놀릴 때마다 아기는 울었다. 비죽비죽, 소리를 삼킨 채 눈 가장자리로 더운 눈물만 줄줄 흘러내리는 그런 울음이었다.

◇

앞다리 나오는 올챙이처럼, 옹알거리는 옹알이에서 처음으로 남에게 생각을 전하려 하면서 고작 '까까' 따위를 말할 거라고 생각하다니. 오빠의 해석은 오빠의 수준에 맞았다. 걸핏하면 돈을 훔치고, 여럿이 나눠 먹어야 할 음식에 침을 퉤퉤 뱉어서 다른 사람의 비위를 뒤집고 혼자 차지하는.

철딱서니 없는 오빠야 그렇다 쳐도, 다른 식구들까지 그 말을 믿다니. 다른 사람은 몰라도, 엄마까지 그 말을 의심하지 않다니. 아기는 그 사실을 믿을 수가 없었다. 그보다 더 믿을 수 없는 건 자기 자신이었다. 하필 철없는 오빠가 듣는데 첫말을 뱉다니. 아니, 소리를 낼 생각은 없었다. 그냥 뭉글뭉글 떠돌아다니던 생각이 잠시 머문 자리, 그게 자기도 모르게 말이 되어 나온 것이다. 하필 그때!

아기는 한창 꿈을 꾸고 있었다. 따뜻한 물이 감싼 그곳에서 물고기처럼 노닐었다. 기억은 나지 않지만 익숙한 곳이라는 걸 몸이 알려 주고 있었다. 친숙한 냄새와 몸을 감싼 따뜻한 기운에 마음도 헤싱헤싱 풀어졌다. 오랜 장마 끝에 햇살 만난 듯 환하게 열리는 몸으로 느긋한 미소를 짓고 있는데 탁, 소리가 났다. 아기를 감싼 세계가 바닥에 떨어진 어항처럼 산산이 부서졌다. 따뜻한 물이 급격히 쓸려 나가고, 차고 마른 공기가 살갗을 조였다. 놀라서 눈을 떴다. 다시, 갇힌 공기에서 묵은 먼지 냄새가 나는 어둑한 방이었다. 오빠가 방에 들어와 있었다. 방문 닫는 소리였구나…….

오빠는 벽에 걸린 옷에 손을 넣기 바빴다. 늘 말 많던 오빠의 입이 꼭 다물리고, 덤벙거리던 오빠가 방으로 들어왔다가 엄마에게 야단맞고 밖으로 쫓겨나는 고양이처럼 살금살금 움직이고 있었다. 뭔가 떳떳지 않아 남의 눈을 피하는 것이라는 짐작이 갔다. 다시 눈을 감았다. 숨을 깊이 들이쉬자 몽롱해졌다. 아슴아슴, 눈뜨기 전에 머물렀던 그곳을 떠올렸다. 어느새 따뜻한 물이 채워져 있었다. 안온하게 감싸는 물의 기운이 살갗에 느껴지며 지느러미가 돋으려는 듯 등이며 배가 간질간질했다. 간질간질…… 발바닥까지 간지러운 느낌에 아기의 입아귀가 당겨졌다.

그 순간, 다시 탁, 소리가 채 돋지 않은 지느러미를 싹둑 잘라 냈다. 오빠는 방바닥에서 뭔가를 줍고 있었다. 간질거리던 느낌이 쓰라림으로 변해 아기는 울먹했다. 그런데 어쩐지 울어서는 안 될 것 같았다. 오빠가 하는 짓은 다른 사람의 눈을 피하는 일이었다. 터지지 못한 울음은 말이 되어 나왔다. "가…… 가…….." 화들짝 놀라는 오빠와 눈이 마주쳤다.

채 완성되지 못한 그 말을 받아쓰면 '갈래, 갈 거야.'쯤 되었을 것이다. 거기가 어딘지는 몰랐다. 이 집에 오자마자 아기는 어느 물길에선가 잘못 접어들었다는 것을 깨달았다. 다시 거슬러 돌아갈 수 없었다. 뭍으로 내동댕이쳐진 어린 피라미처럼 살갗이 바작거리고 숨이 얕아졌다. 누워 있으면 등이 콕콕 쑤시고, 잠은 숨결만큼이나 얕았다. 조용하고 아늑하던 그곳, 아무도 자기를 보지 못하던 곳, 소리조차 날것이 아닌 울림으로 전해지던 그곳으로 돌아갈 수만 있다면. 온몸을 쥐어짜는 간절함을 기껏 '까까' 따위로 생각해 버리다니. 이 거대한 오해 앞에 어쩌지 못한다는 무력감이 아기를 울보로 만들었다.

그렇다고 마냥 울 수도 없었다. 아이가 울면 안아 주는 엄마의 품에서 슬픈 냄새가 났으니. 오래 쌓인 피로와 진득한 체념이 버무려진 냄새. 생명의 기운과 아주 멀리 떨어진, 어둡고 무력한 곳에서 풍겨 오는 냄새. 아기의 울음은 가뜩이나 가라앉은 엄마의 그 기운을 헤집어서 분탕을 일게 하고, 그다음엔 질척이는 앙금으로 가라앉게 만들 것이다.

그렇다고 다른 사람의 품이 편안한 것도 아니었다. 어쩌다 안아 주는 아버지의 품에선 쇠공처럼 단단하게 웅크린, 억눌린 힘의 기운이 느껴졌다. 품어 안기보다는 밀어내는 힘이었다. 어쩌다 경선의 품에 안기면 아기는 자기가 주체하기 어려운 짐짝처럼 느껴졌고, 나름대로 감싸 안는 영선의 품은 비교적 포근했으나 그 안에서 편히 쉬기는 어려웠다. 오빠들은 말할 것도 없이 건성이었고. 외로워질 때면 아기는 엄지손가락을 죽죽 빨았다.

그런 아기를 볼 때면 식구들은 아기의 첫말을 떠올리며 놀렸다. 그런 언니와 오빠들을 보면 아기는 정말로 이곳을 떠나고 싶었다. 주르륵, 소리 없이 더운 눈물을 흘리기 일쑤인 아기에겐 '울보'라는 또 다른 이름이 붙었다. '울보' 소리를 들을 때마다 아기는 그 말이 자신을 포대기로 꽁꽁 싸매는 듯한 답답함을 느꼈다. 그래서 또 울게 되었다. 이래저래, 울보라는 별명은 아기의 작은 가슴을 짓누르고 있었다.

◇

툇마루 아래 흩어진 신발은 영선의 마음처럼 산란하다. 엄마가 시킨 대로 오면가면 정돈해 봐도, 워낙 드나드는 사람이 많아 그때뿐이다. 마음은 이미 집 밖으로 뛰쳐나갔는데, 정작 신고 나가야 할 신발은 한 짝뿐이다. 그렇다고 엄마나 언니의 신발을 꿰고 나갈 순 없다. 밤길에도 이웃의 눈이 있으니까. 제 발에 맞지 않는 신발을 질질 끌고 다니는 아이, 칠칠치 못해서 더 눈에 띌 것이다. 바닥에 쪼그리고 앉아 툇마루 아래를 들여다본다. 아버지의 검정 구두 아래 깔린 제 신발코가 보인다. 거기 있었구나, 얼른 팔을 뻗는다. 그러나 손은 신발에 닿지 못한다. 커다란 집게발 같은 게 팔뚝을 꽉 잡았기 때문이다. 가슴이 철렁한다. 그 우악스러운 손이 누구 것인지 돌아볼 것도 없다. 팔을 부러뜨리고 싶다는 듯, 손가락 끝에 있는 힘을 주어 누르는 손.

"어딜 빠져나가려고!"

입술 사이로 짓이긴 낮은 목소리가 뺨을 갈긴다. 마룻장은 낡아서 삐걱거리는데, 언니는 어떻게 발소리도 없이 다가온 걸까.

"오줌 누러 가는 거야."

잡혔다는 걸 안 순간 찔끔한 건 사실이다. 수저를 놓자마자 오줌을 누지 않았더라면 지렸을 것이다.

"웃기지 마! 내가 또 속아 넘어갈 줄 알고?"

"진짜야. 아까부터 오줌 마려웠단 말야. 쌀 것 같아."

무릎을 모아 오그리며 몸을 꼰다. 진저리 치는 것도 잊지 않는다.

"좋아, 그럼 내가 변소까지 따라갈 거야."

한번 한다고 하면 어김없는 언니다. 분명 따라와 변소 문 앞을 지킬 것이다. 나오지 않는 오줌이라도 짜내야 한다. 오줌 떨어지는 소리가 안 들리면 가만 있을 언니가 아니다. 그러고 나면, 장날 우시장에 끌려가는 송아지 꼴로 끌려 들어오겠지. 생각만으로도 마음엔 설움이, 눈엔 눈물이 고인다. 어른거리는 눈으로 신발을 꿰는데, 안방에서 갑자기 픽, 소리가 나더니 으아앙, 아기가 울음을 터뜨린다. 영화 속 범인을 호송하는 순경처럼 동작을 맞추며 신발을 신던 언니가 멈칫한다. 다시, 전보다 조금 더 큰 소리. 한쪽 신발을 마저 신어야 할 언니가 멈춰 있다. 언니의 마음이 오락가락하는 게 보인다. 영선은 잡아야겠고, 안방에서 벌어지는 일도 막아야겠고. 언니가 매운 눈으로 주먹을 쥐어 보이며 다짐을 둔다.

"빨리 오줌 누고 돌아와. 안 그랬다간 국물도 없을 줄 알아!"

살았다! 영선은 크게 고개를 끄덕인다. 잡았던 팔을 놓고도 언니는 마루로 금방 올라서지 않는다. 언니의 시선을 화살처럼 등에 꽂고 부엌으로 들어가 부엌에서 밖으로 나가는 문을 연다. 왼편에 밖으로 나가는 문이 있고, 변소는 오른편에 있다. 몸을 오른편으로 틀면서 문을 닫는다. 문이 닫히자마자 왼편으로 몸을 돌린다. 금방이라도 언니가 살금살금 와서 뒷덜미를 낚아챌 것 같다. 아기가 다시 자지러진다. 불안과 안도가 들끓으며 뒤섞인다. 이제 언니는 쫓아 나오지 못할 것이다. 살그마니 빠져나와 문 옆에 기대어 선다. 가슴이 팔딱거리고 목이 타 들어간다. 바로 눈앞에 물이 있다.

시장통 입구의 공동 우물은 장이 서는 날이면 행상들이 물을 길어 마시고, 나물을 씻고, 보통 때엔 인근에 사는 사람들이 손으로 김칫거리를 다듬고 입으론 이집 저집의 숟가락 숫자를 꿰며 소문을 나르는 곳이다. 두레박으로 물을 떠 한 모금 들이켜면 속이 시원해지련만. 그러나 다가갈 용기가 나지 않는다. 낮에도 우물 속을 들여다보면 돌에 낀 이끼가 음산하고, 깊이를 알 길 없는 물의 위세에 발바닥이 간질거린다. 아무도 없는 밤 우물에 두레박을 떨어뜨리면, 우물 속에서 잠든 무엇인가가 깨어나 하염없이 늘어나는 손을 우물 바깥으로 뻗칠 것만 같다. 축축하고 차가운 손이 목덜미를 잡아챌 듯 오스스하다. 마른침을 모아 삼키고 우물에서 눈길을 돌린다. 치맛자락이 말리지나 않았는지, 윗도리 단추는 다 잠겼는지 더듬어 살피고 손가락빗으로 머리를 빗는다.

어둠이 내린 시장, 전파사 아저씨가 함석 덧문을 들어 유리문에 덧대고 있다. 곱사등이인 아저씨의 키는 영선보다 조금 클 뿐이다. 그래도 함석 문을 거뜬히 들어 옮긴다. 아저씨가 문을 맞추는 동안 잰걸음으로 그 뒤를 지나친다. 잡화점은 여전히 불을 켜 놓고 있다. 잡화점 불빛이 닿지 않는 길 건너편 그늘로 숨어든다. 머리를 뽀글뽀글 볶은 잡화점 아줌마는 참 견쟁이다. 손님이 없는 한가한 때, 그것도 늦은 시간에 이웃집 아이가 혼자 돌아다니는 걸 보고 그냥 넘길 사람이 아니다. 긴 한 볼일이라도 있는 것처럼 큰 소리로 이름을 불러 가 보면 쓸 데없는 것들을 묻는다. 어머닌 뭐 하시냐? 저녁은 먹었냐? 어 디 가냐? 왜 혼자 나왔냐? 아기는 잠 잘 자고 똥 잘 누냐?

찐빵집 앞, 길가에 내건 솥에선 김이 모락모락 피어오른다. 밥 먹은 지 얼마 되지도 않았는데 보얗고 따스하게 피어오르 는 김을 보자 배 속이 텅 비어 울리는 것 같다. 텅텅텅, 빈 드 럼통을 발로 차는 것처럼. 무명천을 깐 채반 위에 누워 동글동 글 부풀었을 찐빵이며 투명하게 익어 가는 만두가 눈앞에 삼 삼하다. 우물 속 물귀신처럼 배 속에서 커다란 손이 나와 솥뚜 껑을 열 것만 같다. 말랐던 입에 어느새 고인 침을 꿀꺽 삼키 고 고개를 돌린다. 잡화점 옆 수예점은 불이 꺼졌는데, 그 옆 양품점은 아직 문을 닫지 않았다. 진열해 놓은 살굿빛 블라우 스가 화사하다. 다시 길을 건너 양품점 유리문에 붙어 선다. 양품점 아줌마는 안쪽에 앉아 존다. 수그러지던 고개를 퍼뜩 가눈다. 그래도 눈은 감은 채다. 아줌마가 졸고 있어서 마음 놓고 블라우스를 바라본다. 몸판엔 같은 빛깔의 천을 덧대어 비치지 않는다. 그런데 소매는 잠자리 날개처럼 속이 환히 비 친다. 그 아래엔 잔주름을 잔뜩 잡아 풍성한 자줏빛 치마가 입혀 있다. 저런 옷을 입으려면 가슴이 불룩해야 한다.

걸핏하면 제 누나를 닭 잡듯 하는 진규와 봉규가 합세해 떼미는 순간 영선은 악, 소리가 날 정도로 가슴이 아팠다. 눈물이 나왔다. 아픈 것도 아픈 거지만, 분해서 더 엉엉 울었다. 엄마가 달려왔을 때, 깡패 같은 동생들은 이미 달아난 뒤였다. 저놈의 새끼들이 떠밀어서 가슴이 아프다고, 울면서도 일러바쳤다. 엄마가 가슴에 손을 대보더니 살포시 웃었다. 우리 영선이, 가슴 나오려고 그러나 보다……. 그럼 나도 곧 젖 가리개를 하게 되는 걸까? 언니도 가슴이 커질 때 이렇게 아팠을까? 어차피 커질 거면, 빨리빨리 부풀었으면 좋겠다. 블라우스를 바라보는 동안, 상상 속에서 가슴이 부푼다. 민틋한 배도 쏙 들어가 허리가 잘록해진다. 이제 마네킹이 입은 옷이 몸에 딱 맞는다. 한 바퀴 빙 돌자 치맛자락이 땡볕 아래 펼쳐지는 양산처럼 확 퍼진다. 맞다, 신발! 착 퍼지던 양산이 힘없이 접힌다. 이런 옷엔 뾰족구두를 신어야 하는데. 엄마에겐 그런 구두가 없다.

약국집 미애 엄마는 뾰족구두만 신는다. 미애네 집에서 신어 본 적이 있다. 발뒤꿈치가 솟구치자 아랫배와 허리에 저절로 힘이 들어갔다. 뒤축이 한참 남아서 벗겨지려 하는 걸 발끝에 힘을 주어 버렸다. 양손을 겨드랑이 옆에서 조금 떼어 손등이 하늘을 보게 펼치고 엉덩이를 살랑살랑 흔들며 걸었다. 미애가 감탄했다. 넌 정말 잘 걷는다, 난 자꾸 엎어지는데! 으쓱했다. 그래 봤자 나란히 서서 미애네 장롱 옆에 붙은 거울을 들여다보면 금방 기가 죽는다.

미애는 얼핏 보면 미국 사람 같다. 햇볕을 보지 못한 듯 밀가루 빛깔인 얼굴에 오똑한 코, 쌍꺼풀 진 커다란 눈. 줄여 놓으면 그대로 인형이다. 내다 팔아도 인형인 줄 알고 사 갈 것이다. 눈동자 빛깔마저 검정이 아니라 밝은 황토색이라 더 서양 인형 같다. 그 옆에 있는 영선은 미애의 흰 얼굴 때문에 더 검어 보인다. 학교에서 돌아오면 가방만 던져두고 시장으로 냇가로 쏘다녀서 얼굴은 가무잡잡하고, 풍선처럼 톡 튀어나온 이마는 백사장처럼 넓은 데다 옆으로 퍼진 들창코에 가뜩이나 뻐드러진 이는 울퉁불퉁 제멋대로다. 장날 줄에 묶인 채 꽥꽥대는 돼지 이빨이나 다름없다. 누가 봐도 미애는 공주님이고 영선은 시녀다. 엄마는 왜 나를 이렇게 낳았을까. 언니만 해도 예쁘장한 축에 드는데. 미애와 나란히 거울을 보면 마음이 오그라든다. 그래도 뾰족구두를 신어서 커진 키에 등을 곧추세우고 살랑살랑 걸을 때면 머릿속에 불란서 거리가 펼쳐진다. 서울에 사는 삼촌은 명절 같은 때 집에 내려오면 영선을 말끄러미 보다가 피식 웃으며 말하곤 했다.

"넌 아무래도 불란서로 유학 가야겠다."

불란서라니, 비행기를 타고 간다는 그 머나먼 나라? 전 세계에서 가장 힘이 센 나라는 미국, 유행이 시작되는 나라는 불란서라고 했다. 어쩌다 라디오에서 흘러나오는, 코맹맹이 소리처럼 간질거리던 노래가 불란서 노래랬다. 왜 그 나라로 유학을 가라는 거지?

"왜요, 삼촌?"

"그냥, 나중에 크면 알게 된다."

엄마한테 물어보았지만, 엄마는 불란서가 서양이라는 것 말고는 아는 게 없었다. 삼촌이 볼 때마다 그 소리를 하는 바람에 생각이 많아졌다. 대학까지 나온 삼촌이 그런 말을 하는 걸 보면, 우리나라처럼 가난하고 촌스러운 나라에서는 아무도 예쁘다고 하지 않는 내 얼굴이 불란서처럼 유행을 만드는 나라에서는 예쁜 축에 드나 보다, 그런 결론에 다다랐다. 남모르는 자부심이 마음속에서 새록새록 자랐다. 어쩌면 불란서에 가면 그냥 예쁜 정도가 아니라 영화배우가 될 수 있을지도 몰라. 불란서를 생각하자 오그렸던 어깨가 펴진다. 뾰족구두 대신 발뒤꿈치를 들어올려 걷는다. 목덜미며 치맛자락으로 스며들던 쓸쓸한 밤기운도 물러난다.

박약국을 지키는 사람은 미애 엄마가 아니라 약국집 아저씨다. 미애 엄마와 미애는 살림채에 있는 모양이다. 아줌마가 있으면 자신 있게 약국 문을 열었을 텐데. 약국집 아줌마는 언제든 반갑게 맞아 준다. 영선이 왔구나, 안에 들어가서 미애랑

놀아라. 미애와 놀면 과자며 과일 같은 걸 얼마든지 먹을 수 있다. 미애 방 창문엔 천을 주름 잡아 프릴로 장식한 커튼이 달려 있다. 미애의 방에 머물면 덩달아 공주가 된 기분이다. 외동딸 미애를 금이야 옥이야 애지중지하는 약국집 아줌마가 아무나 그렇게 환영하는 건 아니다.

"우리 엄마가 너랑만 놀랬어. 너는 근본 있는 집 자식이라고. 경숙이가 놀러 오면 엄마가 못 놀게 해. 그래서 경숙인 요즘 우리 집에 못 와."

미애가 소곤거렸다. 경숙은 시장 안, 국밥도 팔고 술도 파는 집 딸이다. 학교에선 셋이 같이 어울려 다니는데, 동네에선 갈린다.

누가 봐도 이 시골과 어울리지 않는 세련된 약국 아줌마는 후처, 정확히 말하면 첩이다.

서울에서 볼일을 마치고 열차 타기 전 남는 시간을 때우느라 영등포역 근처의 다방에 들렀던 약국집 아저씨는 열차를 놓쳤다. 달력 속에서나 보았던 뽀얀 얼굴에 쌍꺼풀 진 눈이 예쁜 레지의 사분사분한 목소리와 낭창거리는 애교가 발을 잡았다. 그 시원스러운 눈에 풍덩 빠진 아저씨는 자꾸만 갈증이 났다. 사이다를 마시고, 다시 커피를 마시고, 그러고도 모자라 쿨피스를 마셨다. 그러는 사이사이 보리차도 숱하게 마셨다. 물론 마신 만큼 내보내야 해서, 지린내 진동하는 변소에서 오줌

36

도 여러 번 누었다. 박약국을 태웠어야 할 열차는 떠난 지 오래였다. 집안 어른들이 후덕하게 생겼다며 짝지어 준 여자와 결혼해 약국을 지키며 살아온 나날이 담배 연기처럼 허망하게 느껴졌다. 다리미로 누른 듯 넙데데한 아내의 얼굴과 돌절구 같은 허리통을 떠올리자 돌절구가 가슴팍에 얹힌 듯 답답해졌다. 튼실한 허리통과 펑퍼짐한 궁둥이에도 불구하고 아이를 낳지 못한 박약국의 부인은 결국 광에 처박힌 돌절구 신세가 되었다.

미애를 낳고 안방을 차지한 지 10년도 넘었지만, '본마누라 내쫓은 첩년'이라는 낙인은 돼지 비계의 시퍼런 도장 자국처럼 미애 엄마의 뽀얀 볼 어딘가에 박혀 있다. 미애에게 동생이 없는 것도 우물가의 아줌마들에게 손으로 벅벅 문대는 보리쌀처럼 좋은 씻을거리요, 술자리의 아저씨들 사이에선 파전보다 더 당기는 안줏감이었다. 그 육덕 좋은 박약국 마누라가 괜히 아기를 못 낳았겠어? 박약국이 씨 없는 수박이니까 그렇지. 그럼 미애는 어떻게 생긴 거지? 미애가 박약국 닮은 데가 있나, 눈 씻고 찾아보게나. 박약국이 오지게 오쟁이 진 거지. 엄마와 다식판에서 찍어 낸 것처럼 닮은 미애의 작은 몸 어딘가에도 도장 자국은 퍼렜다. 미애 엄마에겐 딸의 낙인이 자기 것보다 더 짙고 크게 보인다. 그래서, 미애에게 주산 교습을 시킬 때도 선생의 성씨와 본관을 따진다.

그런 미애 엄마가 영선은 아무 때나 환영한다. 근본 있는 집. 하긴, 영선의 엄마는 남들 다 하는 파마도 하지 않았다. 영선은 그게 불만이지만, 그 쪽진 구식 머리모양이 '근본'과 관계가 있다는 걸 어렴풋이 안다. 결혼식이나 모임에 갈 때면 엄마는 늘 한복에 하얗게 닦은 고무신을 신는다. 음전한 데다 다들 알아주는 음식 솜씨까지 지닌 엄마. 가게를 보면서도 뜨개질을 하느라 손을 놀리지 않는 엄마. 미애 엄마는 TV에 나오는 '여사'와 엄마가 비슷하다고 자주 말했다. 미색을 좋아해서 학교 건물마다 미색 페인트를 칠하게 했다는 대통령 부인. 영선은 엄마가 여사면 저는 '영애'나 다름없다고 생각한다. 한동안 대통령의 자녀가 몇인가가 아이들 사이에서 입씨름 대상이 되었다. 대통령의 아들딸을 말할 때 맨 먼저 말하던 영애와 영식. 그 이름을 치면 다섯 명인데, 세 명이라고 우기는 애들이 있었다. 영선은 다섯 명이라는 데 붙었다. 영애, 근혜, 근영, 영식, 지만. 미애네를 빼면 어느 집이나 아이가 대여섯은 되었으니까. 경선의 친구는 영선 친구의 언니고, 진규와 봉규도 이웃집마다 그 또래 친구를 두고 있었다. 어쨌든, 미애네 집에 가면 영선은 '영애'처럼 군다. 미애 엄마가 있을 땐 뾰족구두 같은 건 쳐다보지도 않는다.

마음은 박약국집 유리문을 밀고 들어서는데, 몸은 그 앞을 그냥 스친다. 약국집 아저씨는 아줌마만큼 친절하지 않다. 열흘 붉은 꽃은 없다. 열차를 놓치게 했던, 하늘에서 갓 떨어진 것처럼 아름답고 상냥하던 여인은 애틋하고 안쓰러운 첩에서 안주인으로 격상하더니, 걸핏하면 미제 화장품을 사들이고 읍내 양장점에 단골로 드나드는 사치스러운 마누라로 전락했다. 지금 안채로 들어간다 해도 아줌마는 반갑게 맞으며 과자를 내주겠지만, 이런 시각에 남의 집을 방문하는 건 예의에 어긋남은 물론 자기를 지켜 주는 그 '근본'이라는 걸 의심하게 만든다는 걸 영선은 본능적으로 알고 있다.

그새 다리가 무거워졌다. 옷이 가리지 않은 살에 닿는 바람도 한결 선뜩하다. 니아옹, 기분 나쁜 울음소리가 어둠 속에서 들려온다. 으등거리며 이를 가는 것처럼 불길하다. 발톱을 한 껏 치켜세운 검정 고양이가 튀어나올 것만 같다. 집 생각이 난다. 그래도, 아직은 집에 들어갈 때가 아니다. 어디로 갈까. 극장 쪽으로 가 볼까. 읍에 하나뿐인 극장 앞마당엔 이 시간에도 사람들이 있을 것이다. 언니들과 오빠들이 서로 힐끔힐끔 바라보면서 은근한 눈짓을 나누기도 한다. 그걸 구경하는 건 재미있지만, 혹시라도 아는 어른이 지나가다 보면 불량한 애 취급당하기 십상이요, 어쩌면 아버지를 만났을 때 말할지도 모른다. 자꾸 집으로 돌아가고 싶은 마음을 떼어 내느라 흥얼거린다. 아아, 으악새 슬피 우니 가을인가요. 구성지게 뽑는 동안 마음에 낙엽이 바삭바삭 깔린다. 지난간 그 시절이 나를 울림니다. 제 노래에 제가 취해 코끝이 매워진다. 난 역시 배우 체질이야. 불란서에 가면 우는 연기는 누구도 날 따라올 수 없을걸. 어둠이 가려 준다고는 하나 길에서 울 수는 없다. 얼른 노래를 바꾼다. 나는 가슴이 두근거려요, 당신만 아세요, 열일곱 살이에요. 엄마의 심부름으로 아버지를 부르러 간 술집에서 들은 노래. 술집 안의 방문은 조금 열려 있었다. 가만히 가만히 오세요, 요리조리로……. 문틈으로 보이는, 서서 몸을 흔드는 사람은 아버지였다. 아버지는 나비처럼 손으로 가락까지 붙여 가며 몸을 살랑살랑 흔들며 노래하고 있었다. 입이 딱 벌어졌다. 아버지가 노래를 부르다니. 보면서도 믿어지지가 않았다. 집에 가서 말하면 아무도 믿지 않을 거였다. 진규나 봉규가 말했더라면 영선 자신도 대번에 말했을 것이다. 뻥치지 마!

아버지가 엄마를 때려서 집을 나와 싸돌아다닐 때면 영선은 그 노래를 불렀다. 그러면 엄마의 머리채를 잡고 벽에 내던지는 무서운 아버지 뒤편에 술에 취해 붉어진 얼굴로 살랑살랑 몸을 흔들며 노래하던 아버지가 떠올랐다.

가만히 가만히 오세요 요리조리로. 별빛도 수줍은 버드나무 아래로.

금세 흥이 돋아 어깨를 들썩인다. 그러는 바람에 길갓집 쪽 문이 열리는 걸 미처 보지 못했다. 자배기에 든 물을 홀뿌리려던 아줌마는 휙 내뻗던 자배기를 가까스로 수습한다. 하마터면 물벼락 맞을 뻔했다. 흐린 전구 아래, 아줌마의 눈이 반짝 빛난다.

"다 늦게 어디 가냐?"

"예, 심부름 가요."

영선의 목소리는 명랑하다. 돈이라도 쥔 것처럼 움킨 손을 보란 듯이 뻗친다. 제 말이 어딘지 모르게 아퀴가 안 맞는다는 생각이 뒤늦게 든다. 시장을 거의 벗어난 곳이니까. "어디로?" 하는 말이, 우물에 빠진 두레박을 건지는 갈고리처럼 날아올 것 같아 잰걸음으로 지나친다. 쫘악, 등 뒤에서 끼뜨려지는 물. 아니나 다를까, 아줌마는 말로 갈고리 던지는 걸 잊지 않는다.

"어두우니까 금방 들어가라!"

이 밤중에 계집애를 혼자 내보내다니. 아들들은 됐다 뭐 하고. 자배기에 남은 물기를 탈탈 털며 아주머니는 혀를 끌끌 찬다. 나한테 딸만 있으면 그야말로 금이야 옥이야 하련 만. 딸…… 왁살스러운 아들만 셋인 그녀에겐 나날이 전쟁이다. 남들은 아들 많아 든든하겠다고 하지만 사근사근한 딸 하나만 있으면 얼마나 좋을까. 부엌에서 종지 부리듯 부려 먹으면서 이말 저말 나누며 썩어 가는 속을 털어 낼 수 있을 텐데. 사내새끼들은 애고 어른이고 다들 저 할 말만 하지 도통 들어 먹지를 않으니……. 애꿎은 자배기로 문간을 한번 탕 치고 들어간다.

드문드문 불을 켜 놓았던 가게들이 사라지는 지점이다. 길을 따라 난 집의 작은 창에서 비치는 불빛도 아주 작아서 고인 어둠을 걷어내기엔 어림도 없다. 빽빽한 어둠은 한번 발 딛으면 쑥 빠져서 헤어나올 수 없는 수렁처럼 음험하다. 더는 나아갈 수 없다. 집 뒷문 앞 우물가에 쪼그리고 앉아 있으면 사람들 눈에 띄지는 않을 것이다. 밤의 우물은 여전히 무섭지만, 그래도 집 근처다. 난 지금 심부름하러 나온 거야. 그런데 가게가 문을 닫았어. 그래서 그냥 돌아가는 거야. 그러자 뭔가 긴요한 볼일이 있는 것처럼 느껴진다. 타달거리던 걸음이 빨라진다. 니아오옹, 성이 날 대로 난 고양이 울음소리가 검정 천 같은 밤을 좌악 찢는다.

◇

쯔쯔쯔, 쯔쯔쯔, 쯔쯔돈, 쯔쯔돈돈, 쯔쯔, 띠릭띠릭띠릭······.
손가락이 무전기 위에서 분주하다. 지원 바람. 부상자 있음! 적들이 철통같이 둘러싸고 있음. 무장 공비들임! 문득 손가락의 움직임이 멎는다. 간첩하고 무장 공비는 같은 편 아냐? 무전을 치는 건 간첩이 하는 짓인데, 간첩이 무장 공비가 나타났다고 도와달라고 해? 그건 말이 안 된다. 그럼 국군한테 포위된 건가? 아니다, 간첩은 산속에도 있지만 대개 동네에 내려와 숨어 산다고 했다. '마음씨 좋은 아저씨 알고 보니 간첩!' 학교를 오가며 지나는 경찰서 담벼락엔 이런 문구도 붙어 있다. '매월 21일은 간첩 색출의 날'. 그러니 간첩이라면, 무전을 쳐도 자기 방에서 이불을 뒤집어쓰고 칠 것이다. 대체 이불 속에 무슨 부상자가 있을까. 적들이 포위한 집에선 무전을 칠 게 아니라 싸울 준비를 하거나 달아나야지. 이것 봐, 내가 이렇게 똑똑하다니까. 그런데 그 똑똑함으로도 해결하지 못한 난제가 요지부동이다. 굴속이고, 부상자가 있고, 무전을 쳐서 지원을 요청한다……. 무장 공비를 토벌하러 산에 갔다가 길을 잘못 들어서 부대원들과 떨어진 군인? 그런 군인 아저씨라면 떼 지어 다니는 무장 공비가 얼마나 무섭겠는가! 비로소 자신을 납득시킨 봉규는 새로운 열정으로 무전기를 열심히 두드린다. 지원 바람, 무장 공비들이 몰려오고 있음! 쯔쯔쯔, 쯔쯔쯔, 쯔쯔쯔돈…….

공비들이 굴을 못 보고 지나친 걸까. 우렁우렁 울리던 소리가 잦아들었다. 탁, 문소리가 난 것도 같다. 좀이 쑤셔서 견딜 수가 없다. 굴 밖의 기척을 살펴야 한다. 바람 속에서 혹시 두런거리는 말소리가 들리는지, 담배 냄새나 화약 냄새 같은 게 나지 않는지.

뒤집어쓰고 있던 이불에서 고개만 빼도 숨이 트이는 듯하다. 숨넘어갈 듯 울던 아기가 조용해진 걸 보니 상황이 끝난 것 같다. 포성이 터지던 고지에 잠시 깃든 정적 같은 고요가 살갗을 죈다. 조금 전에 난 큰 소리는, 큰누나가 작은방 문을 닫는 소리라고 결론을 내린다.

"불 켜려고?"

동굴 속 부상자, 아니 이불 속에서 숨죽이고 있던 형이 묻는다. 여태 이불을 뒤집어쓰고 있어서 목소리가 눌린 것처럼 들린다.

"끝났나 봐. 켜도 될 것 같아."

"뭐하러, 그냥 자빠져 자."

"잠이 안 와."

"켜지 말라니까!"

형의 목소리에 어린 날 선 기운. 그만큼 긴장하고 있었던 거다. 건드려서 좋을 게 없다. 하는 수 없이 다시 이불 속으로 파고든다. 그래도 머리끝까지 뒤집어쓰지는 않는다. 여기는 깊은 산이다. 어쩌다 보니 우리 편하고 떨어져 우리만 동굴에 숨었다. 적들이 물러간 것 같아 겨우 동굴에서 나온 참이다. 밤하늘에 가득한 별을 보며, 끈 떨어진 뒤웅박처럼 대열에서 떨어진 신세를 한탄한다. 어디선가 하모니카 소리가 들려올 것만 같은 밤이다. 이미 긴장이 풀려 시들해진다. 마루에서 새어 들어온 흐린 불빛에 희붐하게 보이는 천장도 그냥 천장일 뿐, 밤하늘은 아니다. 바람에 나뭇가지 스치는 소리가 음산하고 먼 데서 부엉이 울음소리가 무섬증을 더하던 산에서 시장통의 집으로 내려온다. 집, 엄마는 괜찮을까. 내일 또 앓아눕는 건 아닐까. 어둠 속에서 가만히 누워 있으려니 생각만 무성해져 머릿속이 얼크러진다.

"형, 나 아까 대명상회 앞에서 종성이랑 종성이 엄마 봤다. 종성이가 제 엄마 있다고 아주 친한 척하더라."

"브어, 보, 보, 봉규야. 으, 으, 으어디 가냐, 그러든?"

"그, 그, 그, 그렇지. 또, 또, 또, 또도옥 같다."

형제는 쿡쿡 소리 죽여 웃는다. 종성이는 말더듬이다. 말만 더듬어도 비웃음을 사기에 충분한데 몸까지 뒤틀려 있다. 그런데도 늘 싱글벙글하는 걸 보면 형제는 비위가 틀린다. 종성이 아버지는 배달 일을 한다. 겨울엔 리어카로 연탄을 배달하고 여름엔 짐 자전거로 얼음을 배달한다. 연탄 실은 리어카를 끌고 다니는 종성이 아버지 얼굴엔 늘 검댕이 묻어 있다. 가끔, 길에서 제 아버지 리어카를 미는 종성을 만나기도 한다. 그럴 땐 종성의 얼굴도 아궁이에 들어갔다 나온 강아지 꼴이다. 제 얼굴에 검댕이 묻은 것도 모르고 종성은 아는 얼굴 만난 게 반가워 히죽거린다. 제 몸도 못 가누는데 연탄을 나를 수 있을까. 나르다 떨어뜨리기 십상이다. 아마도 연탄을 다 배달한 뒤 리어카 타는 재미에 쫓아다니는 거겠지. 알 수 없는 건 종성의 아버지다. 그런 자식을 뭐가 자랑이라고 데리고 다니는가 말이다.

"조, 조, 종성이 엄마는 시장 보러 갈 때도 꼭 종성이를 데리고 다니더라. 그, 그, 그냥 집에 두고 다, 다, 다니면 편할 텐데. 종성이가 장바구니 들었다간 쏟고 말걸?"

사선으로 기운 장바구니에 뚱뚱한 장딴지 같은 무가 금방이라도 미끄러질 것처럼 위태롭게 걸쳐져 있었다. 두 손으로 장바구니의 무게를 버티며 씰룩씰룩 걷던 종성은 봉규를 발견하고 흐흐흐, 웃었다. 비틀어진 입아귀로 질척한 침이 흘러내릴 것 같은 웃음이었다. 웃음부터 흘린 뒤, 종성은 어깨를 한 번 추썩인 뒤 입을 열었다. 브오, 버, 보, 봉규야. 으, 으, 으어디…… 종성이 엄마는 그런 아들이 세상에서 가장 대견하다는 듯 바라보고 있었다. 몸은 겨울날 쥐어짜다 말고 내팽개쳐 얼어붙은 빨래처럼 뒤틀리고, 늘 침을 흘리며 말도 더듬는 종성이. 나 같으면 창피해서라도 그런 자식은 집에 가둬 놓고 다닐 것이다. 그런 애를 뭐가 좋다고 그렇게 달고 다니는가. 그런데 왜 아버지는?

봉규는 그날의 일을 잊을 수 없다. 갯날, 계원들을 태운 버스가 집 앞에 멈췄다. 엄마는 준비한 음식을 차에 실었다. 차가 멈춘 순간부터 봉규는 차 언저리를 떠나지 못했다. 아버지가 계원들과 이웃의 계곡에 놀러 가는 날이었다. 버스 안엔 빈

자리가 많았다. 아버지의 모임에 따라가면 맛있는 걸 실컷 먹을 수 있었다. 봉규는 아버지 앞에서 알짱댔다. 같이 가자고 하실까 하면서. 가고 싶다고 해 봤자 소용없을 것 같았다. 제 말은 물론이고 엄마 말도 안 듣는 아버지니까. 봉규는 버스 승강대에 한 발을 올려놓았다. 아버지가 눈을 부라렸다. 살짝 발을 내렸다. 아버지가 다른 계원과 이야기하는 틈을 타서 살짝 한 발을 올려놓았다. 고개 돌린 아버지가 인상을 찌푸렸다. 그러기를 여러 번, 아버지의 얼굴이 붉어졌다. 아버지는 계원에게 말했다. "먼저 떠나시우. 난 나중에 갈 테니까." 그 순간 봉규의 가슴은 철렁했다. 아니나 다를까, 버스가 떠나자마자 아버지는 봉규의 뒷덜미를 낚아채고 집으로 들어섰다. 봉규를 잡아챈 손 아닌 다른 손엔 이미 장작개비가 들려 있었다. 그날 든 멍은 오래도록 풀리지 않았다.

생각할수록 종성이가 더 미워진다. 벼엉신, 속으로 욕해도 풀리지 않는다. 오늘처럼 방 안에서 꼼짝도 못하는 날이면, 형제는 사람들 흉내를 내면서 시간을 죽인다. 옷이나 수건을 뭉쳐 등에 넣어 전파사 아저씨의 곱사등을 만들고, 손가락을 벌린 채 힘 뺀 손목을 건들거려서 장날마다 가게로 와서 갈고리 손을 휘젓는 상이군인이 되고, 짧은 상고머리에 손가락을 대고 빙빙 돌려 가며 역시 장날인 걸 용케 알고 나타나 아무나 쫓아다니며 칠락팔락하는 미친년이 되는가 하면, 검지를 양미간에 곧추세우고 바라보며 사팔뜨기를 만들기도 한다. 그래도 가장 재미있는 건 종성이 흉내다. 새우처럼 고부라진 허리, 잘 못 말린 멸치처럼 틀어진 엉치뼈, 듣는 사람 숨이 차게 만드는 말더듬이……. 종성은 종합 선물 세트나 다름없다.

종성이 흉내를 내려면 우선 오른쪽 엉덩이를 툭 쳐서 옆으로 빼야 한다. 그런 다음, 어둠 속에서 무서운 것을 만나 놀란 것처럼 양손을 올리다 만 채로 윗몸도 그쪽으로 민다. 자연히 고개도 삐딱해진다. 아랫입술도 그쪽으로 몰고 목젖이 눌린 듯 더듬거리다 보면 종성이와 비슷해진다. 종성이 흉내를 내면서 똑같네, 얼토당토않네 하고 자세를 서로 알려 주다 보면 슬그머니 웃음이 나오고, 쓴 물이 고였던 가슴에도 잠시 설탕물이 스며든다. 그리고 가슴을 쓸어내린다. 아아, 종성이처럼 생겨먹지 않아서 얼마나 다행인가. 몸도 성하고, 연탄 리어카를 밀다가 학교 친구들 만나서 창피 당할 일도 없고, 기성회비를 밀린 적도 없고, 군것질하라고 돈 주는 사람은 없어도 그거야 뭐 알아서 챙길 수 있으니까. 게다가 형은 서울에서 대학까지 다니지 않는가.

그래도 대견하다는 듯 종성을 바라보던 종성이 엄마나 아버지의 눈길은 단단한 고드름이 되어 가슴에 박힌다. 그 고드름을 녹이거나 뽑아내려면 종성이 흉내를 내며 마음껏 비웃는 수밖에 없다. 내일 학교에 가면 오늘 장바구니 들었던 종성이 흉내를 내야지. 학교? 문득 몸 안에서 스멀거리던 웃음기가 싹 가신다.

"형, 나 숙제 있는데?"

"그래서, 지금 하겠다고?"

"안 해 가면 내일 선생님한테 매 맞을 텐데. 형넨 숙제 없어?"

"왜 없겠냐. 내일 아침에 해야지. 아니면 다른 애 거 보고 베끼든가. 안 되면 까짓 거, 몇 대 맞고 말지."

형은 통이 크다. 걸핏하면 매 맞을 짓을 하지만, 매를 떠올리면 지레 벌벌 떠는 봉규와는 다르다. 돈을 쌔비게 하는 형이 얄미우면서도 끝내 맞붙을 수 없는 건 그 때문이다. 아까도 그랬다. 저 같으면 팔팔 뛰고 울고불고 했을 것이다. 형은 잠깐 외마디소리를 내곤 그뿐이었다.

"형, 아까 덴 데는 안 아파?"

"아직 쓰라려. 그래도 허물 벗어질 정도는 아니니까……."

숙제를 안 한 채 교실에 들어서는 선생을 볼 생각에 속으로 똥줄이 당기면서도 불을 켜지 못하는 건 두 살 차이인 형의 이런 모습 때문이다.

아침 시간은 언제나 누가 훔쳐 간 것처럼 훌쩍 지나간다. 아침에 숙제를 하는 건 불가능하다. 담임은 매질 도사다. 소리도 크게 나지 않는다. 낭창낭창한 회초리로 손등을 때린다. 찰싹

감기는 그 회초리가 어찌나 매운지, 한 대만 맞아도 코가 시큰해진다. 하지만 담임은 멀고 형은 가깝다. 불을 켰다간 가뜩이나 신경 곤두섰을 형이 깨 볶듯 볶을 것이다. 내일 맞을 매를 잊으려면 빨리 잠드는 수밖에 없다. 자야지, 잘 거야, 잔다, 잔다, 잔다……. 주문을 한참 외자 가물가물, 어디에 눌려 있었던 듯한 잠기운이 스멀스멀 피어오른다. 그래도 전파 탐지를 멈추지 않는 안테나가 움직여 바로 잠들지는 못한다. 천장을 쳐다보며 누워 있던 봉규는 몸을 뒤적여 모로 눕는다. 오그린 두 다리 사이에 양손을 끼워 넣는다. 빨리 잠들었으면…….

◇

미꾸라지 같은 년, 뱀장어 같은 년!

안방에서 나온 경선은 몇 발짝 떼다가 선다. 다리 힘이 풀려서 더 걸을 수 없다. 그대로 서 있자니 몸이 파들파들 떨린다. 기름쟁이 같은 년, 들어오기만 해 봐라! 이를 악물고 걸어 보지만 다리가 꼬인다. 기운을 다 써 버린 몸은 기름을 다 짜내고 묵힌 깻묵처럼 파삭하다. 넓지 않은 마루를 건널 일이 아득해 한숨이 나온다. 그대로 쪼그려 앉는다. 자지러지게 울던 아기가 지쳐서 늘키는 소리와 아버지의 된 숨소리만 들릴 뿐이다. 아기까지 악을 쓰며 울어 대서 더 정신이 없다. 지옥이 따로 없다. 그제야 머리가 깨질 듯이 아프다는 걸 깨닫는다. 날카로운 쇠붙이로 만든 아주 작은 동물이 머릿속에서 깔깔거리며 마구 뛰어다니는 것 같다. 지끈지끈거리는 머리. 우지끈, 두개골 어딘가가 빠개지는 것 같다. 눈앞이 아물아물하더니 캄캄해진다. 쓰러질 것 같아, 눈을 꼭 감았다 뜨며 손아귀에 힘을 준다. 가뜩이나 있는 대로 힘을 주었던 손목이 시큰거린다. 마음속 독기를 끌어모아 겨우 손으로 바닥을 짚으며 앉은걸음을 한다.

문턱을 넘어서자마자 방바닥에 쓰러진다. 이놈의 지지배, 들어오기만 해 봐라. 햇빛을 끌어모아 종이를 태우는 돋보기처럼, 마음속 들끓는 울분과 노여움이 영선에게 몰린다. 이럴때 오빠라도 있으면 좋으련만. 고개를 저어 잠깐 스친 그 마음을 지워 낸다. 오빠는 있으나 마나다. 큰아들이면 집안 돌아가는 일에 책임을 져야 하는데, 제 한 몸밖에 모른다. 집에 있을 때도 그랬다. 한두 마디 나서는 척하다가 슬쩍 물러서거나, 에이, 하고 불퉁스러운 얼굴로 나 몰라라 집 밖으로 나가면 그만이었다. 아버지가 난리를 칠 때마다 엄마를 위해 온몸으로 막긴 하지만, 그래도 한번 치를 때마다 진이 다 빠진다. 그럴 때면 얼굴 한번 보지 못한 복순 언니가 떠오른다.

장 보러 왔다가 들른 고모는 경선의 얼굴을 들여다보다가 문득 말했다.

51

"넌 복순일 많이 닮았구나."

복순이? 못 듣던 이름이었다.

"복순인 그렇게 똑똑했단다. 보는 사람마다 다들 한마디씩 했지. 그런데 병원 근처도 못 가 보고 죽었으니."

죽은 언니가 있었다는 걸 그제야 알았다. 오빠랑 여섯 살이나 터울이 지는 것도 이해가 되었다. 네 살 때 죽었다니 그때 경선은 한 살, 언니가 기억에 남아 있을 리 없다. 앓다가 죽었다, 그땐 가난해서 병원 문턱에도 못 가 보고 그냥……. 엄마는 그 말뿐이었다. 그렇게 똑똑했다면서? 경선이 묻자 고개를 끄덕였다. 네 오빠보다도 똑똑했지. 네가 태어났을 때도 시샘하지 않고 널 인형 보듯 바라보았단다. 어린 게 얼마나 영글었는지……. 구슬처럼 영글었다던 딸 생각을 떨쳐 내듯 엄마는 자리에서 일어났다. 그 똑똑한 언니가 살아 있었더라면, 곁에서 언니를 거들기만 해도 되었을 것이다. 자기를 인형 보듯 보았다는 언니를 떠올리자 목이 멘다. 울면 안 돼, 울면 안 돼, 이를 악문다.

영선은 걸핏하면 울었다. 학교에 가져 갈 준비물이 없으면 미리 챙기지 않은 제 잘못인데 울기부터 했다. 손에 쥐었던 누룽지를 동생들에게 빼앗기고도 울음부터 터뜨렸다. 별거 아닌 일에도 대성통곡, 집이 떠나가라 울어 댔다. 엄마는 왜 그런 영선을 그냥 두는지 알 수 없었다. 영선은 결국 경선의 매운

52

손으로 등짝을 맞고 나서야 소리를 줄이고 흑흑 흐느꼈다. 소리 내 우는 건 철없고, 흐느끼는 건 청승맞았다. 이래저래 영선의 솜털 구멍마다 하르르 돋은 건 죄다 미운털이었다. 야무지고 똑똑했다는 언니에 대한 그리움이 저녁놀처럼 아른아른하던 마음자리, 달아난 영선에 대한 분노가 삼복염천의 태양처럼 화르르 불타오른다.

백지장도 맞들면 낫다는데! 미꾸라지 같은 년, 뱀장어 같은 년!

다 잡았던 영선을 놓친 분함이 새삼 치받힌다. 손바닥에 호박잎 뒷면처럼 까끌까끌한 가시라도 돋았으면. 미끄러져 달아나는 영선을 꽉 움켜잡아 집어넣고 솥뚜껑을 꽉 누르고 있게.

아버지는 종종 뱀장어를 사들였다. 엄마는 큰 나무 도마에 뱀장어를 올려놓고 대못으로 뱀장어의 머리를 박았다. 꿈틀거리는 뱀장어의 몸통을 쥐는 건 언제나 경선의 몫이었다. 호박잎을 뒤집어 껄끄러운 뒷면으로 뱀장어의 몸통을 죽 훑어 내렸다. 영선은 징그럽다고 근처에도 오지 않았다. 꿈틀대는 뱀장어 몸통 잡는 게 누군들 징그럽지 않을까. 맨손으로는 잡을 수도 없는 뱀장어 같은 년! 엄마는 잘 간 칼로 뱀장어의 목에 칼집을 넣고 아래로 죽 그었다. 쓸개가 터질세라 조심조심 내장을 빼낸 장어는 뼈를 고아 낸 육수에 간장 양념을 발라 구워서 아버지의 밥상에 올렸다. 석쇠에 구울 때면 고소한 냄새가 부엌에 퍼졌다. 경선은 엄마 몰래 구운 뱀장어를 한 점 집어 먹곤 했다. 살아 있는 뱀장어를 물이 펄펄 끓는 무쇠솥에 넣어 고아 내기도 했다. 얼마나 힘이 좋은지, 뱀장어는 무쇠솥 뚜껑도 밀치고 뛰쳐나오려 했다. 엄마가 뱀장어를 집어넣자마자 무쇠솥 뚜껑을 누르는 것도 경선의 일이었다.

새삼스럽게 손목이 시큰거린다. 아버지의 손이 엄마에게 닿지 않도록 꽉 움켜쥐었지만, 그 힘을 당해 낼 수는 없었다. 아버지의 기운이 넘쳐 나는 건 뱀장어 때문이다. 아버지가 뱀장어를 안 먹는 건 생각할 수도 없다. 하긴 아버지에게 기운이 없는 게 좋은 것만도 아니다. 아버지는 일해야 하니까. 이럴 수도 저럴 수도 없다. 다시 머리가 와작거리며 눈앞이 아물거린다. 주먹을 쥐어서 양손 검지의 마디로 관자놀이를 누른다. 이놈의 지지배는 어딜 쏘다니느라 여태 안 들어오는 거지? 늦은 시각에 집 밖에 나간 적 없는 경선은 동생이 어두워진 거리에서 어딜 싸돌아다닐지 짐작도 가지 않는다. 지지배가 겁도 없다. 무섭다고 집 밖으로 뛰쳐나가? 밤에 집 밖에서 나돌아다니는 게 더 무섭건만. 영선이 무섭다고 하는 것도 다 거짓말 같다.

또 그랬다간 죽을 줄 알아! 달아났다가 쥐새끼처럼 살금살금 기어 들어오는 영선의 머리통을 쥐어박으면, 영선은 눈물부터 흘렸다. "나도 안 그러고 싶은데, 무서워서 나도 모르게 그렇게 되는걸." 어떤 날엔 제법 작심하고 타일러 보기도 했다. "우리라도 막아야 하지 않겠냐? 저러다 엄마 골병 들면 어떡할래? 아버지는 나 혼자 막기엔 힘에 부치고, 다른 애들은 있으나마나고. 그러니 너라도 날 도와야지." 그렇게 조곤조곤 이르면, 다음엔 절대로 안 달아날 것처럼 천연덕스럽게 고개를 끄덕였다. 그래 봤자 말짱 도루묵이다. 안방의 기미가 뭔가 수상하면 아예 양손에 신발을 들고 툇마루 아래 서 있다가 큰 소리가 나자마자 튀어 나간다.

족제비 같은 년! 채 삭지 않은 분으로 가슴을 들먹이며 얕은 숨을 쉬던 경선, 입끝이 처지고 끝내 눈물이 핑 돈다. 울어 봤자 소용없다. 내일 퉁퉁 부은 눈을 하고 학교에 가야 할 뿐. 눈을 질끈 감은 채 팔을 뻗어 눈물을 닦을 게 없는지 방바닥을 쓴다. 손에 뭔가 잡혔다. 축축하다. 하필 낮에 막내의 기저귀를 갈고 놓아둔 게 잡힌 것이다. 분김에 펄떡 일어나 기저귀를 팽개친다. 지겨워. 줄줄이 생기는 동생들이 경선에겐 발목에 채워진 차꼬처럼 짐스럽다. 엄마는 자존심도 없는 모양이다. 아버지에게 그렇게 당하고도 배가 불러 오는 엄마를 보면 엄마까지 내다 버리고 싶다.

난 벗어날 거야. 입술을 꾹 깨문다. 영선처럼 그때그때 잠깐씩 피하는 건 멍청한 짓이다. 무서운 영화를 볼 때 눈을 가리는 것과 뭐가 다른가. 절대로 티 내지 않고 힘부터 키울 것이다. 고치 속 누에처럼 단단하게 웅크리고 있다가 어느 날 그 고치를 찢고 날아오를 것이다. 그 다짐으로 부채질해서 눅눅해진 마음을 말린다. 힘주어 부채질하던 손에 스름스름 힘이 빠지고 그만 탁, 부채가 떨어진다. 어떻게? 벗어나겠다는 의욕은 태풍처럼 거센데, 몸은 끈끈한 아교로 방바닥에 붙여 놓은 격이다. 고등학교엔 갈 생각도 마라. 여자가 많이 배우면 쓸데없이 날개 달리는 법이다. 엉덩이에서 뿔이나 나고. 넌 맏딸이니 집에서 동생들 돌보다 시집 가면 된다. 아버지가 말로 못박는 동안, 경선은 속으로 웅얼거렸다. 엉덩이에 뿔이라도 있어야 싸울 수 있는 거라고. 맏딸이 날개를 얼마나 바라는지 모르는 아버지. 아니, 자기 속 편하려고 모른 척하는 것일 수도 있다. 가난 때문에 못 간다 해도 억장이 무너질 판인데, 오빠는 서울의 대학에 보내면서 고등학교도 안 보내 주겠다니. 교육대학 정도는 너끈히 보낼 수 있는 형편이라는 걸 빤히 아는데.

고등학교 진학 준비를 하는 애들은 아침 일찍 학교의 한 교실에 모여 선생님 감독 아래 자율 학습을 한다. 경선도 그 시각에 맞춰 악착같이 일찍 나선다. 어쩐지 남의 교실에 들어서는 것처럼 쭈뼛거리는 마음을 다지며 그 교실에 들어가 앉는다. 꼿꼿한 자세로 앉아 책장이 뚫어져라 공부하면서도, 아버지가 진학을 허락하지 않을 거라는 예감 때문에 자신이 허깨비처럼 느껴진다. 틀렸어, 다 틀렸어. 속에서 솟구치는 말을 억

누르느라 이를 악문다. 지반을 다지지 않아서 언젠가 허물어질 것임을 뻔히 알면서도 그 위에 주춧돌을 놓고 기둥을 세우며 집을 짓는, 부질없음을 알면서도 그냥 행할 수밖에 없는 일. 언제나 그랬다. 최악의 사태를 미리 예견하면, 그다음에 벌어지는 일은 어떻든 그보다는 나았다.

수석, 수석이 못 되면 차석으로라도. 그 정도 성적으로 합격하면 아버지는 체면 때문에라도 어쩌지 못할 것이다. 좁은 바닥에서, 딸이 그 정도 실력인데, 돈이 없는 것도 아닌 집에서 어쩌고…… 남들의 입질에 오르내리는 게 두려워서라도. 경선이 믿는 유일한 보루다. 결심은 차돌처럼 단단하지만, 책에 집중하기는 어렵다. 걸핏하면 쪼아 대는 머릿속의 새. 교실에서 칠판을 볼 땐 그 새가 활개친다. 시력이 형편없어서 양미간을 마구 찡그려야 겨우 글씨가 보인다. 안경만 끼면 좋을 텐데. "어림없는 소리 마라. 안경 쓴 여자가 얼마나 건방져 보이는데." 아버지한테 세 번쯤 그 소리를 듣고도 경선은 단념하지 않았다. 배움으로 날개 달고 날아가고 싶은 소망은 바람을 잔뜩 넣은 고무공처럼 누르면 누를수록 탄성이 생겼다. 나중엔 어디서 개가 짖느냐는 식으로 아버지는 대꾸도 안 하고 콧방귀만 뀌었다. 어쩌다 용돈이 생기면 군것질로 날리는 영선과 달리, 경선은 돈을 꼬박꼬박 모았다. 인근 도시에 가서 안경을 맞추고 수업 시간에만 안경을 쓰면 될 것이다.

다시 머리가 지끈거리며 눈앞이 아물거린다. 양미간에 세로 주름을 잡다가 방바닥에 몸을 뉘며 눈을 감는다. 느릿느릿 도는 팽이처럼 몸이 빙빙 돈다. 속이 메슥거린다. 겨드랑이에 차가운 땀 몇 오라기가 흐른다.

잠시 눈을 감았다 뜨는 순간 벽에 걸어 놓은 교복이 눈에 들어온다. 온통 감청색이다. 아, 칼라! 벼락이 머리를 친다. 내일 입고 갈 교복 칼라를 다리지 못했다. 저녁 먹고 다릴 생각이었다. 아버지가 모임에서 저녁을 먹고 오는 날이었다. 다들 마음이 할랑해졌다. 그 바람에 밥상머리에 앉은 시간이 길어졌다.

차려진 밥과 반찬은 여느 때와 다름없었다. 그러나 그날 밥상을 받는 식구들은 마음이 편했다. 아버지가 없어서다. 아버지와 함께하면 저녁 시간의 분위기는 밥이 아니라 긴장이 놓인 듯 꽉 막혔다. 아버지는 밥상머리에서 걸핏하면 훈계를 하거나 밥상을 뒤엎었다. 그런 아버지가 없는 밥상에서 식구들은 깔깔거리며 웃었다. 오랜만의 웃음이었다. 그래도 경선은 웃지 않았다. 느슨해진 마음 안쪽이 긴장으로 단단히 옥죄었으니까.

그사이 밥을 다 먹은 영선과 남동생이 막 긁어 온 눌은밥 그릇을 두고 티격태격했다. 엄마가 나누어 덜어 주었는데 내 것이 적네 네 것이 많네 하며 말다툼을 했다. 그러다 결국 진규의 허벅지에 밥을 엎었다. 엄마는 진규를 데리고 부엌에 나가 찬물로 덴 데를 식혔다. 아버지는 하필 그때 들어섰다. 그때까지 물리지 않은 밥상 방바닥에 흩어진 눌은밥이 아버지의 분노를 끓게 했다. 그래서 시작되었다.

다리미는 안방에 있다. 다시 그 방에 들어가는 게 죽기보다 싫다. 내일 아침에? 다들 밥 먹고 학교 가기도 바쁜 아침 담요를 펴 놓고 다림질하다간 아버지한테 한소리 듣기 마련이다. 준비성이 없다느니, 사는 게 그렇게 만만한 줄 알았냐느니. 생각할수록 분이 난다. 가슴팍에서 자글자글 끓던 숨이 하나로 뭉쳐 정수리 끝으로 치받는다. 영선이 들어왔을 때 쥐잡듯 잡는 것으로는 분이 안 풀릴 것 같다. 오늘은 아예 들어오지도 못하게 하리라. 뒷문을 잠가야 한다. 영선은 차마 문을 두드리지도 못하고 발만 동동거릴 것이다. 저도 애가 타 보라지. 방문을 살그머니 열고 소리 죽여 마루로 나간다. 한발 늦었다. 막 들어서던 영선, 경선을 보고 고양이 앞의 쥐처럼 찔끔한다. 경선은 온몸의 독기를 다 끌어올려 쏘아본다. 마루에 켜 놓은 전등이 어두운 게 한이다. 영선은 차마 마루로 올라서지 못한다. 경선은 이를 악물고 주먹을 들어 부르르 떤다. 영선은 비 맞은 생쥐처럼 고개를 푹 수그린 채 마루에 올라선다. 경선은 안방을 가리키며 낮게 으드득거린다.

"다리미 가져와!"

영선은 울상이 된다. 지금 안방에 들어가라는 건 쥐더러 고양이 우리에 다녀오라는 것이나 다름없다. 하지만 언니가 시키는 대로 하지 않으면 오늘밤 잠자리가 바로 고양이 소굴이 되어 버린다. 이럴 수도 저럴 수도 없는 영선, 금방이라도 눈물이 쏟아질 것 같은 얼굴로 어깨만 움츠린다.

"다리미 안 갖고 오면 방에 못 들어올 줄 알아!"

경선이 으름장을 놓는다. 영선은 어깨를 축 늘어뜨리고 안방 문 앞에 선다.

"엄마, 다리미…… 언니가 갖고 오래요."

"가져가거라."

엄마의 말소리에선 한숨이 묻어난다. 누진 목소리, 죽고 싶은 마음이 실린 작은 목소리. 자매는 동시에 큰숨을 내쉰다. 경선은 방문을 여는 영선을 한껏 흘겨본다. 저놈의 지지배는 운도 좋아. 아궁이에 아직 재가 남아 있을 것이다. 덜 탄 장작에는 불기가 남아 있을 테고. 내친김에 그것도 영선이 가져오게 할까. 머리를 굴리자 다시 새가 머리를 쪼아 댄다.

◇

어떻게든, 제 욕심은 채우는 큰딸이었다. 악착같이 다리미챙기는 것 좀 보라지. 큰딸은 끝내 자리를 뜨지 않았다. 그와 아내 사이를 몸으로 막았다. 그래 봤자 계집애였다. 그가 한 손으로 밀치면 나동그라지기 일쑤였다. 그래도 악착같이 그의 팔을, 허리를 붙잡으려 들었다. 독하고 야무진 애였다. 태규하고 바뀌었더라면 얼마나 좋았을까. 큰아들 태규는 밍근해서, 맺힌 데라고는 하나도 없었다. 제 털 뽑아 제자리에 박는 아이였다. 그나마 공부는 제법 했다. 그는 태규의 공부에 기대를 걸었다. 법대가 제격이었다. 큰아들이 판사든 검사든 된다면, 까짓 작은 읍의 검사라도 된다면. 그러면 관공서의 고위직이라 해도 그를 어려워할 것이었다. 큰아들이 법대에 떨어진 날, 그의 마음에 울울한 무엇이 단단히 맺혔다. 진규나 봉규는 공부 머리가 아니었다. 태규만은 못해도, 공부 머리가 있고 욕심도 있는 건 오히려 큰딸이었다. 하지만 딸은 죽어라 키워서 혼수까지 얹어 남의 집에 보낼 존재였다. 남의 제사나 떠받들, 아무짝에도 쓸모없는……. 그런 큰딸이 말도 태규보다 빨랐다. 아둔한 것보다는 백배 나았지만, 제 오라비보다 몇 배 꺽센 것도 걸렸다.

그하고 열 살이나 차이 나는 남동생이 결혼할 때 그는 신신 당부했다.

"요새 배운 사람들은 애들을 많이 안 낳으려 한다더라. 아들 딸 구별 말고 둘만 낳자고 나라에서도 그래 쌓고. 남들이 아무리 그래도 넌 그러면 안 된다. 세상천지에 우리 둘뿐이다.

힘이 되어 줄 만한 일가붙이 하나 없다는 걸 너도 알지 않느냐. 누이들이야 남의 집 사람들인 데다 다들 고만고만하게 사니……. 그러니 우리 둘이 자식을 부지런히 낳아야 한다. 그래야 그중에서 집안 일으킬 아이가 나와도 나오는 거고, 남들도 우리를 업신여기지 못할 거다."

제법 알아먹는 표정으로 듣던 동생은 연년생으로 아들을 둘 낳더니 통 아이 소식이 없었다. 이러다가 아예 묶어 매는 수술을 하는 거 아닌가 싶어서 그는 서울로 쫓아 올라갔다. 그새 수술을 받으면 어떡하나 하는 조급증에, 명절이 되어 내려오기를 기다릴 수 없었다. 동생과 제수를 앉혀 놓고 다시 다짐을 두었다. 그의 뒷바라지로 대학을 다닌 동생이라 아들이나 다름없었다.

둘째 딸이 살금살금 들어와서 방 가장자리를 타고 벽장의 다리미를 꺼내 간다. 지들 방에 숨죽이고 있었던 모양이다. 당찬 큰딸과 달리, 둘째는 소리만 질러도 기가 죽었다. 여자로선 차라리 둘째딸 같은 성정이 낫다. 벌러덩 누워 바라보는 천장이 낮다. 아직도 숨결에서 술 냄새가 난다. 너무 많이 마셨다.

시장 안, 가게를 끼고 뒤편의 살림채에 방이 세 개나 되는 이 집의 등기를 이전했을 땐 세상을 다 쥔 것 같았다. 세월이 흐르고, 세상도 변했다. 이제 이 정도로는 성에 차지 않는다. 천장이 높고 담장도 높은 집, 볕이 많이 드는 집. 그런 집을 가져야 남들이 넘보지 못한다. 제 돈 내고 마시는 술집에서조차 대접이 다른 게 세상이다.

일하는 애들 둘이 술상을 받쳐 들고 들어섰다. 술병을 든 마담이 그 뒤를 따랐다. 상 위를 덮고 가장자리로 내려뜨려진 흰 종이에서도, 마담의 치맛자락에서도 사각사각 소리가 났다. 열린 문으로 맑은 공기가 들어오면서 상에 놓인 음식 냄새와 마담의 몸에서 나는 지분 냄새를 방 안에 흩뜨렸다. 불고기와 전유어, 지단과 실고추로 고명을 얹어 모양을 낸 조기찜, 같은 지단이지만 채썰지 않고 마름모꼴로 고명을 얹은 잡채 등. 뭍과 물에서 나는 음식이 상에 가득했다. 마담은 상차림을 훑어보는 척 좌중을 둘러보더니 제재소 박 사장에게 먼저 다가가 잔을 채웠다. 마담이 움직일 때마다 갑사 치맛자락 스치는 소리가 살갗을 쓸었다. 와하하핫, 터무니없이 호방한 웃음소리가 다른 방에서 건너왔다. 바다가 육지라면 바다가 육지라면 배 떠난 부두에서 울고 있지 않을 것을……. 콧소리 섞인 노랫소리가 간드러지고 젓가락 장단이 낭자했다.

"누구?" 박 사장이 턱짓으로 소리 나는 쪽을 가리켰다.

"군수님이랑……."

나머지는 말하지도, 묻지도 않았지만 짐작이 갔다. 기관장들이 모여 있을 것이다. 읍장이며 교육감, 각 조합의 조합장 같은 사람들. 명월관은 그런 기관장들과 읍에서 주유소나 양조장, 제재소 같은 제법 규모 있는 사업을 하는 사람들이 단골로 드나드는 요정이었다. 공식적인 자리에선 어깨에 있는 대로 힘을 주고 철심이라도 박은 것처럼 목이 뻣뻣한 사람들도 술집에서 술을 들이켜면 개차반이긴 마찬가지였다. 장지문을 넘어오는 소리의 농탕만으로도 빤히 짐작이 갔다.

"그래서, 향순이도 정심이도 다 저 방에 있다 이거지? 장 마담도 면피만 하고 갈 거고? 이거 누군 놋 주발에 담긴 따끈한 밥이고, 여긴 귀 떨어진 막사발에 담긴 찬밥 신세구먼."

열불 난다는 듯, 물수건으로 새삼스럽게 얼굴을 문질러 대며 박 사장이 비아냥거렸다.

"아유, 무슨 그런 오해를 다 하세요. 하필 애들 몇이 단체로 아파서요. 앓는 년들 상머리에 앉히면 술맛 떨어지실까 봐 아예 방에서 나오지도 말라고 했어요. 저쪽 방이 먼저 오셨으니, 형편 보아 가며 애들 새단장해서 이쪽으로 보내 드릴게요. 그동안 퇴물이 드리는 술도 좀 받아 보세요. 좋기야 풋내 나는 얼갈이가 좋지만, 때론 곰삭은 묵은지도 별미랍니다."

마담이 짐짓 삐진 듯 입술을 비죽거렸다. 흥을 돋우자는 수작이었다. 술장수로 세월 보낸 마담, 간들거리는 치마 밑에 꼬리가 아홉 개는 살랑대고 있을 터였다.

"그럼 말씀들 나누시라고 전 물러갑니다. 필요하신 거 있으면 언제든 부르시고요."

자리를 빙 둘러 가며 고루 술을 치고 난 마담이 치마꼬리를 사뿐 휘감으며 방을 나선 뒤에도 한참 동안 계집애들은 코빼기도 비치지 않았다. 안주가 다 식을 무렵, 옆방에서 사람들 나가는 소리가 왁자하게 들리고 난 뒤에야 계집애들이 들어왔다. 기관장들이 지닌 힘 때문에 마담도 어쩔 수 없으리라는 짐작은 가지만, 상갓집 개 취급 받은 기분에 입안이 지금거렸다. 이미 한 상 치른 계집들과 술 마시는 게 맥 빠져서, 다른 때보다 일찍 자리를 파했다. 그날 제재소 박 사장은 술값이 아깝다는 걸 노골적으로 티 냈다. 돈 낸 사람은 박 사장이지만, 어차피 돌려 가며 내는 것이니, 술값 버렸다는 심정은 다들 마찬가지였다.

마음인지 몸인지 한구석에 진 응어리는 집에 돌아와 어수선한 밥상이며 방바닥에 쏟아진 눌은밥을 보는 순간 터져 나왔다. 치사한 걸 참아 가며 어떻게 번 밥인데, 싶었던 것이다. 아내한테 분풀이를 하고도 응어리는 가시지 않는다. 어둠 속 잠든 아기 쪽으로 돌아누운 아내의 몸을 끌어당긴다. 아내가 홱, 그의 손길을 뿌리치며 벽 쪽으로 더 붙는다. 어디서 감히! 요정에서 찬밥 대접 받은 분노까지 새삼 치민다. 제까짓 게 버텨 봤자 사내의 완력을 당할 순 없다. 숨 돌릴 여지만 줘도 앙

탈하고 주둥이가 나오는 게 계집이다. 혀끝에 감치는 애교 같
은 건 뗄 줄 모르는 주제에 엉덩이에 뿔 난 소처럼 엉뚱한 데
서 고집을 피운다. 아내를 세게 잡아당긴다. 한 손으로 팔을
붙잡아 꼼짝 못하게 하고 다른 손으로 치마를 걷어올린다. 그
김에 손에 걸린 속곳을 잡아챈다. 아내가 다리를 오므린다. 그
는 무릎을 아내의 오므린 다리 사이로 집어넣어 무작스럽게
벌린다. 윗도리엔 손댈 것도 없다. 오뉴월 쇠불알처럼 축 늘어
진 젖, 쥐고 만질 마음도 없으니. 술집 계집들의 살갗은 매끄
러워서 손이 착 달라붙지 않던가. 모름지기 계집이라면 제 몸
단장에 힘을 써서 착착 달라붙게 만들어야지.

터질 듯 부푼 그것은 허겁지겁 들썩이는데, 아내의 그곳은
바싹 말린 홍합처럼 단단히 오므라들어서 번번이 퉁겨 난다.
그는 아내의 팔을 으스러지게 쥔다. 윽, 아내가 방심한 사이
단김에 넣는다. 으윽, 어금니 짓이기는 신음 소리를 낸 아내가
시체처럼 널브러진다. 몸을 움직여 호응해 본 적 없는 아내다.
이건 뭐, 통나무 끌어안고 하는 거와 뭐가 다른가. 그는 아내
의 다리를 접어 올리고 씨근덕댄다. 알코올 섞인 단내가 그의
앙다문 입에서 풍겨 나온다. 제까짓 것들이! 마침내, 그를 들
쑤셨던 사나움이 쏟아진다.

씻어야지, 씻어야 한다. 가물가물 가라앉는 의식을 겨우 살
려 낸다. 안방 문을 열면 부엌이고, 부엌 구석에 높이 돋운 수

돗가엔 욕조가 있다. 어릴 때 일본 사람 집에 있던 것과 같은 무쇠 욕조다. 일본 사람들은 문명을 갖고 있었다. 그걸 보면서 깨달았다. 우리는 힘이 없구나. 그러니 질 수밖에 없지. 그런 일본이 원자탄을 맞더니 꼬리를 내렸다. 읍에 있던 일본인들은 황급히 떠나갔다. 적산가옥인 집을 사고, 부엌에 수도를 끌어들이고, 수돗가에 콘크리트를 바른 무쇠 욕조를 설치했다. 집 바로 뒤의 공동 우물에서 쌀을 씻고 김칫거리를 다듬는 사람들과 격이 달라진 듯했다. 사람들의 몸에서 나온 때가 동동 떠 있는 공중목욕탕이 아닌 집에서 목욕할 수 있다는 게 어딘가. 그의 집에선 규칙적으로 장작을 때서 욕조의 물을 데운다. 무쇠 욕조 위에 덮은 나무 뚜껑이 물의 보온을 돕는다. 물이 데워지면 그가 맨 먼저 목욕을 한다. 그는 몸을 불린 뒤 정성스럽게 때를 벗긴다. 그가 목욕을 마치면, 식구들이 차례차례 그 물에 목욕을 한다. 술에 취해 들어온 날이면 그는 문턱에서 널브러진다. 아내와 아이들이 그를 잡아끌어 방에 뉘고, 옷을 벗기고, 물수건으로 얼굴이며 손발을 닦아 준다. 그는 절반쯤 몽롱한 의식으로 그걸 즐긴다.

몽롱하던 그의 의식이 번쩍 깨어난다. 가랑비에 옷 젖는다. 한번 씻지 않으면 버릇이 된다. 물결처럼 덮쳐 오는 잠을 걷어 내며 그는 몸을 일으킨다. 속곳을 꿰고 불을 켠다. 눈을 찡그리며 아기 쪽으로 몸을 돌리던 아내가 벌떡 일어난다. 바락바락 울다 제풀에 지쳐 늘키며 잠들었던 아기가 눈을 치뜨고 있다. 얼굴은 백지장 같고, 입술은 시퍼렇다. 힘없이 외로 튼 고개를 따라 눈도 쏠려서 흘겨보는 것 같다. 끄억, 끄억, 벌어진 입에서 억지로 침을 삼킬 때 같은 소리가 난다. 가슴께에서 엇갈린 두 팔이 시계추처럼 간당거린다.

"아이고, 얘가 또, 거기 물 좀 줘 봐요!"

아내는 아기를 당겨 안으며 그에게 외친다. 아기의 목이 아내의 팔 위에서 힘없이 뒤로 꺾인다. 아내는 그가 건네준 자리끼 대접의 물을 입에 머금었다가 아기의 얼굴에 푸푸, 내뿜는다. 아기는 축 늘어진 채 팔만 달달 떤다. 아내는 아기의 코에 입을 대고 숨을 불어넣고 빨아들인다. 그래도 반응이 없다. 그 새 옷을 걸친 그가 아기를 낚아챈다. 아내가 허둥지둥 자기 옷차림을 수습한다. 기다릴 시간이 없다. 얼른 나선다. 가게의 진열대 사이에 고인 어둠이 음험하다. 아기를 데려가려는 무엇이 그 어둠에 몸을 묻은 채 숨어 있을 것만 같다. 더 잃을 순 없다. 무력하고 무능한 인간들이나 제 것을 잃고 빼앗긴다. 큰딸도 병원 한 번 못 가 보고 이렇게 잃었다. 아내가 뒤에서 신발을 질질 끌며 따라온다. 한길로 나 있는 가게 문, 잠근 문의 나사를 돌려서 풀 시간이 없다. 아기의 숨이 멎은 것 같다. 그는 등으로 문을 힘껏 민다. 문이 통째로 넘어간다. 칸살로 나뉜 유리 깨지는 소리가 밤을 찢는다. 어느 집에선가 개가 짖기 시작하더니, 그가 뛰는 대로, 사발통문이라도 돌린 듯 동네 개들이 입 모아 왈왈거린다. 혹시 데려갈 영혼 없나 기웃거리던 저승사자가 기겁할 만큼 요란한 소리다.

큰길 건너, 지방 도로와 십자로 교차하는 길을 조금 걸어 올라가면 성도의원이 있다. 그와 친목계를 같이하는 원장은 2층으로 올린 병원 안쪽 살림채에 살고 있다. 그 집의 개도 한껏 목소리를 높여 짖고 있다. 아내는 초인종을 누르고, 다급해진 그는 철문을 발로 차면서 원장을 부른다. 원장님, 원장님! 안채에서 불이 켜진다. 성도의원 원장은 아기의 경기를 몇 번이나 다스렸다. 이제 살았다.

그 순간, 똑같은 장면이 겹쳐진다. 멈칫한다. 한밤중, 갑자기 눈을 뒤집는 딸애. 몇 년 전 집에서 있었던 일이 먹지를 대고 쓴 것처럼 똑같았다. 그때도 그는 자신을 알아주지 않는 사람들에게 분이 났고, 그래서 술을 마셨고, 그리고 집에 와서 그 화를 풀었다. 그러자마자 딸애가 경기를 일으켰고…… 병원에 갈 시간도 돈도 없었던 그는 숨 멎은 딸애를 거적에 말아 묻었다. 옛 기억에 사로잡힌 그는 어둠 속에 늘어진 아기를 이물스럽게 바라본다. 아기가 아니라 무슨 요물 같다. 힘이 풀려서 담장에 기대 선 아내까지 섬뜩하다. 요물이라 해도, 지금은 살려야 한다. 안에서 신발 끄는 소리가 나고 문이 열린다. 우우웅, 통금 예비 사이렌이 밤거리에 음험하게 울려 퍼진다. 왈왈거리던 개 몇 마리가 약속한 듯 짖기를 멈추고 덩달아 운다.
으허헝…….

◇

경선은 교복을 입고 장롱에 붙은 거울 앞에 선다. 풀 먹인
것처럼 매끈하게 다려진 칼라, 단정하고 야무진 여학생이 거
울 앞에 있다. 그러나 얼굴빛은 노랗고 눈 안쪽에 뭔가 깊게
고여 있다. 고집 센 새 한 마리가 머릿속에서 여전히 쪼아 댄
다. 콕콕콕콕, 새의 부리가 닿을 때마다 머릿속이 감전된 것처
럼 찌릿찌릿하다. 몸과 머리를 잇는 목뼈가 물러 버린 듯, 머
리가 목에서 따로 건들거리는 것 같다. 손을 머릿속에 집어내
어 그 새를 잡아 꺼내고, 목을 확 비틀어 버리고 싶다. 밥상에
서 몇 숟갈 뜨는 둥 마는 둥하고 자리에서 일어날 때도 영선
은 여전히 밥을 떠 먹기에 바빴다. 지난밤에 일어난 일은 그새
까맣게 잊은 것처럼, 늘 먹는 반찬이 뭐가 그리 맛있는지 볼이
미어져라 밥을 욱여넣는다. 바보 같은 년! 이해할 수 없어서
분통이 터진다. 방문 앞에 놓아둔 영선의 책가방을 발로 확 차
고 집을 나선다. 학교 가냐? 부엌에서 묻는 엄마의 핏기 없는
얼굴 한쪽 불긋불긋한 자국도 싫다. 오늘, 동네 사람들은 어제
무슨 일이 있었는지 다들 알고 혀를 찰 것이다.

언니는 끝내 자기 칼라만 다렸다. 밤바람을 오래 쐬어서인지 방에 들어오자마자 그냥 잠들어 버렸다. 눈을 뜨니, 언니의 교복엔 반듯하게 다린 칼라가 빛나고 있었다. 혹시나 했지만, 다리미는 간데없고 방바닥엔 빨아서 쥐어짠 자국이 꼬깃꼬깃한 제 칼라가 팽개쳐져 있었다.

배가 부르니 아무 생각이 없어진다. 교복에 달린 칼라는 이틀 내리 입어서 목선을 따라 때가 올랐다. 그걸 뜯어서 뒤집어 단다. 꿰맬 시간이 없어서 엄마의 재봉틀 서랍에서 꺼낸 옷핀으로 듬성듬성 고정시킨다. 밥을 너무 많이 먹었나 보다. 교복 바지의 마이깡이 쬔다. 티셔츠를 입은 채 슬쩍 교복 윗도리를 입는다. 티셔츠의 목덜미가 살짝, 교복 앞섶에서 나온다. 교문을 지키는 선생님 앞을 지날 땐 윗도리 아래로 손을 넣어 아래로 잡아당기면 가려진다. 머리를 빗고 핀으로 고정한 다음 머리카락 몇 오라기를 핀에서 뽑아내서 살짝 흘린다. 거울에 앞모습과 옆모습을 비춰 본다. 머나먼 나라 불란서를 떠올리자 마음에 뽀글뽀글 거품이 인다. 그 거품에 실려 살랑거리는 발걸음으로 집을 나선다.

숙제는 글렀다. 학교 가는 길은 한산하다. 이미 늦었다는 증거다. 조회 시간에만 맞추려 해도 바쁘다. 그런데도 형은 불안한 표정이 아니다. 두 살밖에 차이 나지 않는 형이 이럴 땐 차라리 존경스럽다. 그래도 형네 담임은 손등을 때리지는 않는다.

손등을 맞아 보면 형도 저렇게 태연할 수는 없을걸? 벌써 손등이 아려 온다. 불쌍한 내 손, 어젯밤에 불을 켜고 숙제를 할걸. 뒤늦게 후회해 보지만 소용없다. 종성이 공책을 슬쩍 할까? 교실 구석으로 끌고 나가 을러대면 종성이는 꼼짝 못하고 제 공책을 내어 줄 것이다. 선생님은 종성을 유독 더 못살게 군다. 부러져서 혓바닥으로 더듬으면 꺼끌거리는 이처럼 느껴지는 모양이다. 남들 두 대 맞을 때 종성이는 세 대 맞는다. 종성인 더 혼날 테고, 어젯밤에 돋았던 미움을 생각하면 고소할 것 같다. 그런데 종성의 글씨는 제 생김새만큼이나 어수선한데, 내 글씨는 어른 글씨 같다고 하잖아. 선생님이 바빠서 못 알아볼까? 그럴 것 같지는 않다. 좆 됐다, 숙제를 안 해 온 애들이 많아야 할 텐데. 봉규는 걸음을 재촉한다. 이제 형이 뒤처진 것쯤은 신경도 안 쓰인다.

북적이던 소리가 밥물처럼 잦아들었다. 아기는 힘없이 눈을 뜬다. 식구들이 썰물처럼 나간 자리, 빈 밥상 위로 파리 한 마리가 윙윙거린다. 어쩐지 아주 먼 곳을 다녀온 것 같다. 기운이 없어서 스르르 눈이 감긴다.

철렁, 오목가슴을 쇠공으로 맞은 듯 숨이 막힌다. 이게 끝인

가. 오그렸던 몸을 마구 버둥거렸다. 가슴을 짓누르던 쇠공이 도르르 굴러떨어졌다. 심장이 팔락팔락 뛰었다. 지질렸던 피가 비로소 돌기 시작했다. 살았다. 속으로 고개를 저었다. 그럴 리가 없어. 소리가 울려서 그럴 거야. 그런데도, 그 목소리가, 기억에 남아 있다는 생각을 지울 수 없었다. 숨죽이게 하고, 그 숨죽은 것을 짓밟고 비틀어 대는 목소리. 그걸 어디서 들었던가, 전에 들은 목소리 맞나, 곰곰 생각하는 순간 다시 큰 진동이 왔다. 이번엔 아주 짧고 강렬했다. 출렁, 세계가 흔들렸다. 몸이 따라 흔들렸다. 움찔했다. 다음엔 또 무슨 일이? 가슴이 팔딱팔딱했다. 심장은 독자적인 생명으로, 몸에서 떨어져 나가고 싶어 했다. 출렁이던 물결이 조용히 잦아들기 시작했다. 이제 끝난 걸까. 깊게 내쉬는 숨, 고요가 가만히 가슴을 다독였다. 떨어져 나갈 듯 팔딱이던 가슴이 가만가만 가라앉으며 나직이 두근거렸다. 가슴이 가라앉는 걸 느끼고 안도하는 순간 살갗이 신호를 보냈다. 근질거리는 것 같더니 이내 따가워졌다. 큰소리가 나고 나면 으레 그랬다. 알맞게 따뜻하고 적당히 부드럽게 감싸 주던 물이, 큰소리가 나고 나면 갑자기 가시가 동동 떠다니는 것처럼 쓰라려졌다. 몸을 있는 대로 오그렸다. 무릎을 힘껏 구부려 가슴에 댔다. 주먹을 꼭 쥔 팔도 허벅지에 맞닿았다. 발가락을 발바닥 쪽으로 오그렸다. 쓰린 물에 닿는 부분을 줄이려면 그렇게 해야 했다. 아무도 알려 주지

73

않았지만 본능적으로 알고 있었다.

그랬다, 그 물을 벗어나서 이 방에 던져지던 그때, 바락바락 울다가 눈을 떴을 때, 아기는 낯익은 사람들에게 에워싸인 걸 알았다. 언젠가, 저 사람들이 보는 앞에서 한 발짝 두 발짝 걸음을 떼었다. 그때의 눈길이 기억에 아슴아슴했다. 다리에 힘이 붙은 뒤엔 흙냄새 축축한 곳도 걸어다녔다. 그러다가 큰소리에 놀란 가슴이 너무 아파서, 숨을 쉬지 못했다. 그래서 돌아갔는데 다시 이곳으로!

잊혔던 그 기억이, 열에 들뜬 밤이면 짧게짧게 스쳐 간다. 견딜 수 없어서 떠나갔는데 다시 그리로 오다니. 하필 여기로…… 등 뒤편으로 손이 들어오더니 몸이 들어 올려진다. 아기는 눈을 뜨지 않는다. 엄마 냄새가 아니다. 아버지가 이렇게 부드럽게 들어 올린 적은 없다. 누구지? 그동안 맡아 보지 못한 냄새가 난다. 음식 냄새, 술 냄새, 물 냄새, 채소 냄새, 불 냄새, 바람 냄새, 다디단 냄새…… 그 어느 것도 아니다. 바람과 풀과 햇볕이 섞여 오래 묵은 듯한 냄새. 그 냄새가, 팔딱이는 심장을 가만가만 다독이며 포대기가 되어 감싸 준다. 이제 되었다, 이제 괜찮아. 마음이 찰랑이며 그런 말을 잔물결로 떠올린다. 눈을 뜨면 그 냄새도, 찰랑이는 잔물결의 기분 좋은 간질거림도 사라질 것 같아, 아기는 차마 눈을 뜨지 못한 채 더 깊이 코를 묻는다. 아기를 감싼 그 품에선 그동안 익숙했던 슬품도 노여움도 느껴지지 않는다. 슬픔과 비슷하지만 좀 더 다사로운 무엇, 나중에 자라서 연민이라고 알게 된 무엇이 느껴질 뿐이다. 어디, 이 아기씨가 어디가 편치 않아서 그렇게 고생을 한 건가, 어디 보자. 기분 좋게 울리는 목소리. 아기의 작은 심장이, 있는 힘을 다해서 말을 쥐어짠다. 날, 날 여기서 데려가 주세요.

2

문 너머,
정체를 알 수 없는

동자를 맞는 건 또다시 문이다. 우람한 기둥에 날아오를 듯 날렵한 지붕을 얹은 문이 동자를 기다리고 있다. 반쯤 열린 문 안쪽에선 붉은 안개가 모락모락 피어오른다. 노란 연기가 흘러나오는 문으로 들어섰다가 요괴들을 만나고, 파란 구름이 뭉게뭉게 떠다니는 문 너머에서 죽을 고비를 세 번이나 넘기고도 동자는 포기하지 않는다. 허리에 척, 양손을 얹고 다리를 쩍 벌리고 선 채, 그 거대한 문을 바라본다. 동자의 부리부리한 눈망울이 단단한 각오로 빛난다. 으흠, 정말 정체를 알 수 없는 안개로군. 고개를 갸웃하는 동자의 머리 위로 반짝, 번개 표시가 지나간다. 동자는 미소 지으며 머리에 둘렀던 두건을 벗는다. 두건으로 입과 코를 싸매고 머리 뒤에서 묶는다. 긴 칼을 뽑아 칼날을 노려보고 허공에 한 번 휘두른 뒤 칼집에 꽂는다. 마침내 동 자가 결의에 찬 표정으로 한 발 딛는다.

"어서 와. 만화 보려구?"

"아뉴."

귀에 익은 목소리. 아이는 반사적으로 고개를 든다. 봉규다. 문간에서 손으로 자신을 가리키는 오빠를 보는 순간, 조금 전 에 만화책에서 본 번개 표시가 머리를 뚫고 들어와 발바닥까 지 단번에 꿴다. 오빠의 등뒤는 먹물을 풀어놓은 것 같다. 어 느새 밤이라니. 온몸의 기운이 스르르, 방아 기계에서 떨어지 는 쌀가루처럼 아래로 흘러내린다.

"지선아, 너 큰일 났다. 너 찾느라고 난리 났어."

"집에다 말하지 않고 왔나 보네. 어서 가 봐."

아이는 책을 덮고 천천히 일어선다. 허깨비가 된 것처럼 걸 음이 허정거린다. 힘없이 인사를 남긴다.

"안녕히 계세요."

"그래, 잘 가고 또 와. 자 이건 처음 왔으니까 뽀나스. 자주 와!"

아저씨가 알사탕을 하나 내민다. 고맙습니다. 아이는 사탕 을 호주머니에 집어넣고 몸을 돌린다.

늙은 고양이가 두껍고 날카로운 발톱을 한껏 세워 속을 긁는다. 시간을 되돌릴 수 있다면. 학교에서 돌아와 가방을 넣어 두러 들어간 방, 벽에 걸린 아버지의 바지 호주머니에서 삐죽 드러난 지갑을 보기 전으로.

어두워질 때까지 돌아오지 않아 식구들을 걱정시킨 죄, 가서는 안 되는 만화 가게에 간 잘못, 게다가 돈까지 훔쳐서. 목에 칼을 쓰고 발에 쇳덩이를 차고 감옥에 갇힌 죄수라 해도 이렇게 많은 죄를 한꺼번에 저지르지는 않았을 것이다. 어둠 속으로 스며들어, 다시는 아는 사람 누구의 눈에도 띄지 않게 사라져 버리고 싶다. 네 죄를 네가 알렷다! 허공에서 누군가가 소리친다. 죄의 무게가 기름 짜는 틀 안에 든 것처럼 사방에서 욱죄어 온다. 기름틀이 머리를 쥔다. 멍해진 귀로 찌릿, 전기 같은 게 흐른다.

"너 왜 그래. 괜찮아?"

오빠의 손이 어깨를 짚는다. 아찔했던 아이는 눈을 꼭 감고 침을 삼킨다. 먹먹했던 귀가 뚫리며 단단하게 뭉쳤던 명치의 쇠공이 도르르 흘러가 숨통이 트인다.

"응, 괜찮아."

"그러게, 오늘따라 하필 여기로 와서……. 고바우만화로 갔으면 내가 금방 찾았을 텐데. 이 동네에 만화 가게 생긴 건 또 어떻게 알고."

읍에서 하나뿐인 극장 뒤편에서 시작되는 구시가는 흐물흐

물 녹아 버린 김장김치처럼 쓸모를 잃은 동네였다. 새로 길이 나면서 상권도 옮겨 가, 버림받은 채 홀로 늙어 가는 노인처럼 삭고 있었다. 지붕 낮은 집들은 주인에게 꾸중 듣고 납작 엎드린 동물처럼 슬퍼 보였고, 골목은 두 사람이 겨우 비껴가기에도 좁았다. 골목으로 드나드는 사람들조차 어딘지 허줄하게 보이게 만드는 동네였다. 그런 동네에 만화 가게가 새로 생긴 것도, 꼬맹이가 거길 찾아든 것도 놀라운 일이었다.

"우리 반에 구시가에 사는 애가 있어. 걔가…… 아버지 화 많이 나셨지?"

"저녁 먹을 때만 집에 왔어도 괜찮았을 텐데. 각오해야 할 거다."

다시 명치가 딱딱하게 뭉친다. 그새 시간이 이렇게 흐른 줄 몰랐다. 요술동자 만화책이 한 권이었다면 이렇게까지 늦진 않았을 것이다. 집안이 발칵 뒤집혔을 것이다. 구시가에 있는 이 만화 가게까지 찾아온 걸 보면 동네를 이 잡듯이 뒤졌다는 얘기다. 다시 떨어져나갈 듯 콩닥거리는 가슴, 숨이 치받혀 아이는 타박타박 걸으며 깊은 한숨을 내쉰다.

'아주, 아아주 오랫동안 이 순간을 기다려 왔다.' 말간 윗물 아래 가라앉은 녹말 앙금처럼 뻑뻑한 감정이 느껴지는 목소리. '누가 할 소리! 꿈속에서도 널 잊은 적 없다.' 새된 외침. 영화관 스피커에서 흘러나온 소리가 공터를 휘젓는다. 여느 때라면 영화가 시작된 뒤에도 몇 사람쯤 서성이고 있을 텐데, 오늘은 텅 비어 있다. 영화 속의 검객이 뛰쳐나와 그 칼로 나를 찔러 주었으면. 제 죄를 목숨으로 갚으렵니다, 그러니 부디 저를…… 하고 흙바닥에 쓰러져 눈을 감을 텐데. 감은 눈 가장자리로 진득한 눈물 한 방울 흐르고. 엄마는 나를 끌어안고 울부짖으시겠지. 아, 엄마…….

"엄마도 화나셨어?"

"걱정이 태산이셨지. 너한테 무슨 일이 생긴 거 아닌가 하시더라. 나도 네가 유괴당했을지도 모른다는 생각을 했으니까."

몇 해 전 유괴당했던 두형이는 끝내 돌아오지 않았다. 대통령까지 나서서 언급한 사건이었다. 그 뒤로, 읍내 사람들은 아이가 없어지면 유괴당한 거 아닌가 싶어서 가슴이 마른 낙엽에 불 붙은 것처럼 바작바작 탔다.

엄마의 속도 그렇게 탔겠다. 바싹바싹, 나사 하나가 가슴을 파고든다. 죄책감이 드라이버 쥔 손에 자꾸만 힘을 주어 나사를 쥔다. 아버지에게 매를 맞아 죽는다 해도, 집 밖으로 쫓겨난다 해도 지은 죄에 비하면 무겁지 않을 것 같다. 매를 맞고 죽는다면 온 읍내가 알게 될 것이다. 학교에선 모범생인 아이가 부모님 말씀 안 듣고 만화 가게에 갔다가 죽었다는 걸. 만화책이 꽂힌 책장 뒤편에 숨어 있다가 늦은 밤까지 만화에 빠져 있는 아이 앞에 나타나는 귀신 이야기가 새로 생길지도 모른다. 맞아 죽은 자신이 보이고, 죽은 아이를 에워싸고 살아 있을 때 그 애가 어땠는지 떠들어 대는 사람들의 말이 들리는 것 같다. 코가 찡하더니 저도 모르게 입술이 비죽거린다.

"여기서 잠깐만 기다려."

오빠가 불 꺼진 매표소 옆의 으슥한 틈바구니로 들어간다. 아이는 그 자리에 쪼그리고 앉는다. 담배 피우는 오빠들을 위해 아이는 종종 망을 보았다. 장이 파한 뒤 시장의 으슥한 공터에서, 제재소에 쌓인 나무 더미 그늘에서, 오빠들이 담배 연기를 내뿜는 동안 아이는 내 아이든 남의 아이든 잘못하는 걸 봤다 하면 그냥 지나치지 못하는 어른들이 오는지 길 쪽을 지켜보았다.

칙, 작은 불꽃이 피어오른다. 눈물 어룽진 눈에 불꽃이 아롱거린다. 어쩐지 오스스해져 아이는 몸을 더 오그린다. 매섭게 추운 날 성냥을 팔던 소녀, 끝내 성냥을 팔지 못하고 차가운 거리 모퉁이에 쪼그리고 앉아 그 성냥불로 추위를 녹이던 소녀. 이야기 속의 그 장면에 어느새 아이가 들어가 있다. 어둠 속에 오롯이 떠 있는 담배의 불빛은 성냥팔이 소녀가 창 너머로 들여다보던 어느 집 실내에 켜진 램프다. 공터로 번져 나가는 담배 냄새를 맡으며, 아이는 집에서 자기를 기다리는 무시무시한 것으로 향하는 생각을 돌리려 마음속 곱은 손으로 자꾸만 성냥을 그어 댄다. 그러다, 호주머니에 든 사탕이 생각난

84

다. 얼른 그걸 입에 넣는다. 혀를 적시는 단맛이 조금은 위안을 준다. 아이는 단맛을 탐했다.

아이가 집에 없다는 걸 가장 먼저 알아차린 사람은 살림을 거들던 경자였다. 가게가 번성하면서 일을 거들게 된 엄마는 초등학교를 마치고 집에서 하릴없이 시간을 보내던 먼 친척 경자를 데려왔다. 살림을 가르치고 나이가 차면 혼수를 장만해 결혼시킨다는 조건이었다. 둥글넓적한 얼굴에 웃으면 눈이 단춧구멍이 되어 버리는 경자는 나뭇등걸처럼 두툼한 몸피만큼이나 인정도 많았다. 거지에게 밥을 줄 때도 손이 커서 엄마의 걱정을 샀다. 나이가 차서 친지의 중신으로 약혼했는데, 결혼식 날을 받아 놓고 시아버지가 급사하는 바람에 결혼이 한 해 미뤄졌다. 경자가 집을 떠나면 꼼짝없이 그 자리를 물려받아야 했을 경선은 이때다 싶어 동생들을 경자에게 맡겨 두고는 서울의 작은아버지 집에 자주 드나들었다.

밥솥 뚜껑을 열어 뜸 든 걸 확인하던 경자가 막 들어서는 봉규에게 물었다.

"너 지선이 못 봤냐?"

"못 봤는데?"

"얘가 어째 아까부터 안 보이네. 학교에서 돌아오는 건 봤는데 언제 나갔는지. 봉규 너, 수저 좀 챙겨라. 지선이가 없으니까 당장 아쉽네."

"영선 누나는?"

"영선이도 아까 미애네 간다고 갔어. 저녁 먹고 올 거라면서."

엄마가 가게에 들어서며 말했다.

"밥 다 되었냐? 찌개 간은 봤고?"

"네, 봤어요. 그런데 지선인 어디 갔대요?"

"지선이? 방에 있는 줄 알았는데?"

"없어요. 아까부터 안 보이는데 얘도 모른다고 하고……."

"얘가 또 잠들었나……. 봉규야, 벽장 문 한번 열어 봐라."

아이는 가끔 벽장으로 들어가 잠들었다. 무심코 벽장문을 열다가 잡동사니 위에 웅크린 아이를 보고 소스라친 적이 한두 번 아니었다. 잠든 아이는, 몸을 동그랗게 만 애벌레나 날개를 맞접은 어린 나비 같았다. 경자가 대답했다.

"아까 제가 열어 봤어요."

"얘가 어디 가서 이때까지 안 오나……. 친구네 집에 갔나?"

"엄마, 만화 가게!"

퍼뜩 생각이 미친 봉규가 외친다.

"그렇지. 참, 아버지 아시면 경치실 텐데. 네가 얼른 가 봐라."

고바우만화 가게 안에는 남자애들 서너 명이 있을 뿐이었다. 봉규는 낯익은 주인 아저씨에게 물었다.

"아저씨, 혹시 내 동생 안 왔어요?"

"오늘은 안 왔는데?"

집에 돌아오자 그새 식구들은 밥을 먹고 있었다. 엄마는 봉규에게 눈으로 물었다. 봉규는 고개를 저으며 아버지 몰래 입모양으로만 말했다. 안 왔대요. 갑자기 전압이 떨어지기라도 한 것처럼 엄마의 얼굴이 침침해졌다.

"애들은?"

"친구네 집에 갔어요."

영선이 친구네 집에 간 게 다행이라고, 식구들은 가슴을 쓸어내렸다.

"남의 집에 놀러 가도 밥때 되면 알아서 들어와야지. 애들이 배를 안 곯아 봐서."

아버지가 밥숟갈을 놓고 나가자마자 엄마는 아이가 갔을 만한 집에 전화를 걸었다. 한 집 한 집 걸 때마다 엄마의 낯색엔 어둠이 더 짙게 서렸다. 미애네 집에서 밥 먹고 실컷 놀다 들어오던 영선은 그길로 발길을 되돌려 시장의 가게들을, 봉규는 여자 혼자 다니기엔 좀 마음이 놓이지 않는 외진 곳들을 찾아보기로 했다. 엄마도 아이의 친구네 집에 가서 그 친구들을 만나 지선이 갔을 만한 곳을 물어보겠다고 했다.

이놈의 기집애가, 하면서 나섰는데 어둠의 밀도가 짙어지자 봉규의 마음도 꺼멓게 빛이 죽었다. 누가 가잔다고 달랑 따라나설 만큼 어수룩한 아이는 아니었다. 그래도 어린애였다. 어른이 답삭 들어 올리면 어쩔 수 없을 터였다. 가끔, 그렇게 유괴당하는 아이들 이야기가 라디오에서 흘러나오곤 했다. 유괴당한 아이를 찾았다는 소식은 들은 적이 없다. 가슴이 욱죄어왔다.

늦게 생긴 동생 덕분에 봉규는 막내에서 벗어났다. 만년 막내이던 이병이 일병으로 진급하면서 후임을 받은 격이었다. 아이는 좀 자라자 시키는 일을 착착 해냈다. 봉규가 심부름에서 풀려난 것은 물론이고, 말 잘 듣는 작은 인형이 덤으로 주어진 셈이었다. 특히 담배 심부름에 유용했다. 봉규나 진규가 사면 의심에 찬 눈초리로 볼 가게 주인도, 어린 여자아이가 가면 아버지 심부름이라고 생각할 테니까. 체육 시간에 뜀틀을 하다 허리가 삐긋했을 땐 자두만 한 주먹으로 콩닥콩닥 두드려 주기도 했다. 손의 크기에 비해 힘이 들어가 있다 싶더니, 한참 두드리고 나서 아이는 벽에 기댔다. 그제야 봉규는 아이가 있는 힘을 다해 두드렸다는 것을 알았다. 봉규 자신이라면 처삼촌 무덤 벌초하듯 설렁설렁 했을 텐데. 그때 아이가 다시 보였다. 그 쪼그만 애가 사라졌다. 어쩌면 다시 못 볼지도 모른다. 제 안에서 마구 뻗어 나간 불안에 눌려 봉규는 지선아, 지선아, 외치고 다녔다. 시장의 공동변소 앞을 지나면서 지선아, 부르다 공동변소에서 바지춤을 올리며 나오던 만화 가게 아저씨를 만났다.

"동생 아직도 안 들어왔어? 혹시 구시가 쪽에 있다는 만화 가게 가 봤나? 얼마 전에 새로 생겼다는데, 우리 집에 단골로 오던 애들 몇이 요즘 뜸해졌거든. 극장 뒤쪽 어디라던데."

극장 간판을 밝히는 불빛이 아이의 머리 위로 부옇게 내려 앉는다. 쪼그리고 앉아 무릎을 양팔로 감싼 아이는 장날 할머 니들이 이고 와 장바닥에 내려놓는 보따리만큼이나 작다. 봉 규는 담배 연기를 깊이 들이마신다. 아버지가 방에서 피우던 담배를 내다 버리라고 할 때마다 한 모금씩 빨고 버린 게 은 근히 맛이 들었다. 지선을 애타게 찾으러 다닐 땐 보자마자 한 대 쥐어박을 생각이었다. 막상 외진 가게 구석에 홀로 앉아 만 화에 코를 박은 아이를 보자 그 마음이 녹아 버렸다. 내내 겁 먹은 얼굴이더니, 마침내 훌쩍이는 걸 보니 마음이 아리다. 저 꼬맹이가 어떤 일을 겪을지는 불 보듯 뻔하다. 봉규는 필터 바 로 앞까지 타 들어간 담배에 침을 뱉는다. 치익, 담배를 피우 기 시작한 뒤로 늘 챙기는 껌을 하나 깐다. 고양이처럼 웅크린 아이는 그가 다가갈 때까지도 공터만 바라보고 있다.

아이가 가만히 앉아 무릎을 양손으로 감싼 채 멍하니 앉아 있을 때 보면 꼭 고양이 같았다. 그럴 땐 옆에 누가 지나가는 지도 모르는 듯했다. 그러다 밖으로 나가면 온종일 집에 얼씬 도 안 했다. 고만할 때, 밖에서 놀다 보면 집이 궁금하고, 집에 있으면 동네 애들이 나만 빼놓고 재미있게 노는 건 아닌가 하고 밖이 궁금해져 풀 방구리에 쥐 드나들듯 집 안팎을 오가던 봉규와 달랐다.

아이는 겁도 없었다. 고양이는 쥐를 잡아먹고 툇마루 아래 같은 으슥한 곳에 삼각형이 되어 버린 머리와 꼬리만 전리품처럼 남겨 두곤 했다. 식구들은 그걸 보면 쥐가 뒤꿈치를 깨문 것처럼 진저리 쳤다. 결국 집게로 집어 부삽으로 옮기는 사람은 엄마와 경자뿐이었다. 엄마도 경자도 집에 없던 어느 날, 마루로 올라서던 봉규는 신발을 벗다가 쥐 대가리를 보았다. 으이그, 봉규가 진저리 치자 방에서 나오던 아이가 물었다. 오빠, 왜? 봉규는 손으로 마루 밑을 가리켰다. 보지 마, 쥐 있어! 보지 말라고 했는데 아이는 쪼그리고 앉아 마루 밑을 들여다보았다. 그러더니 부엌으로 들어가 집게와 부삽을 들고 나왔다. 아이의 손은 집게를 제 마음대로 움직이기엔 작고 아귀힘도 모자랐다. 아이는 집게를 마루 밑에 넣어 몇 번 움직이다 말고 말간 눈으로 그를 바라보았다. 그냥 둬, 경자 누나 돌아오면 누나가 치울 거야. 아이는 집게를 놓고 빗자루를 들고 와서 쥐 꼬리를 부삽에 쓸어 담았다. 넌 징그럽지도 않냐? 봉규의 물음에 아이는 잠시 콧등을 찡그렸다. 그래도, 치워야 하잖아.

겁이 없는 아이는 만화 가게에서 나오다 아버지의 눈에 띄어 경을 치고도 만화 가게에 드나드는 걸 멈추지 않았다. 그래

90

도 대개는 저녁밥을 안칠 무렵이면 만화 가게 같은 데 간 적도 없다는 듯 말짱한 얼굴로 집에 돌아와 있었다. 만화 가게에서 알아서 단골을 챙겨 주기 때문이었다. 하필 새 만화 가게에 갔을 건 뭐람.

"아이고, 봉규가 동생 찾아왔구나. 잘했다. 어디서 만났냐?"

"세상에, 어디서 뭘 하느라 여태까지……."

"쪼그만 게 겁도 없다. 부모 속 썩는 것도 모르고."

"쟤가 영글다더니만 영글다 못해 겉넘었나 보네."

어둠 내린 공동 우물에서 플래시로 우물 안을 비쳐 보던 경자 때문에, 이웃들은 아이가 없어진 걸 알게 되었다. 밤거리에 처량맞게 번지던, 지선아, 지선아, 부름도 동네 사람들을 걱정하게 했고, 엄마가 찾아간 아이 친구네 집에서 나온 말이 화선지에 먹물 번지듯 어둠 속으로 퍼졌다. 결국 아이가 안 돌아왔다는 걸 온 동네 이웃들이 다 알게 되었다. 어린이 유괴 사건이 걸핏하면 일어나던 때였다. 걱정 반 호기심 반으로 나온 사람들이 문간에서 서성이다 다들 한마디씩 한다. 그 사람들 앞을 지나 문턱을 넘어서던 순간, 안에서 씨근덕거리며 나오던 아버지와 마주친다.

"얘, 어디 있더냐?"

어깨를 들먹이는 사나운 기세에 봉규의 입이 붙어 버린다.

"또 만화 가게 갔지? 안 그러냐?"

예, 봉규가 대답을 마무르기도 전에 왁살스러운 손이 아이의 앞섶을 잡아 들어 올린다.

"아버지, 잘못했……."

아이는 들리듯 질질 끌려가며 말하려 애쓴다. 가게에서 살림채로 들어서자마자 아버지가 아이를 확, 내던진다. 패대기쳐지는 아이를 경자가 몸으로 막아 냈다. 찰싹, 아이의 고개가 홱 돌아간다.

"아버지, 잘못했어요. 용서……."

울먹이며 아이는 말하려 애쓰지만 말을 맺을 수 없다. 왁살스러운 손이 아이의 옷을 쥐어뜯은 것이다. 단추가 퉁기며 윗도리가 한꺼번에 떨어져 나간다. 엉겁결에 치올려졌던 아이의 양팔이 헝겊으로 만든 인형의 팔처럼 툭, 힘없이 떨어진다. 아버지의 손길은 거침이 없다. 치마가 벗겨지고, 팬티까지 끌어내린다. 아이고, 태규 아버지! 엄마가 팔에 매달렸다가 내동댕이쳐진다. 저걸 어째. 살림채까지 따라온 박약국 아줌마가 탄식한다. 알몸이 되어 버린 아이는 바닥에 앉으며 위기를 느낀 애벌레처럼 몸을 오그린다. 아버지가 아이를 한 손으로 낚아챈다. 아이를 옆구리에 낀 채 어깻숨을 쉬며 쿵, 쿵, 울리는 걸음으로 가게 쪽을 향한다. 가게 문간에 그때까지도 남아 있던 동네 사람의 시선이 아이의 알몸에 화살처럼 꽂힌다.

아이는 얼이 빠진 것 같다. 어쩌다 찌를 물어 허공으로 들어 올려진 작은 피라미. 무참한 햇볕 같은 시선에 물기가 바싹바 싹 마르는 피라미. 금세라도 타 버릴 것같이 바삭거리는 몸에 잠깐 그늘이 드리워진다.

"얼른 빌어. 잘못했다고, 다신 안 그러겠다고 빌어."

경자다. 아버지의 기세에 눌린 다른 식구들이 감히 어쩌지 못하는데, 경자가 사람들의 시선을 제 넉넉한 몸으로 막으며 소리친다. 아이의 팔을 붙잡고 흔들며. 넋이 나간 듯 입을 헤 벌렸던 아이는 그 말을 듣고 오히려 입을 꼭 다문다. 이제 늦 었다. 옷이 벗겨질 땐 놀랐지만, 곧 무릎 꿇고 빌 생각이었다. 제 죄를 제가 알았으니까. 하지만 알몸으로 동네 사람들 앞에 끌려 나오는 순간, 잘못했다는 말, 용서해 달라는 말은 돌돌 말려서 아이의 목젖을 누르다 마침내 떨어지기 시작한 매의 반동으로 도르르 굴러 아이의 숨통을 막았다. 아이는 정육점 갈고리에 꿰인 고깃덩이처럼 들린 채 제 몸으로 떨어지는 매 와 사람들의 시선을 고스란히 맞는다. 입술을 꼭 깨물고 눈을 꼭 감은 채. 눈끼리 붙어 버려 다시는 안 뜨였으면, 이대로 죽 어 버렸으면.

깊이 빨아들였다 내뿜는 담배 연기도 가슴에 꽉 찬 노여움을 녹이지 못한다. 싸가지 없는 것. 쥐방울만 한 게 벌써부터 아비 말을 거역하다니!

시장 안의 만화 가게에서 나오는 아이를 본 건 아이가 학교에 들어가기도 전이었다. 얼빠진 표정으로 가게에서 나오던 아이는 아비를 보고 얼어붙었다. 가서는 안 되는 곳인 줄 아이가 알고 있다는 증거였다. 그날, 그는 아내와 아이를 나란히 앉혀 놓고 아내에겐 아이 버릇 단단히 들이겠다는 약속을, 아이에게서 다시는 만화 가게에 가지 않겠다는 다짐을 받아 냈다.

만화도 소설도, 허황한 헛것이었다. 그런 걸 지어내는 사람도, 그런 데 빠져드는 사람도 그는 이해할 수 없었다. 이해할 수 없는 것들에 으레 그러하듯, 그런 사람들을 경멸했다. 팍팍한 현실을 살지 않고 꿈같은 이야기나 꾸며내고 거기에 홀리는 사람들이라니. 살아가는 일이 얼어붙은 저수지를 조심조심 건너는 것 같음을 잠깐이라도 잊게 만드는 것. 얼어붙은 저수지를 건널 때 발밑 바라보던 시선을 홀리게 하는 것. 그러다 급기야 얇은 데를 딛게 만들고, 얼음이 깨지며 풍덩 빠지게 만드는 것. 살갗 에이는 냉기에 허우적거리며 소리쳐 봤자 지나가는 사람 없고, 어쩌다 있다 해도 장대 내밀어 잡게 해 주는 사람은 극히 드물다는 것을, 현실의 그 모든 비정을 잊게 만드는, 말하자면 아편 같은 것. 도취해 있다가 깨어날 때의 참담함을 맞바로 볼 수 없어서 자꾸만 찾게 되는. 이야기는 아편이었고, 그걸 즐기는 사람은 아편쟁이나 다를 바 없었다. 아이가 거기에 중독되는 걸 막아야 했다. 혼자서 글을 깨친 아이의 영민함이 불길하더라니.

아이는 가게 앞에서 양 허리에 손을 척 얹고 고개를 조금 치켜든 채 뭐라고 하고 있었다. 앞에 사람이 있는 것도 아니었다. 얘가, 까닭 없이 가슴이 철렁했다. 아이는 말하는 데 골몰해서 그가 나오는 것도 모르고 있었다. 그는 가만히 뒤에 서서 아이가 하는 말을 들었다. 명, 성, 이, 발, 발, 발…… 마지막 글자만 못 읽었을 뿐, 아이는 길 건너편 이발관의 간판을 제대로 읽어 내고 있었다. 그 순간, 한번 내려앉은 가슴이 더 내려앉았다. 기뻐해야 마땅할 일인데, 어째 가슴이 먼저 내려앉았다. 아이가 제 언니나 오빠의 교과서를 갖고 놀 때, 그는 거기 실린 그림을 보는 재미로 펼친다고 생각했다. 그런데 아이는 어느새 혼자 글자를 깨치고 있었다. 일곱을 낳아 여섯을 키우면서 한 번도 보지 못한 모습이었다. 제 엄마건 언니건 오빠건, 무슨 말만 했다 하면 왜, 왜, 왜? 하고 '왜?' 귀신 붙은 것처럼 귀찮게 굴던 아이가 언제부턴가 꿀 먹은 벙어리가 된 듯 말이 없어진 것도 걸렸다. 그가 다른 일을 하고 있다 고개를 돌렸을 때 그를 빤히 바라보고 있던 아이의 영근 눈빛을 보고 있자면 까막눈인 줄 알았던 아이가 혼자 글자를 터득하듯 자기 속을 읽어 내고 있는 건 아닌가 하는 엉뚱한 생각이 들 정도였다. 초롱초롱한 눈으로 뭔가를 뚫어져라 바라보거나 골몰히 생각에 잠긴 아이는 애기무당처럼 이물스러웠다.

아이는 이집 저집 불려 다니는 무당처럼 집 밖으로 돌았다. 어느 날 만화 가게 앞을 지나다가 퍼뜩 짚이는 게 있어 안을 들여다보았더니, 아이가 아편굴처럼 음습한 가게 안에서 까치발을 딛고 책을 집으려 팔을 뻗고 있었다. 그날, 아이에게 손을 댔다.

오늘 식구들은 아이가 없어진 걸 그에게 알리지도 않으려 했다. 친구네 집에 갔다고 거짓말을 했다. 서로 입을 맞춰 그를 속였다. 그의 말을 거스른 아이, 함께 속임으로써 그를 핫바지로 만든 식구들. 노여움이 시루 속 쌀가루와 팥고물처럼 켜켜이 쌓였다. 쌓였던 노여움이 한꺼번에 분출하는데 아이가 웅얼거리는 말이 귀에 들어올 리 없었다. 그래도 그렇지, 말의 발바닥에 편자 박듯 아이가 머릿속이며 가슴속에 잊지 않을 만큼 매질을 하면서도, 잘못했다고 빌면 적당한 선에서 끝내려고 했다. 조막만 한 게 해볼 테면 해보라는 듯 입을 꼭 다물고 매를 맞는 꼴을 보니 분통이 터졌다. 자연히 매질이 드세지고 길어졌다. 어쩌다 저런 게 생겨났는지. 갓난애일 땐 경기로 속을 썩이더니. 그는 꽁초의 불을 새 담배로 옮겨 붙인다.

아이가 경기로 숨이 넘어갈 땐 아이를 살려야 한다는 생각
뿐이었다. 제 아이를 잃는다는 건 치욕이었다. 맏딸을 가난 때
문에 잃었을 때, 다시는 이런 일 없을 거라고 이를 악물었다.
한밤중에 아이를 살리려 뛰는 것쯤은 부모로서 당연한 일이
었다. 숨넘어가던 아이를 무사히 집으로 데리고 돌아올 땐 아
이를 살려 냈다는 자부심으로 가슴이 부풀었다. 아이가 태어
날 무렵부터 장사가 불 일 듯했다. 집을 늘리고 논을 샀다. 물
론 그만큼 그가 노력했지만, 그 이전이라고 노력하지 않은 건
아니었다. 말은 안 했지만 작은 무당 같은 아이가 복을 가져온
게 아닌가 싶었다.

보잘것없는 부모에게서 태어난 까닭에 그는 어린 시절부터
하찮은 사내아이 취급을 받았다. 아무도 그의 가치를 알아보
지 못했으므로, 그 자신이라도 자기를 키우고 높여야 했다. 그
러는 동안, 그의 안에서 그 자신은 실제보다 더 크게 부풀었
다. 그는 남들보다 앞서 나가고 싶었다. 그런데 아뿔싸, 출발선
이 너무 달랐다. 원형 경기장에서의 달리기 경주, 그에게 주어
진 레인은 안쪽이 아니라 맨 가장자리였다. 안쪽에 선 사람들
은 그 정도 특혜에 만족하지 못했다. 권력이나 돈의 힘으로 출
발 신호를 먼저 받았다. 그들이 몇 바퀴 돈 뒤에야, 마지못한

듯 그에게 출발 신호가 떨어졌다. 그의 욕망은 이미 가슴으로 결승선 테이프를 끊고 승리에 도취해 있는데, 정작은 가장 불리한 레인에서 그것도 몇 바퀴 뒤진 채 뛰기 시작한 격이었다. 그들을 따라잡으려면 쉼 없이 뛰어야 했다. 남들이 물을 마실 때도, 땀을 닦을 때도 그는 뛰었다. 물 한 모금 안 마신 채 뛰고 또 뛰어 서너 바퀴 차이를 한 바퀴로 줄여 놓았다. 자신이 뛰는 동안 쉬고 물 마시던 사람들에 대한 질투와 분노를 감히 드러낼 수도 없었다. 그랬다간 그들이 자신을 운동장 밖으로 아예 내몰 것임을 알고 있어서였다. 그들이 지닌 막강한 힘으로 충분히 그럴 수 있었다. 드러내지 못한 분노는 야망이라는 고열에 녹아 마그마가 되었다.

술은 그가 사회에서 살아남기 위해 입은 점잖은 사람이라는 거죽 바로 아래서 들끓는 마그마를 잠시 식혀 주었다. 집 밖에서 드러나지 않던 용암은 집 안에서 터져 나왔다. 산비탈에 겨우 피어난 풀꽃 같은 자식들을 비껴가지 않았다. 들끓던 마그마를 쏟아내 홀가분해진 그가 스르르 잠으로 미끄러져 들면, 아이가 경기를 일으키곤 했다. 늘 그런 것은 아니었다. 그저 우연이라고 보기엔 겹치는 횟수가 잦았다. 아이를 안고 길 건너 병원으로 뛰다가 기시감을 느낀 이후, 그에게 아이는 그냥 아이가 아니었다. 바람기 있는 여자를 아내로 맞은 남자가 자기 아이를 꼼꼼히 지켜보듯, 아이를 바라보는 그의 눈길에

의혹이 차올랐다. 시궁쥐처럼 반짝이는 아이의 오목한 눈을 볼 때면 연관이 아주 없지는 않을 거라는 확신이 옹이처럼 박혔다. 아이는 손가락에 박힌 꺼끄러기나 다름없었다. 육안으로 잘 보이지 않고 족집게로 뽑아 내려 해도 잡히지 않는, 그러나 손가락이 다른 것에 스칠 때마다 움찔거리고 통증을 느끼게 하는 그런 꺼끄러기.

경기는 뜸해지다가 아이가 대여섯 살 무렵에 멎었다. 대신, 아침에 어쩌지 못하는 얼굴로 자리에서 깨는 아이를 자주 보게 되었다. 아이가 깔았던 요는 질척했다. 아이의 야뇨증은 아이가 제 오줌도 가릴 줄 모르는 한낱 오줌싸개에 지나지 않는다는 것을 말해 주었다. 아내는 아이에게 키를 씌우고 바가지를 들려 이웃에 보냈다. 제 발목까지 닿는 키를 쓰고 고개를 푹 숙인 채 동네를 돌고도, 아이는 잊을 만하면 한번씩 요를 적셨다. 다른 일에는 빤한 아이가 제 또래들 다 가리는 오줌을 못 가린다는 게 이해되지 않았다. 손가락에 박힌 가시가 다시 꺼끌거리는 느낌이었다. 오줌은 변소에서 누는 거지 이부자리에 싸는 게 아니라는 걸 아이가 잊지 않도록, 아이의 몸에 새겨질 만큼 매질을 했다. 그래도 아이의 버릇은 고쳐지지 않았다. 아이가 꿈속에서도 환히 볼 수 있도록, 눈에 확 띄는 크기와 빛깔로 경고문을 새겨 주어야 했다. 어느 날, 그는 젖은 아랫도리를 벗긴 아이를 붙잡고 경자를 불렀다. 가서 앞집 상순이 좀 불러오너라. 왜요? 경자가 물었다. 글쎄, 불러오라니까! 상순은 아이와 동갑내기였다. 동갑이지만 아이의 언니라고 해도 될 만큼 체구도 크고 굼실굼실 순하기 그지없는 아이였다. 제 동무의 이름을 들은 아이의 눈동자가 불안으로 어두워졌다. 잠에서 깨어나자마자 영문도 모르고 불려온 상순은 하품하며 부비적거리던 눈을 휘둥그레 떴다. 낫처럼 꺾인 몸으로 그에게 붙잡힌 아이와 상순의 눈이 마주쳤다.

"상순아, 봐라. 지선인 아직도 오줌싸개란다. 여섯 살이나 먹은 게. 넌 안 그러지?"

복숭아 같은 엉덩이를 제 동무 앞에 환히 드러낸 채 맞기를 몇 차례 거듭하자, 아이가 이부자리를 적시는 횟수는 표가 나게 줄어들었다. 그는 그토록 효과적인 방식을 터득해 낸 자신이 대견스러웠다. 북어하고 마누라는 사흘에 한 번씩 패랬다. 거기에 그는 한 가지 덧붙였다. 부모 말 안 듣는 아이도. 달리 무슨 방법이 있겠는가. 그 또한 어릴 적 아버지의 매를 맞고 자랐다. 매 맞는 게 무섭고 싫어서, 매 맞을 짓을 하지 않게 되었다.

아이를 때리기는커녕 언성도 높이지 않는 부모 슬하에서 자란 상순이 아이가 매 맞는 걸 보고 난 밤이면 무서운 꿈에 시달린다는 것을 그는 알지 못했다. 혹시 알았다 하더라도, 자신과 무관한 일이므로 흘려 넘겼을 것이다. 여름날 저녁밥을 먹고 빨갛게 잘 익은 속살을 드러낸 수박을 향해 뻗치려는 제 손을 아이의 마음이 억지로 붙들고 있다는 것, 제가 안 먹는 걸 식구들이 눈치채지 않게 먹는 시늉만 낸다는 것도, 잠자리에 들기 전에 변소에 가서 제 입으로 '쉬' 소리를 내 가며 몸 안의 물기를 억지로 짜내려 한다는 것도 그는 알지 못했다. 오줌을 짜내느라 제가 입으로 내는 '쉬' 소리를 들으며 쪼그리고 앉아 있을 때면 아이 자신이 바람 새는 풍선처럼 후줄근하게 느껴진다는 것도. 우리 지선이, 이제 다 컸구나. 밤에 오줌 싸지 않는 걸 보니. 질척한 이부자리를 본 기억이 가물가물한 어느 날, 엄마의 칭찬을 듣는 아이의 귀에 다시 그 풍선 바람 빠지는 소리가 들렸다는 것도.

차락차락, 풀 그늘에 웅크리고 있을지 모르는 뱀을 쫓으려 지게 작대기로 길섶을 쳐 가며 산길을 걷는다. 볕이 쨍쨍하다. 지게 멜빵이 사정없이 어깨를 파고든다. 무거운 짐을 지고 걷는 동안 쉼 없이 땀을 흘린 살갗엔 소금쩍이 피고, 갈증으로 속이 바작바작 탄다. 소 뜨물 켜듯 물을 들이켜고 싶다. 한 모금만 마셔도, 아니 목만 축여도 살 것 같다. 아물거리는 정신으로 모퉁이를 돌아서자 쏴아 소리가 들린다. 바람 한 점 없는 날인데 웬 바람 소리? 미심쩍어서 바라보는 눈앞, 풀들은 미동도 없다. 바람 소리가 아니면…… 물이다! 폭포 물 떨어지는 소리가 분명하다. 정신이 번쩍 난다. 지쳤던 걸음에 힘이 붙는다. 우선 목을 축이고 그 물에 몸을 담그리라. 마음만큼 몸이 잽싸게 나아가 주지 않는다. 이상하다 하면서 내려다보니 두 다리가 맞붙었다. 두툼한 지게 작대기 모양이 된 다리가 번질거린다. 이게 무슨 일인가. 그는 구렁이가 되어 있다. 구렁이? 아니, 이무기! 이제야 그동안 삶이 그토록 힘들었던 이유가 짚인다. 물 떠난 이무기가 어찌 힘들지 않을 수 있으랴. 조금만 나아가면 폭포를 타고 오르며 용이 될 수 있다는 희망에 가슴이 부푼다. 금빛 번쩍이며 승천하는 용을 보고 찬탄하는 지상의 사람들. 자신을 우러러보는, 잔돌처럼 작아진 사람들이 저 아래에 보이는 듯하다. 어서, 어서. 마음이 앞서 재게 놀리다 그만 돌부리에 채인다. 픽 엎어져 버르적거리는 그의 귀에 폭포 소리가 더 크게 들린다.

귓전의 폭포 소리는 생생한데, 숲길은 간데없고 어두컴컴한 방 안에 누워 있는 자신을 발견한다. 하필 그 순간에 깰 건 뭐란 말인가. 채 용이 되기 전에 깨어 버린 꿈의 허망함이 안달을 일으킨다. 그런데…… 폭포 소리가 그치지 않는다. 비다, 빗소리다. 비가 온다는 것을 깨닫는 순간 우르릉, 하늘이 운다. 카랑, 용의 입에서 나올 법한 소리와 함께 거울 같은 빛 덩어리가 창에 번쩍한다. 그는 벌떡 몸을 일으킨다. 모내기를 마친

지 얼마 안 됐는데 가뭄이 이어져 속이 바작바작 타고 신경에 날이 서 있던 참이다. 모로 누워 잠든 아내의 몸을 흔든다.

"여보, 태규 엄마, 일어나 봐."

으으음, 앓는 소리 같은 깊은 한숨을 내쉬더니 아내가 몸을 뒤챈다. 그가 불을 켜자 아내는 이맛살을 찡그리며 눈을 뜬다.

"비 와, 비! 나 논에 다녀와야겠어. 우비 어딨어?"

병아리 품는 어미닭처럼 경자가 아이를 데려간 뒤, 애 버릇 하나 제대로 못 들였다고, 실컷 토한 뒤 입귀에 질척한 침처럼 길게 늘어지는 타박을 들었던 아내, 앙금이 남은 듯 굼뜨게 몸을 일으킨다. 다락에서 비옷과 플래시를 챙겨 내밀며 마지못한 듯 겨우 한마디 한다.

"조심해서 다녀오시구려."

아스팔트 도로에서 샛길로 접어든다. 어둠에 잠긴 벌판, 길가 농수로에 물이 제법 시원하게 흐른다. 잠든 사이에 비가 꽤 쏟아진 모양이다. 자전거의 플래시는 질척이는 길바닥에 흐린 빛살로 퍼지고 바퀴에선 흙탕물이 사정없이 튄다. 우르르 쾅 쾅, 하늘이 노염 탄 듯 울부짖는다. 이러다 벼락이라도 맞으면, 마음이 졸아붙는다. 카르릉, 사나운 짐승이 울부짖는 듯하더니 벌판 끝으로 빛줄기가 내리꽂힌다. 하늘과 땅이 맞닿는 것 같다. 운 나쁘면 맞는 게 벼락이다. 꿈틀거리는 빛줄기가 자신

을 겨눌 수도 있다. 깊은 밤 벌판에 움직이는 건 자기와 자전
거뿐이니까. 번개 치는 벌판에 나설 때면 문득, 보이지 않는
무엇에라도 의탁하고 싶어진다. 그는 부처도 예수도 믿지 않
았다. 신이라는 게 있다면 나한테 이럴 수는 없다. 야망과 현
실의 아득한 거리에 놓인 진창에 발이 빠질 때마다, 저쪽으로
건너가기 위한 그의 애탐을 비웃듯 일이 벌어져 발목을 잡아
챌 때마다 그는 신을 믿는 사람들을 비웃었다.

  그날도 그는 온종일 자전거 페달을 밟았다. 고향에서 할아
버지를 모셔 오려고 나선 길이었다. 마을에 도착했을 때는 이
미 저물녘이었다. 어느 마을이나, 나그네들이 쉬어 가는 사
랑방이 있던 시절이었다. 그는 사람들에게 물어서 그곳을 찾
아갔다. 차림새가 말끔한 사내들이 두런두런 이야기를 나누
고 있었다. 실례하겠습니다. 인사하며 들어서는 낯선 청년을
그들은 뜨악한 눈빛으로 바라보았다. 한꺼번에 입을 다문 사
람들의 맨송맨송한 눈빛이 그를 밀어내고 있었다. 그는 개밥
의 도토리였다. 표 나게 초라한 차림새 때문이었을까. 명색이
사랑방인데 빈말로라도 앉으라는 사람이 없었다. 이미 들어
선 방이었다. 다른 선택을 할 수 있었다면 이리로 오지도 않
았을 것이다. 그는 방바닥에 엉덩이를 붙이며 말했다. 길 가다
가 날이 저물어서, 염치없지만 하룻밤 신세 지려고 왔습니다.

그는 구석의 벽에 등을 기대고 눈을 감았다. 쩟, 누군가가 혀를 찼다. 거참, 반죽 좋은 젊은일세. 이기죽거리는 소리도 들렸다. 어쨌든 이 방에서 하룻밤을 나야 했다. 눈을 감듯 귀도 막을 수 있다면 좋으련만. 쪼르륵, 배 속에서 물 흐르는 소리가 났다. 다른 사람에게도 들렸을지 몰랐다. 아무려나, 온종일 달려온 몸이 물 먹은 솜처럼 무거웠다. 언제 탔는지 기억도 못할 만큼 묵은 솜이었다. 물을 먹지 않더라도 무거운.

가물가물 잦아드는 의식에 그의 고개가 노를 젓는데 누군가가 그의 팔을 붙잡고 흔들었다. 여기가 워낙 좁아서…… 여기서 5리만 가면 여관이 있소. 그리로 가는 게 어떻겠소? 들어설 때부터 그를 밀어내던 가시 같은 눈길에 이미 찔릴 대로 찔린 몸이었다. 와락, 눈시울로 열기가 몰렸다. 나도 사람이다, 사람 그렇게 대접하는 거 아니다 하고 외치고 싶었다. 그는 눈을 감은 채 웅얼거렸다. 눈을 떴다 하면 격한 감정이 마구 쏟아져 나올 것 같아서였다. 종일 자전거를 탔더니 너무 고되군요. 그리고 빈 자루처럼 몸을 허물어뜨렸다.

다음 날 새벽, 그는 산으로 올라갔다. 그가 나올 때에도 사람들은 잠들어 있었다. 표적으로 삼았던 너럭바위를 찾기는 어렵지 않았다. 그 바위에서 아침 해를 등지고 다섯 걸음. 신고 온 술을 뿌리고 삽을 들었다. 외진 곳이었지만 그래도 지나가는 사람이 아주 없으란 법은 없었다. 구덩이를 파는 한편 인

기척을 놓치지 않아야 했으므로 신경이 둘로 날카롭게 갈라졌다. 마침내, 흙 속에서 썩은 낙엽 같은 게 드러나기 시작했다. 널 부스러기였다. 그는 손으로 구덩이를 헤쳤다. 바닷가에 떠밀려 온 나뭇가지 같은 게 흙 속에서 드러났다. 그는 준비해 간 종이 위에 그 뼈들을 추렸다. 할아버지는 아주 작으셨구나…….

할아버지에 대한 기억은 어렴풋했다. 구수한 담배 냄새와 이따금 "청산리 벽계수야 수이 감을 자랑 마라" 읊으시던 시조 가락. 재산을 다 말아먹은 아들 때문에 가슴이 답답할 때면 할아버지는 시조를 읊었다고 했다. 그의 아버지는 뭘 해도 안되는 사람이었다. 가만히나 있으면 좋았을 텐데, 끊임없이 일을 벌이는 사람이었다. 사람들이 다들 한탕 하고 떠난 자리에 뒤늦게 도착해서 새롭게 판을 벌이는 사람. 그런 아버지 아래에서 그는 목숨 부지하는 게 신기할 정도의 가난 속에서 태어났다. 집문서도 땅문서도 훔쳐다 팔아서 말아먹은 아들을 벌레처럼 여긴 그의 할아버지는 그 아들이 낳은 아들에겐 정을 쏟았다. 그는 할아버지의 품에서 자랐다. 그의 젖니가 초가지붕 위로 하나둘 던져지던 무렵에 할아버지는 세상을 떠났다. 가난에서 벗어날 희망이 다 꺼진 불에서 불티 찾는 것보다 안 보이는 고향을 떠나던 날, 그의 어머니는 그를 집에서 멀리 떨어진 산으로 데리고 가 할아버지가 묻힌 곳을 일러 주었다. 남의 산에 몰래 묻은 할아버지였다. 나중에 네가 잘되어 좋은 데 모셔야 한다. 할아버지가 너를 얼마나 싸고 돌았는지, 사람들이 저 조손간은 전생에 부부였을 거라고들 했으니까. 그래서 네 아버지가 너를 안 좋아한 거고.

할아버지의 아주 작은 두개골을 맨 위에 놓고 그 아래로 뼈를 간추렸다. 팔과 다리 갈비뼈까지. 할아버지, 전 사는 것처럼 한번 살아 보고 싶습니다. 사내로 태어나고도 제 맘껏 힘을 쥐지 못한다면, 그게 무슨 사내겠습니까. 저를 도와주십시오. 제가 힘을 갖게 돌보아 주십시오, 할아버지! 사람들이 말하는 부처나 예수는 그에게 닿아 오지 않았지만, 자신을 그리도 아꼈다는 할아버지의 혼령만은 그를 지켜볼 것이었다. 온몸 쥐어짜는 듯한 간절함으로 절했다. 종이에 싼 유해를 자전거 짐받이에 싣고 온 궤짝에 담고, 미리 준비해 온 톱이며 망치 같은 공구를 그 위에 얹었다. 유해를 싣고 가는 걸 알면 누구든 수상하게 여길 것이다. 누가 물으면 일감을 찾아나선 길이라고 궤짝을 열어 보일 요량이었다. 다시 한나절을 달렸다. 마음이 가벼워선지 페달 밟는 것도 한결 가벼웠다. 자신이 번 돈으로 산 산자락으로 가는 길이었다. 마음 같아선 제대로 젯상을 차리고, 온 식구들 모이라고 해 정식으로 모시고 싶었지만 그러기엔 힘이 부족했다. 집 장만도 못한 참에 산뙈기부터 장만한 것도 할아버지를 모셔 오고 싶어서였으니까. 술 한 병과 북

어포로 혼자 제사를 모시고, 미리 파 둔 구덩이에 할아버지를 모시며 그는 차림새 번듯하고 식자깨나 들어 보였던 그 사랑방 사람들, 아침에 나서는 그의 등 뒤로 화살처럼 꽂히던 시선의 기억을 그 옆에 묻었다. 언젠가는 그들을 내려다보는 사람이 되겠다고. 그때 자신에게 주었던 시선에 어린 경멸을 그대로 되돌려주겠다고.

어릴 적, 해수욕장에 있는 그를 한 서양 사람이 불렀다. "너, 미국에 가고 싶지 않으냐?" 어눌하지만 한국어로 물었다. "미국에 가면 공부도 할 수 있다. 학교에도 보내 준다." 절반쯤 알아들은 그 말이 어린 그의 가슴을 부풀게 했다.

그날 집에 돌아와 그는 아버지에게 말했다. "아버지, 서양사람이 저 데려가 준대요." 가면 학교에 보내 준다고 했다는 말은 차마 못했다. 서양 사람이 데려가겠다는 말을 들은 순간, 그의 아버지는 주변을 휘둘러 보았다. 뭔가 때릴 것이 없는지 찾는 눈치였다. 그러더니 아무것도 보이지 않자 맨손으로 그의 목덜미를 잡아챘다. "이놈의 자식이, 제 부모 놔두고 어딜?" 그러면서 마구 때렸다. 못 떠나는 거구나. 아버지는 나를 놓아주기 싫은 거구나. 학교에서 월사금을 달라고 했을 때도 아버지는 나를 때렸다. 미국에 가서 공부하려던 꿈은 그렇게 사그라들었다.

그는 자전거를 세우고 우선 논을 둘러본다. 여린 볏모가 세찬 비바람의 기세에 눌려 몸을 넌 채 흔들리며 버티고 있다. 천둥 번개 때문에 생긴 두려움이 잠시 사라진다. 가게가 딸린 집, 산과 논, 깊이 감춰 둔 금붙이와 통장들. 가진 게 늘어 간다는 것은 남이 넘볼 수 없도록 담장을 조금씩 높이 쌓는 일이다. 부를 쌓고 이름을 얻는 일은 힘없는 목숨에게 걸핏하면 휘두르는 세상의 회초리를 덜 맞는 유일한 방법이었다. 쓸데없이 맞지 않으려면 조금 더 많이 가져야 한다. 그러다 회초리를 휘두를 수 있게 되면 더 좋고. 자기가 휘두르는 회초리 앞에 납작하게 엎드리는 사람들을 내려다보는 자신. 생각만 해도 가슴이 넓어지고 목에 힘이 들어갔다. 거기까지가 100리라면 50리는 왔는가. 서둘러 논두렁을 허문다. 콸콸콸, 물이 시원스럽게 쏟아져 들어온다. 내 논에 물 들어오는 거하고 자식 입에 먹을 거 들어가는 게 가장 보기 좋은 게 사람이니라. 어머니의 말씀이 얼핏 스친다. 다 자식 잘되라고 하는 일이다. 오늘, 아이를 때리다 사람들 틈에 섞인 황인성과 문득 눈이 마주쳤다. 남들보다 많이 배우고도 고작 대서소를 열어 겨우 먹고사는 황가의 눈에서, 그는 오래전 사랑방에서 마주친 표정들을 다시 보았다. 무심코 살갗을 쓸다가 채 아물지 못한 상처의 더껑이를 떼어 낸 것처럼 다시 진물이 흐른다. 망할 것들. 그는 삽으로 논둑의 흙을 퍽퍽 퍼낸다.

◇

"경선아, 아직 멀었냐? 준비 다 됐으면 나가자."

거실에서 기다리던 작은아버지가, 은근히 성마른 목소리로 재촉한다.

"다 됐어요. 금방 나가요."

경선의 블라우스 목덜미를 다시 매만져 주며 작은어머니가 대답한다. 연회색 투피스에 받쳐 입은 블라우스의 짙은 물빛이 조금 튀는 것 같다. 양장점에서 천을 대볼 땐 그 환한 빛깔 때문에 얼굴에 생기가 돋는 것 같았는데.

"내가 봐도 이렇게 예쁘니 남자들 눈엔 오죽할까. 경선아, 오늘 가서 마음 편히, 궁금한 거 다 물어보고 와라. 괜히 긴장하지 말고."

작은어머니가 생글거리며 말한다. 긴장이라는 말을 듣는 순간 머릿속에서 잠들었던 새가 깨어난 듯 톡, 관자놀이 안쪽을 쫀다. 왜 하필 지금! 경선은 눈을 질끈 감았다 뜬다.

"네, 그럴게요. 고마워요, 작은엄마."

"내가 한 게 뭐 있다고…… 어서 나가자. 니 작은아버지도 그렇고, 남자들은 기다릴 줄을 몰라."

작은어머니가 앞서며 문을 연다. 경선은 화장대 거울을 슬쩍 들여다보고 몸을 돌린다.

"경선아, 난 네가 이렇게 예쁜 거 처음 본다. 여자는 가꾸기 나름이라더니. 어서 가자."

양복 차림으로 소파에 앉아 있던 작은아버지가 몸을 일으킨다. 그냥 해 보시는 말이겠거니 하면서도 듣기 좋다. 역시 블라우스 빛깔이 얼굴을 살려 주는 것 같다. 아니면 어젯밤 작은어머니와 나란히 누워서 한 달걀 마사지 덕분인가. 작은어머니는 자기를 가꾸는 일에 열심이다. 서울에서 살아서 얼굴도 희지만, 자주 가꿔서 피부가 더 곱다. 경선은 구두를 신으며 슬쩍 제 볼에 손을 대 본다. 어쩐지 좀 더 탱탱해진 것 같다. 집에선 아무도 해 주지 않았던 말을 작은아버지 집에 오면 자주 듣는다. 한 치 건너 두 치라 그런 말을 할 수 있는 건지 몰라도, 들으면 마음이 훈훈해지는 건 사실이다. 피부가 탱탱한 건 그 때문인지도 몰랐다. 날씨 참 화창하다. 현관문을 열며 작은어머니가 말한다. 뜰에 핀 수국이 탐스럽다. 집에 있기 싫은 날씨다. 그 화창한 하늘에 경선만 느끼는 구름 한 점이 지나간다. 제법 짙은 먹구름이다.

걸핏하면 경선을 집어삼키려는 큰 파도가 끊임없이 덮쳐 오는 망망대해에 혼자 떠 있는 듯한 일상, 몇십 년 된 나무를 뿌리째 뽑아내고 지붕을 날려 버리는 폭풍우 속에서 납작 엎드린 채 버티는 삶. 경선에겐 바람막이가 되어 주고 의지할 대

111

상이 절실했다. 헤엄치던 팔다리에 힘이 빠질 때 잠깐 붙잡고 숨돌릴 널빤지 한 장, 잠시 그 아래 숨어 모진 바람을 피할 수 있는 바위 하나. 엄마는 바람만 불면 날아갈 것 같았고, 아버지는 자주 해일을 일으켜 경선이 방파제 노릇을 하게 만들었다. 학교 선생님들은 어쩐지 다들 교과서의 목차 같은 표정이었고, 오빠는 동생들에게도 세상에도 무심했다. 어쩌다 집에 오면 자기 자신의 문제만으로도 골머리가 지끈거린다는 표정이었다. 그나마 결혼해서 남해안의 화학 단지로 내려간 뒤로는 명절 때나 겨우 들를 뿐이었다.

망망한 바다에서 허우적거리는 경선이 잡을 수 있었던 널빤지는 삼촌이었다. 삼촌은 일가붙이 가운데 가장 출세한 사람이었다. 대학을 나왔고, 직장도 탄탄했다. 나이 차 많은 남동생에 대해 말하는 아버지에게선 긍지가 묻어났다. 그게 똑똑한 동생에 대한 긍지인지, 동생을 뒷바라지해서 그렇게 만든 자신에 대한 긍지인지는 모르지만. 경선이 제 속마음을 덮은 크고 무거운 맨홀 덮개를 열어 그 안의 어둠을 조금이라도 보일 수 있었던 유일한 대상은 삼촌이었다. 삼촌은 결혼해서 작은아버지가 되었고, 직장을 그만두고 차린 기계 부품 공장이 수출 바람을 타고 번창해서, 부자들이 사는 동네에 이층집도 샀다.

작은아버지는 이따금 아버지와의 통화 끝에 말했다. 형님,

경선일 며칠만 저희 집에 와 있게 하면 안 될까요? 여고를 마치고 살림을 거들며 집에 갇혀 지내는 똑똑한 조카딸에게 바람을 쐬어 주려는 마음이었다. 물론, 세상 돌아가는 것도 알아야 하고 좀 더 견문을 넓히고 싶은데 집에만 갇혀 있어서 답답하다는 마음을 경선이 작은아버지에게 종종 비친 까닭이었다. 쇼핑하는 작은어머니를 따라 백화점을 돌아다니거나 작은어머니가 듣는 요리 강습을 청강하는 정도의 짧은 휴가를 보내고 열차에 올라 등 뒤로 물러나는 서울 풍경을 스칠 때면, 화르르 살라 버린 재가 차창에 날렸다. 그때 그 편지를 보냈더라면 뭔가 달라졌을까. 열차의 진동처럼 경선의 마음에도 파랑이 일다 잦아들곤 했다.

딸은 대학에 보낼 수 없다는 아버지의 결심이 요지부동인 걸 알게 된 경선은 눈앞이 캄캄했다. 수석이며 차석은, 실상 바랄 수 없는 것이었다. 태규가 야속했다. 대학을 다닌 오빠는 여자도 배워야 한다는 걸 누구보다 잘 알고 있을 터였다. 게다가 대학에서 만난 여자와 결혼까지 했다. 처음에 아버지는 그 결혼을 반대했지만, 여자네 집안 이야기를 듣더니 조금 수그러들었다. 양반집? 그런데도 동생에 대해선 모르쇠로 일관했다. 인숙이네 언니의 반, 아니 반의 반만이라도 마음을 써 주었으면.

인숙은 마음만 먹으면 4년제 대학 진학도 문제가 아니었다. 서독에 간호사로 간 인숙의 언니는 돈을 부칠 때마다 부모에게 신신당부하는 편지를 잊지 않았다. 선진국에 와 보니 여자도 배우기만 하면 남자 못지않더라고. 인숙인 꼭 대학까지 보내라고. 인숙은 입을 삐죽거렸다. 당연히 대학은 가고 싶지. 난 정말 그 미팅이란 걸 꼭 해 보고 싶거든. 그런데 난 공부가 지긋지긋해. 그냥 여기 학교 마치고 솥뚜껑 운전수나 했으면 좋겠구먼. 대학은 공부 좋아하는 울 언니가 갔어야 했는데. 자기가 공부 좋아한다고 나까지 그러라는 법은 없잖아? 운동장 가장자리의 나무 그늘에서 인숙의 볼멘소리를 듣던 때, 자지러지는 매미 울음소리가 칼날처럼 경선의 가슴을 긋고 지나갔다. 가슴이 잘 익은 수박처럼 쩍 벌어지며 진득한 무언가가 흘러내렸다. 언니…… 죽은 언니가 살아 있었다면 인숙의 언니 못지않았을 것이다.

오빠도 대학을 다녔으니 알지 않겠더냐, 나는 정말로 대학에서 공부하고 싶다, 경선이 제 안타까운 심정을 구구절절 담아 보낸 편지를 받은 태규는 집으로 전화해서 안부 끝에 딱 한마디했다. 아버지, 경선이가 대학에 가고 싶다네요. 오뉴월 엿가락처럼 무른 의사 전달에 차돌 같은 대답이 날아왔다. 여자가 대학은 무슨, 곧 진규도 서울로 올려 보내야 하고, 봉규도 그럴지 모르는데. 말은 제주도로 보내고 사람은 서울로 보내라지 않더냐. 오빠가 건 전화를 아버지에게 건네주고 조마조마한 마음으로 듣던 경선의 속이 뒤집혔다. 진규는 어떨지 몰라도 봉규는 중간에 머무는 성적이었다. 아버지, 그럼 저는요? 저는 사람 아니에요? 작심하고 대들었다. 아버지가 허, 하고 웃었다. 여자가 너무 많이 배우면 엉덩이에 뿔난 소 된다니까! 쇠뿔이 머리에 있어야지 엉덩이에 나면 그걸 뭐에다 쓰냐? 그 소리, 듣다듣다 세상에 별말 다 듣겠다는 듯하던 허, 소리. 거기서 울려나오던 무언가가 경선의 전의를 허물어뜨렸다. 아주 높고 두꺼운 옹벽 앞에 서 있는 듯했다. 사다리는 물론이고 옹벽에 개구멍을 낼 작은 도구 하나 없이 맨몸으로. 뿔 뺀 소나 다름없는 엄마에게는 기댈 여지가 없었다. 마지막이라는 심정으로, 경선은 펜을 들었다.

작은아버님 전상서. 한 줄 써 놓고 경선은 볼펜 끝만 잘근잘근 씹었다. 가망 없는 공부를 하자니 마음속에서 뭔가 허물어져서 성적도 떨어지고 있었다. 졸업하고 무작정 서울로 갈까. 그래서 작은아버지네 집안일을 거들며 학원에 다녀 볼까. 마음으로 가방을 수십 번 쌌다. 작은아버지네 집으로 가면 아버지가 이내 쫓아 올라올 것이다. 자칫하면 불똥이 작은아버지에게까지 튈 수도 있다. 출세한 동생이라 막 대하지는 않겠지만, 아버지는 동생이든 누구든, 이래라저래라 하는 꼴을 보아낼 사람이 아니었다. 그런 일을 겪고 나면, 작은아버지마저 경선을 번거롭게 여겨 멀리하려 할 수도 있었다.

속만 타 들어가던 어느 날, 두 장이 붙어 버린 연탄을 연탄 집개로 마구 쳐서 떨어뜨리다 말고 경선은 방으로 들어갔다. 썼다 지우고 다시 썼다 지운 끝에 완성한 편지를 책갈피에서 꺼냈다. 선생님들마다 칭찬한 단정한 글씨로 쓰인 작은아버지의 주소와 이름을 한 번 더 눈에 담고 봉투를 밑불로 넣은 연탄 위에 툭 떨어뜨렸다. 가슴 달구던 열망은 화르르 불붙어 가볍게 날아오르더니 순식간에 재가 되었다. 새 연탄을 그 위에 올려놓고 구멍을 맞췄다. 연탄 구멍 사이로 투명하게 비치는 재. 경선이 오랫동안 품어 온 꿈도 그처럼 가뭇없어졌다.

인숙은 편지마다 당부하는 언니의 압력에 못 이겨 몸을 뒤틀며 책상머리를 지키더니 전문대학에 갔다. 공부보다 미팅에 열을 올리는 듯하던 인숙은 미팅에서 만난 남자와 졸업하자마자 결혼했다. 나라면 이 악물고 공부해서 좋은 직장을 가졌을 것이다. 인숙에게 받은 부케의 꽃향기를 맡는 경선의 마음속에 들끓는 말이었다. 경선에게 남은 유일한 돌파구는 결혼이었다.

테이블마다 젊은 남자와 여자가 마주 앉아 있다. 중매쟁이로 보이는 나이 든 사람이 함께 앉아 있는 테이블도 있고, 아예 남자도 여자도 어른 한 명씩을 대동한 경우도 있다. 주말이면 선보는 남녀들로 붐비는, 성사율 높아서 더 붐비는 호텔 커피숍 입구에서 둘러보던 작은아버지가 창가 쪽을 가리킨다.

"저기 와 있다."

남자는 작은아버지에게서 듣던 대로 야무져 보였다. 크지도 작지도 않은 적당한 키에 차림새가 단정했고 이목구비도 반듯했다. 무엇보다도 눈빛이 살아 있었다. 어쩐지 처음 본 것 같지 않은 인상이었다. 그동안 몇 번 사람을 만났지만, 첫눈에 이처럼 호감 가는 사람은 없었다. 그나마 첫인상이 괜찮은 편이었던 인숙 남편의 친구는 "맏딸이라고 하셨죠? 아버지께서 사업을 하신다고요. 부족함 없는 집안이라고 들었는데 왜?"하며 대학에 안 간 이유부터 캐고 들었다. 철이 없는 건지 무례한 건지 가늠이 안 되었다. 날씬하셔서 보기 좋네요. 그런데 어디 아픈 데는? 아, 안색이 안 좋으셔서요. 궁금한 건 참지 못하는 사람이었다. 쉴 없이 쏟아내는 남자의 질문을 듣자니, 자신이 우시장 말뚝에 매인 채 거간꾼의 눈길을 받는 소처럼 느껴졌다.

"강 사장님이 전부터 종종 조카따님 칭찬을 하셨어요. 이런 일이 아니더라도, 어떤 분인지 그냥 한번 만나 보고 싶을 정도였어요."

내가 언제 그렇게 자주 이야기했다고…… 그럼 얘기들 많이 나눠요, 하고 작은아버지가 잔에다 커피를 남긴 채 자리를 떴다.

"서울엔 자주 오시나요? 오시면 강 사장님 댁에서 묵으시겠네요?"

경선이 대답하기 편한 질문을 몇 개 던지고 고개를 끄덕이며 듣던 남자가 의자 옆에 놓아 두었던 서류 가방을 집어 올렸다.

"강 사장님이 워낙 찬찬하시니까 제 이야긴 어느 정도 들었을 거 같네요. 그래도 혹시 몰라서……."

남자는 가방에서 서류 봉투 하나를 꺼내 경선 쪽으로 밀어주었다.

"이게 뭐예요?"

"한번 열어 보십시오. 저희 집에도 누이가 있어서, 딸 가진 부모님들이 이런 일에 얼마나 염려가 많으신지 잘 압니다. 강 사장님께서 이것저것 챙겨서 제게 물어보긴 하셨지만, 그래도 일로 만난 사이라서, 다 묻지는 못하셨을 겁니다. 더 자세히 알고 싶어 하실 것 같아서……."

긴장한 속마음이 너무 드러나면 남자가 풋내기라고 생각할 것 같고, 그렇다고 너무 태연하면 닳고 닳은 여자로 보일 것 같다는 생각이 재빠르게 스친다. 경선은 표정을 드러내지 않으려 봉투를 제 앞으로 끌어당기며 고개를 수그린다. 봉투 안으로 손을 넣을 때, 문득 작은아버지 댁에 왔다가 간 영화관에서 본 영화 「로마의 휴일」의 한 장면이 떠오른다. 공주가 진실의 입에 손을 넣는.

봉투가 품고 있던 진실은 남자의 지난날을 입증하는 몇 장의 서류다. 호적초본, 졸업 증명서, 생활기록부, 재직 증명서. 이 자리에서 자세히 보는 건 실례일 것이다. 제목만 넘기면서도 남자의 고등학교 졸업 성적을 점검하는 건 빠뜨리지 않는다. 전체 석차가 열 손가락 안이었다. 명문대에 지원했다 떨어져 재수하던 해 부모님이 한꺼번에 돌아가신 바람에 대학 진학을 못했다는 말이 사실인 것 같았다.

"집에 가시면 부모님께서 여러 가지 물어보실 텐데, 이런 게 있으면 좀 말씀드리기 편할 것 같아서요."

이 남자는 삶에 어떤 큰 파도가 몰아쳐도 나를 지켜 줄 수 있겠구나. 경선의 마음을 닫았던 빗장이 조금 헐거워졌다. 마음에 드리웠던 먹구름 한 점이 조금씩 흘러 마음의 경계를 벗어나고 있었다.

내가 보기로는 그만한 사람 흔치 않다. 성실하고 야무지고, 주위 사람들에게 신망도 높고. 어디 갖다 내놓아도 처자식 고생 시킬 사람은 아닌 것 같다. 대학 안 나왔다는 게 나도 조금 서운하지만, 그동안 드나들며 본 바로는 어설프게 대학 나온 이 몇 사람 몫은 할 것 같다. 네 생각은 어떠냐? 작은아버지의 말을 들을 땐 마음이 진수렁에 빠지는 기분이었다. 내가 대학

못 다녔다고 신랑까지 그렇게 만나야 한다는 건가 싶었다. 다른 사람의 말이라면 그러려니 넘길 수 있었다. 그런데 작은아버지였다. 경선에겐 가장 닮고 싶은 사람이 그렇게 말하고 있었다. 그렇다고 안 만난다고 뻗댈 수는 없었다. 썩 내키지 않는 마음으로 나섰는데, 남자와 이야기를 나누는 동안, 먹구름 머물던 자리에 하얗고 몽실몽실한 양털 구름이 화사하게 빛났다. 수출 업무를 오래 담당했다는 남자는 대인 관계에 능숙했다. 처음 만난 자리인데 오래 알아 온 사람과 이야기를 나누는 듯했다. 남자는 앞에 있는 사람이 자신을 귀하게 느끼게 하는 재주도 있었다. 차를 마시고, 밥을 먹고, 다시 차를 마시고. 자리에서 일어나며 슬쩍 본 시계는 그새 다섯 시간이 지났음을 일러 주었다. 낯선 사람과 함께 있으면서 이렇게 시간을 의식하지 않은 것도 처음이었다. 사려 깊고 정중하던 남자는 민첩하기도 했다. 자리에서 일어날 때, 남자가 얼른 경선의 자리로 와서 의자에 걸쳐 놓은 재킷을 집어 들었다. 이 정도면 되었다, 내 처지엔 딱 이 정도가 알맞다고, 남자가 펼쳐 준 재킷의 소매에 팔을 집어넣는 경선의 마음이 읊조렸다.

◇

앞뒷문을 꼭 닫은 부엌은 찜통 속 같다. 게다가 물솥에선 물이 설설 끓는다. 가슴골로 등판으로 땀이 줄줄 흘러내리고 머리는 뜨끈뜨끈하다. 그 와중에도 끓기 시작한 지 제법 시간이 흘러 물이 졸아붙지나 않았는지 걱정스럽다. 솥뚜껑을 열자 물과 뚜껑 사이에 갇혀서 펄펄 뛰던 김이 마구 번진다. 자욱한 김 사이로 물높이를 가늠하고 솥뚜껑을 덮는다. 누릿하면서도 비린 냄새에 김까지 자욱하니 지옥이 따로 없다. 지옥이라는 말을 떠올리자 진저리가 쳐진다. 그런데도 눈은 자석에 끌리는 쇠붙이처럼 자꾸만 닭이 있는 곳을 향한다. 무서운 영화를 볼 때처럼, 무서워서 한사코 피하려 하면서도 끝내 화면을 보게 되는 것처럼. 마침내 영선은 닭 있는 쪽을 바라본다. 검붉은 물체에 눈이 닿는 순간, 얼른 고개를 돌린다. 목이 비틀린 채 누워 있는 닭이 금세라도 일어나서 그 뾰족한 부리로 쪼아 댈 것만 같다. 왜 비틀었어, 왜 비틀었어? 하면서. 눈을 덮은 허연 눈꺼풀이며 뻐드러진 발은 원한에 차 있다. 목을 비튼 건 영선이 아니지만, 죽은 닭이 그걸 가릴 것 같지는 않다.

경자 언니······. 죽은 자식 불알 만지듯, 결혼해서 집 떠난 이름을 부른다. 경자는 펄펄 뛰어다니던 닭을 바늘 하나로 죽이는 재주가 있었다. 한 손으로 닭을 붙잡고 목 어딘가를 콕 찌르면 닭은 이내 목을 축 늘어뜨렸다. 물론 털 뽑기부터 요리까지 도맡은 사람도 경자였다. 경자가 떠난 뒤로는 경선이 그 뒤를 이었다. 작은아버지의 주선으로 선을 보고 그 남자를 만나러 몇 번인가 서울에 드나들던 경선은 가을로 날을 받았다. 엄마가 방학 중인 지선을 데리고 서울로 떠나자마자 경선은 시장에서 닭을 사 왔다. 아버지가 중복이니 닭백숙을 드시고 싶으시다 했다면서. 장바구니에서 채소를 꺼내 놓고 불 위에 물솥을 올린 뒤 씻고 나온다던 경선은 한동안 부엌에 들어서지 않았다. 경선은 조금만 무리해도 두통으로 얼굴이 노래졌고, 그럴 때면 방바닥에 머리를 대고 누워 있어야 했다. 영선은 경선을 기다리며 부지런히 감자며 당근을 다듬었다.

영선은 새를 무서워했다. 참새든 비둘기든, 새의 부리만 보면 자기를 찍으려고 달려들 것 같았다. 닭은 더했다. 죽은 닭이든 산 닭이든 닭만 보면 소름이 끼쳤다. 닭들도 자기를 무서워하는 걸 아는지 이상하게 영선이 지나가면 찍고 말겠다는 듯 쫓아오곤 했다. 친구네 집에 갈 때도 마당에 닭이 있는지부터 물어야 했다. 아무래도 넌 전생에 닭에게 콕 찍혀 먹힌 지렁이였나 보다 하고 엄마가 말할 정도였다. 닭이 든 장바구니를 등지고 앉아 다듬었다. 파며 마늘, 생강을 다 다듬고 물이 끓기 시작할 때에야 경선이 부엌으로 나왔다. 찹쌀을 씻어 물에 담근 뒤 경선은 장바구니에서 닭을 꺼내 영선 앞에 던졌다. 엄마야, 영선은 뒤로 펄쩍 뛰었다.

"오늘은 네가 털을 뽑아."

"나, 난…… 못하잖아."

닭의 털을 뽑는 건 물론이고, 털 뽑힌 닭을 만지는 것조차 영선은 진저리쳤다. 온 식구가 다 아는 일이었다. 영선은 닭고기도 먹지 못했다. 아무도 신경 쓰지 않는 누린내가 영선의 코에만 역하게 맡아졌으므로. 영선이 겨우 먹는 건 달걀뿐이었다.

"다른 사람 다 하는데 너는 왜 못해? 처음부터 잘하는 사람이 어딨어? 경자 언니 있을 땐 나도 할 줄 몰랐어. 닭 털 다 뽑고 배 갈라서 내장 꺼내고 다듬어 놔. 나 시집 가면 이제 네가 해야 할 일이야. 그때도 못한다고 할 거니? 엄마 아버지 닭고기 못 드시게? 뜨거운 물에 담갔다 뽑는 건 너도 봤지? 그대로 해. 너 때문에 밥상 늦어지면 어떻게 되는지 알지?"

경선은 자배기를 수돗가에 탁 소리 나게 내려놓고 나갔다. 밖에서 문 잠그는 소리가 났다. 영화에서 본, 망나니가 칼을 휘두를 때 나는 소리 같았다. 어느새 끓기 시작해 부엌에 가득 찬 김은 망나니가 입으로 뿜어내는 물보라였다. 부엌엔 영선과 목 비틀린 채 죽은 닭만 남아 있다. 죽은 닭이 자꾸 커지는 것 같다. 오리만큼 아니 거위만큼.

무섭고 서러웠다. 모진 언니가 무섭고, 언니처럼 강단 있는 성격으로 태어나지 못한 자신이 한심하고, 결혼해서 집을 떠나간 경자 언니까지 밉고, 하필 중복을 앞두고 서울로 간 엄마도 원망스럽다. 원망이 소금 가마니처럼 차곡차곡 쌓이더니 눈물이 간수가 되어 진득하게 흘러나온다. 훌쩍훌쩍, 계모와 의붓언니에게 구박받는 콩쥐가 따로 없다. 계모와 의붓언니라니, 엄마와 언니가 알면 펄쩍 뛸 거라는 생각이 잠시 스친다. 그래도 우긴다. 이게 계모의 소행과 뭐가 다르단 말인가. 내가 얼마나 무서워하는지 빤히 알면서 가둬 놓다니. 우는 소리를 들으면 혹 언니가 가엾게 여겨 줄지도 모른다는 희망이 울음소리를 키운다. 이렇게 시간을 끌다 보면 제때 저녁상을 차려 내지 못할까 봐 걱정이 된 경선이 나설 거라는 계산속이 더해져 스테레오 사운드 효과를 낸다. 엉엉, 어어엉, 그러다 흑흑 흐느껴 서라운드 효과를 추가하는 것도 잊지 않는다. 울음소리가 성능 좋은 앰프와 스피커를 거친 교향악처럼 부엌을 채운다. 제 울음소리에 실컷 도취했던 유일한 청중이 조금씩 깨어난다. 이쯤 시끄러우면 부엌문이 발칵 열려야 하는데? 여전히 기척이 없다. 산 정상에 올라가 야호 하고 소리쳤는데 메아리가 들리지 않는 밍밍함. 언니는 대체 어디 있는 걸까. 무얼 하는 걸까. 머릿속이 잘그락거린다. 더 울면, 가뜩이나 소복한 눈두덩이가 내일은 두꺼비 저리 가라 할 만큼 부을 것이다. 밥물 잦히듯 울음을 마무리한다.

실컷 울고 나니 허기가 진다. 찬장을 뒤져 누룽지를 찾아낸다. 딱딱한 누룽지는 앞니로 갉아 어금니로 와작와작 씹는다.

누룽지의 고소한 냄새가 닭에게서 나는 비릿한 냄새를 조금 지워 주는 것 같다. 와작와작, 영선은 닭의 내장에서 나온, 채 계란이 되지 못한 작은 알들을 좋아했다. 크기가 각각 다른 그 노란 알을 간장에 졸이면 쫄깃하면서도 고소했다. 어쩌면 이 닭 속에도 그런 알이 들어 있을지 모른다. 백숙에 알을 안 넣을 거야. 이렇게 고생했으니, 이번엔 내가 그 알을 다 먹겠다고 해야지. 와작와작.

배가 채워지자 배짱도 조금 생겨난 것 같다. 누룽지 부스러기를 탁탁 털어 낸 영선은 마침내 숨을 크게 들이쉬고 닭 있는 쪽으로 다가간다. 차마 닭을 똑바로 볼 수 없어서 다른 쪽을 보면서 팔을 뻗친다. 묵직한 무게감에 찔끔, 다 짜낸 줄 알았던 눈물이 새삼스럽게 비어져 나온다. 닭을 잡은 양손은 오른쪽으로 뻗치고 고개는 왼쪽으로 꼰 채 수돗가로 옮긴다. 자배기에 닭을 담고, 끓다 못해 졸아든 물을 떠내 조심조심 자배기에 붓는다. 누린내와 뒤섞인 역한 냄새가 왈칵 끼치며 속이 뒤집힌다. 닭의 목이 움찔한 것 같다. 엄마야, 영선은 팔짝 뛰어서 문으로 간다. 뒤에서 닭이 쫓아오는 것 같다. 죽은 것도 억울한데 팔팔 끓는 물까지 끼얹었었다고 부리를 세우고. 문을 마구 두드린다. 언니, 언니, 문 좀 열어 줘! 마침내 문이 열린다. 눈물이 둑이 터진 듯 쏟아진다. 영선은 말도 못한 채 바닥에 퍼더앉아 울기만 한다. 경선의 매운 손이 등짝을 갈린다.

125

"병신 같은 년! 닭 털 하나 못 뽑는 게. 오늘부터 설거지, 청소, 빨래까지 다 네가 해! 안 그러면 밥 못 먹을 줄 알아. 알았지?"

영선은 눈물 범벅이 된 얼굴을 들어 고개를 끄덕인다. 날마다 이불 빨래를 하라고 해도 할 수 있을 것 같다. 지금은.

블라우스는 영선의 마음에 쏙 들게 나왔다. 푸른 기가 도는 보랏빛 아사. 몸판엔 안감을 대었지만 풍성한 소매는 그대로 비치게 두고, 같은 빛깔의 공단 바이어스로 손목을 동그랗게 오므려 여성미를 강조했다. 라운드로 파인 목덜미에 같은 천으로 단 프릴은 꽃받침 같다. 역시 명동의상실의 솜씨는 최고다. 옷본에서 단순한 라운드였던 목에 프릴을 단 건 양장점 언니의 아이디어였다. 언니는 옷본에 있는 블라우스 형태를 공책에 쓱쓱 그리고 라운드인 목에 프릴을 달았다. 아무나 소화할 수 있는 게 아냐. 영선인 목이 가느니까 이렇게 프릴을 달면 꽃받침 위로 솟아오른 해바라기 꽃대 같을 거야. 심플한 라운드가 마음에 들었던 영선이 마음을 바꾸는 데엔 1초도 안 걸렸다.

명동의상실은 읍에서 가장 세련된 양장점이고 그만큼 인기가 높다. 약국집 아줌마며 한의원집 며느리 등이 하고많은 양장점을 두고 이 집 단골인 것만 봐도 그렇다. 맞추고 난 뒤에

126

옷을 받기까지 기다리는 기간은 당연히 다른 집보다 길다. 그래도 그럴 만한 가치가 있다. 주인 언니부터가 도회지 냄새를 물씬 풍긴다. 널찍한 헤어밴드를 저토록 대담하고 세련되게 두를 수 있는 사람은 이 읍내에 명동의상실 주인 언니뿐이다. 화장만 해도 그렇다. 화장품 판매원이 요새는 이게 유행이라고 꺼내 놓는 색조 화장품의 빛깔이 어쩐지 익숙하다 싶으면 이미 양장점 언니의 얼굴에서 본 것이다. 유치원에 다니는 예쁜 딸이 있는데도 영선 같은 젊은 손님들이 아줌마라 부르면 질색한다. 아줌마가 뭐니, 언니라고 해.

"어디 얼마나 예쁜지 봐야지? 가서 입고 나와 봐."

패션쇼를 앞두고 모델에게 옷을 입혀 보는 의상 디자이너 같다. 자기가 보려는 게 재봉틀 노루발 아래 눌려 있던 천이 아니라 테레빈 냄새를 풍기는 한 점 그림이라고 여기는 태도. 덩달아 옷을 맞춘 사람도 손님이 아니라 패션모델 같은 기분이 든다. 어쩌면 이 맛에 자꾸 드나드는지도 모른다. 영선은 양장점 귀퉁이, 커튼을 둘러 만든 탈의실 안으로 들어가 면 남방을 벗고 블라우스를 입어 본다. 가벼워서 몸이 날아갈 듯하다. 선녀의 날개옷이 따로 없다.

"와, 그럴 줄 알았어. 딱 맞네! 그 색깔이 한국 사람 얼굴엔 어울리기 어려워서 좀 걱정했는데 어쩜 이렇게 잘 어울려. 얼굴이 한결 산다. 자, 거울 좀 봐."

양장점 언니는 말로 먼저 분칠을 해 준다. 천을 얼굴에 대볼 때도 똑같은 말을 했다는 걸 잊은 모양이다. 그냥 겉치레로 하는 말일 수도 있는데, 영선은 그만큼 돋보이나 보다 하고 믿어 버린다. 좋은 말, 들을 수 있을 때 들어 두고 간직하는 게 수다.

"예쁘게 나왔네요. 언니, 이 아래엔 뭐 입는 게 좋을까요?"

"위가 보라색이니까 아래는 아이보리색 기지 바지도 괜찮고, 아이보리색 없으면 전에 맞춘 베이지색 바지도 어울릴 거야. 치마 입을 거면 바지하고 같은 빛깔 타이트스커트? 블라우스를 안으로 집어넣고 입을 거면 플레어스커트도 괜찮긴 한데……."

양장점 언니는 살짝 말끝을 흐린다. 영선은 키 때문일 거라고 짐작한다. 영선의 키는 평균치보다 작은 편이다. 혹시 키가 자랄까 하고 아침에 눈 뜨면서 힘껏 기지개를 켜고, 틈날 때마다 여성지에서 본 대로 무릎 뒤편을 펴는 스트레칭을 해보지만, 아무래도 키가 늘어나는 것 같지는 않다. 구두 굽을 높이는 걸로 겨우 눈가림을 하고 자존심을 지킬 뿐이다. 빨리 가서 아랫도리와 맞춰 보고 싶다.

"언니, 저 갈게요. 안녕히 계세요."

"입고 갈래? 아직 더울 텐데?"

입었던 옷을 대강 말아서 쇼핑백에 집어넣고 나온다. 밖으로 나오자마자 옷이 휘늘어지며 감기는 것 같다.

"무슨 옷이 그러냐?"

집으로 들어서자 아버지가 눈을 치뜬다.

"올 가을엔 이게 유행할 거래요."

"어째 옷이 그 모양이냐? 차라리 소매를 뜯어 버리는 게 낫겠다."

"양장점 언니가 이렇게 하라고 하던데요. 민소매보다 낫잖아요?"

"차라리 다 보이는 게 낫지. 어째 아른아른한 게⋯⋯."

아버지는 그냥 혀를 차고 만다. 속이 비치는 게 다 드러내는 것보다 더 이상한가? 여성스럽고 좋기만 한데. 다음 옷은 언제 맞출까?

엄마도 경선도, 영선더러 겉멋만 들었다고 나무란다. 영선의 마음에 드는 말을 해 주는 사람은 명동의상실 언니뿐이다. 가끔은 미애 엄마도. 영선의 얼굴이 개성 있고 복이 붙었다고 볼 때마다 말해 주는 것만으로도, 다른 양장점보다 오래 기다리고 비싼 것쯤은 감수할 가치가 있다. 꽃노래도 듣기 좋은 건 한두 번이라지만, 영선에겐 백번 들어도 솔깃한 소리다. 덜덜거리는 똥차처럼 제 앞을 가로막은 채 사나운 잔소리만 퍼붓던 경선이 시집 가면 이제 내 차례다. 옷 맞출 돈을 타 내려면 아버지의 비위를 잘 맞추어야 한다. 영선은 가위로 셀로판 테이프를 정성스럽게 오린다.

129

어릴 적 유일한 자부심이었던 '불란서 유학'의 실체를 알게한 건 미애다. 성적으로는 안 되니 음악이라도 전공해야 대학에 갈 수 있겠다며 미애에게 피아노 레슨을 시키던 약국집 아줌마가 집에 피아노를 들여놓은 날이었다. 그동안 꾸준히 레슨을 받아 온 미애는 「엘리제를 위하여」를 쳐 보였다. 윗몸으로 리듬을 타며 피아노를 치는 미애는 영화에 나오는 진짜 피아니스트 같았다. 잘잘 끌리는 드레스를 입은 미모의 피아니스트가 될 미애의 모습이 공주 같은 방보다 훨씬 부러웠다.

"넌 피아니스트가 되면 외국에도 가겠네? 난 나중에 불란서 유학 갈지 모르는데, 그럼 우리 파리에서 만날 수도 있겠다."

"불란서? 거기서 뭐할 건데?"

"아직 잘 모르겠어. 그런데 우리 작은아버지가, 내가 아주 어릴 때부터 그러셨어. 넌 불란서 유학 가야겠다고."

부러운 나머지 오랜 비밀이 불쑥 튀어나왔지만, 영화배우의 꿈까지 다 말하기는 어쩐지 쑥스러웠다.

"좋겠다. 엄마, 영선이 작은아버지가 영선이더러 꼭 불란서 유학 가라고 하셨대. 나도 나중에 유학 보내 줄 거지?"

빵과 주스를 들고 들어오던 제 엄마에게 미애는 재잘댔다.

"불란서? 그건 네가 열심히 연습해서 피아니스트가 되고 난 다음의 일이지. 그런데 너희 작은아버지는 왜 유학 가라고 그러시든?"

"잘 모르겠어요. 전부터 저를 볼 때마다 그러셨어요."

말없이 나간 미애 엄마가 저녁 식탁에서 약국집 아저씨하고 나눈 이야기를 미애가 전해 줬다. 불란서엔 성형수술 기술이 뛰어나니까 그래서 그랬던가 보다고. 영선이가 형제 중에서 제일 인물이 처지는 편이었으니. 영선은 믿을 수 없었다. 그 말을 전하는 미애까지 미워지려 했다. 설마 하는 마음 한편에 분함이 모락모락 일었다. 전화로 묻고 싶은 걸 참고, 명절 때까지 기다렸다. 그동안 마음은 뒤죽박죽이었다. 명절날 작은아버지가 내려오자마자 물었다.

"작은아버지, 저 불란서 유학 가라고 하신 거, 얼굴 뜯어고치라고 그러신 거였어요?"

"어……, 어 그거? 이젠 안 가도 되겠다. 너 어릴 땐 그래야 할 것 같았는데 많이 예뻐졌어."

많이 예뻐졌다는 말도 위로가 되지 않았다. 불란서에 가서 배우가 되라는 게 아니라 얼굴을 뜯어고치라고 그랬다니. 영선은 그 뒤로 걸핏하면 거울을 들여다보았다. 보면 볼수록 제 얼굴이 더 마음에 안 들었다. 학교 운동장만큼이나 넓어 보이는 이마는 졸업하고 앞머리를 내리면 가려질 것이다. 복코라는 뭉툭한 코의 콧망울도 걸렸다. 갓 깐 마늘쪽을 엎어 놓은 것 같은 여배우의 코로 만들고 싶었다. 결정적인 건 쌍꺼풀이 없고 전날 밤 실컷 울다 잠든 것처럼 소복한 눈두덩이었다. 뜨개바늘 끝으로 눈두덩을 눌러 쌍꺼풀을 만들어 보았다. 쌍꺼풀이 있으니 눈이 한결 크고 깊어 보였다. 뜨개바늘을 떼자마자 바로 풀려 버리는 쌍꺼풀. 쌍꺼풀 졌을 때의 큰 눈이 자꾸만 아른거렸다. 쌍꺼풀 수술 받겠다고 말씀드려 봐? 어림도 없는 소리였다. 궁리 끝에 영선은, 밤마다 셀로판테이프를 오려서 눈꺼풀에 붙이고, 빨래집게로 콧망울을 쥔 채 잠들었다. 코로 숨을 쉴 수 없었으므로 입을 헤벌리고.

◇

아, 혀가 뜨끔하다. 아이는 저도 모르게 이마를 찡그린다. 가게 안으로 들어가 가겟방에서 묵주를 돌리던 이모에게 혀를 내밀며 말한다.

"으이오, 으어기 좀……."

아린 혀끝 때문에 말이 제대로 나오지 않는다. 이모는 방바닥의 성경 옆에 놓아둔 돋보기를 집어 걸친다.

"이런, 혀 깨물었냐? 피가 나네."

피,라는 말을 듣는 순간 배릿한 냄새가 입안에 찬다. 그때까지 들고 있던 달고나를 사탕 통 위에 올려놓고 손가락을 혀의 아린 부분에 대어 본다. 침에 붉은 기가 조금 섞여 있다. 손가락을 옷자락에 쓱 문대고 침을 꿀꺽 삼킨다. 깨문 게 아니라

찔렀다. 골목에 내놓은 연탄 화덕 옆에 이모가 눌러 놓는 달고
나를 집어 바늘 끝에 침을 묻혀 가며 떼고 있었다. 가장 떼기
어려운 천사의 날개를 떼다가 바늘 끝에 침을 묻힌다는 게 그
만 혀를 찌른 것이다. 사탕 통 위, 날개 끝이 떨어져 나간 천사
를 본 이모가 말한다.

"지선이 달고나 거저 먹으려다 벌 받았구나. 어쩌냐, 이거
못 뗐으니 달고나 값 내야 하는데. 너 돈 있냐?"

돈이라니, 이모의 가게에서 무얼 먹든 돈을 낸 적은 없다.
지선아, 이거 먹을래? 이거 먹어 봐라, 하면서 늘 이모가 먼저
챙겨 주었다. 단맛을 좋아하는 지선에게 이모의 작은 가겟방
은 천국이었다. 그런데 설마? 정색한 이모를 보면 어쩐지 이모
말이 맞는 것도 같다. 이모네는 가게고, 가게의 물건은 파는
거니까. 이모가 먼저 먹으라고 한 것도 아닌데 제 마음대로 먹
은 건 잘못이다. 아이는 생각을 궁글리다가 결론을 내리고 호
기롭게 말한다.

"이모, 외상! 엄마 오시면 드릴게요."

"내가 널 어떻게 믿고 외상을 주냐? 네 엄마가 널 데리러 올
지 안 올지 어떻게 알고?"

엄마가 오지 않을 리 없다는 걸 알면서도, 막상 이모가 그
렇게 말하니 그럴 수도 하는 생각이 설핏 스친다. 다리 밑에서
주워 왔다고 식구들이 한꺼번에 놀릴 때처럼. 설마 하면서도

긴가민가 하기도 한다.

"이모, 정말 나한테 외상 안 줄 거야? 다른 사람들한텐 다 외상 주면서?"

가난한 산동네의 구멍가게, 이모네엔 외상 장부로 쓰이는 공책이 있다. 사람들은 외상으로 가져갔다가 돈이 생길 때마다 갚는다.

"다른 사람이야 여기 오래 산 사람들이고 집도 아니까 그렇지. 네가 그냥 가 버리면 어떡하니? 이모가 외상값 받으러 너희 집까지 가면 차비가 얼만데. 그럼 차비도 챙겨 줄 거냐?"

그것까진 생각해 보지 못했다. 분명 엄마가 오면 갚아 줄 텐데, 못 믿는 이모가 야속하다. 어쨌거나 이 난관은 헤쳐 나가야 한다. 어쩐다, 돈도 없으면서 이모에게 묻지도 않고 달고나를 뗀 건 분명 잘못이다. 당황해서 모락모락 김을 피워 올리던 머릿속에 한줄기 바람이 지나간다.

"이모, 그럼 내가 달고나 국자 닦은 값 줘요."

"그게 얼마나 된다고? 너 몇 번이나 닦았니?"

"세 번? 아니다, 네 번!"

"네 번이면 달고나 한 개 값은 빼 주마. 나머지는 돈으로 내야 해."

"이모, 외상 안 되면 그 대신 내가 일할게. 앞으로 달고나 국자 날마다 내가 설거지하고, 청소도 하고, 양순이 밥도 내가 챙겨줄게."

양순이는 집도 절도 없이 떠돌다가 이모가 밥을 주는 바람에 이모네 집에 눌러앉은 고양이다. 밥 먹고 제 몸 단장할 때 말고는 늘 잠만 자는 것 같은데, 그래도 마루 밑에 쥐꼬리를 종종 놓아 둔다니 아주 노는 것만은 아니다.

"네가 청소할 수 있니? 설거지도 할 수 있어?"

"그럼요, 나 청소도 설거지도 잘한단 말이에요."

"그릇 깨면 그릇값도 물어내야 하는데 괜찮겠니?"

비로소 이모의 눈가에 자글자글 끓는 게 장난기라는 확신이 든다. 아이의 목소리가 명랑하게 튄다.

"염려 마세요, 이모. 달고나 외상 하나 더!"

열차를 타고 서울역에서 내려 버스에 탔다. 버스에서 내려 굽이굽이 골목을 걸어올라 이모네 집에 이르렀을 땐 온몸에서 쉰내가 났다. 마당에서 등목을 하고 저녁을 먹은 다음 좁은 방에 나란히 누운 엄마와 이모가 도란도란 나누는 이야기를 들으며 아이는 방구석의 작은 상 위에 놓인 십자가와 성모상을 바라보았다. 학교에 가다 보면 성당을 지나는데, 그 마당에도 저런 성모상이 모셔져 있었다. 청상에 자식도 없이 과부가 되어 홀로 살아온 이모는 어쩌다 언니네 집에 와도 새벽엔 성당에 나갔다. 아무도 없이 혼자 산다는 건 어떤 기분일까. 이모는 저 성모님을 식구로 생각하는 걸까. 그런 생각을 하다가 모기장 안으로 들어오고 싶어 안달하는 모기의 앵앵거림을 자장가 삼아 잠들었다. 아침을 먹고 돌아갈 채비를 하던 엄마가 물었다.

"지선아, 너 이모네 집에 더 있다 올래? 이모 혼자 심심할 텐데. 엄마가 열흘쯤 있다 다시 서울에 올 거니까 그때 엄마랑 내려가자."

집 아닌 데서 열흘이나? 이제야 진짜 방학이 시작되는 것 같았다. 게다가 이모는 가게 주인이 아닌가. 이모네 가게는 아이의 걸음으로도 일곱 발짝밖에 안 될 정도로 좁지만 밀가루며 간장, 라면 같은 식료품은 물론 사탕이며 과자 같은 군것질거리가 쌓여 있다. 동화 속 과자로 만든 집이 부럽지 않았다. 더 생각할 것도 없었다. 혼자 언덕을 내려가는 엄마는 조금 쓸쓸해 보였다. 그러나 엄마가 사라진 언덕, 다닥다닥 붙은 지붕 사이로 보이는 하얀 빨래들은 정겨웠다.

이모네 집엔 세 가구가 살고 있었다. 집주인 할머니와 정신이 온전하지 않은 손자 요셉이 큰방을 쓰고, 얼마 전에 세 들었다는 젊은 부부가 부엌을 달아낸 방을, 나머지 방 하나를 이모가 썼다. 가운데에 있는 할머니의 방과 나머지 두 방은 마루로 이어져 있고, 이모의 방은 또 골목으로 난 가게와 연결되었다.

행상을 하는 할머니는 새벽같이 자배기를 들고 집을 나섰고, 공단에서 일한다는 부부도 아이가 일어날 즈음엔 이미 집을 나간 뒤였다. 홑이불만 한 마당의 수돗가에 나란히 놓인 세숫대야 세 개가 세 가구가 산다는 걸 말해 줄 뿐, 저녁이 오기까지는 텅 빈 집이나 다름없었다. 요셉은 대개 방에만 머물렀으므로 아이는 가게와 이모네 방과 할머니네 마당을 오가며 종일 혼자 지낼 수 있었다. 하루의 길이가 늘어난 듯했다. 이모가 만들어 놓은 달고나를 떼고, 이모가 읽는 얄따란 성경책을 들춰 보다가 어쩌다 잠에서 깬 양순이와 놀았다. 아이가 쓰다듬어 주면 양순이는 가르랑가르랑 목에 가래 끓는 소리를 냈다. 마루에 앉아 기나긴 여름 볕이 부서지는 마당을 바라보노라면 눈시울이 아물거리며 잠이 하얗게 몰려왔다. 아, 평화롭구나. 만화책에서 흰 머리카락과 수염을 늘어뜨린 노인이 한 말을 떠올리며 아이는 가물가물 잠으로 미끄러졌다.

물고기 한 마리가 헤엄쳐 다가온다. 물고기의 눈알은 둥글다. 물고기가 바로 코앞에 와서 빤히 바라본다. 가운데의 까만 눈동자 가장자리는 젤리처럼 말랑말랑해 보이는 것으로 감싸여 있는데 그 색이 붉다. 붉은 젤리 안에 피가 가득 고여 있을 것이다. 문득 섬뜩해져 고개를 돌린다. 그런데 눈 닿는 데마다 물고기 아닌 물고기의 눈알들만 동동 떠다닌다. 무섭다. 그러고 보니 물속에 있다. 물의 압력이 느껴지고 숨이 차오른다. 빨리 빠져나가야 한다. 허우적거리며 몸을 밀어 올리려 애쓴다. 떠다니는 눈알은 만화에서 본 기뢰다. 그중 하나에만 부딪쳐도 몸은 산산조각이 날 것이다. 어떻게 빠져나가지? 답답해지는 숨으로 궁리한다. 그 순간, 스쳐 지나던 물고기의 지느러미가 볼을 스친다. 온통 눈알뿐인데 용케 몸통이 온전한 물고기 한 마리가 다시 몸을 돌려 다가온다. 물고기의 입에서 거품이 뽀글뽀글 피어오른다. 맨들맨들, 맨들맨들, 맨들맨들…….

물고기가 말을? 눈이 휘둥그레지는 순간, 잠에서 깨어난다. 지느러미가 스치던 감촉이 생생하다. 지느러미가 아니다. 요셉의 손가락이 볼을 간질이고 있다. 요셉은 고개를 약간 기웃한 채 마당을 바라보며 손가락으로 아이의 볼에 원을 그리고 있다. 흰 크레파스로 칠한 것처럼 하얗게 부서지던 마당이 연회색으로 가라앉아 있다. 저녁 시간이 가까워진 모양이다.

"맨들맨들, 맨들맨들, 맨들……!"

말할 때마다 조금씩 고개를 간당이던 요셉이 고개를 돌리다 아이의 눈과 딱 마주친다. 볼 위에서 미끄러지며 유영하던 손가락이 딱 굳어 버린다. 그 바람에 손가락에 힘이 들어가 볼이 눌린다. 어쩐다지? 그대로 벌떡 일어나면 요셉이 놀라서 소리 지를지도 모른다. 어쩌면 그냥 골목으로 뛰쳐나갈지도 모른다. 요셉은 서너 살짜리나 다름없다고 했다. 요셉도 경기를 일으킬지 모른다. 아이에겐 경기의 기억이 없다. 제가 얼마나 자주 경기를 일으켰는지, 그때마다 아버지가 얼마나 재빨리 아이를 안고 병원으로 뛰어갔는지, 식구들에게 들었을 뿐이다. 요셉은 누가 안고 뛰기엔 크고, 아이가 보기엔 산동네에 병원 같은 게 없고, 요셉의 보호자인 할머니는 저녁에나 들어온다. 머릿속은 분주한데 몸은 그대로 마룻바닥에 들러붙어 있고, 아이의 볼엔 요셉의 손가락이 붙어 있다. 아이는 제가 채집된 곤충 같다는 생각을 한다. 가는 핀으로 벽에 고정된 잠자리나 나비. 이모가 와서 이 핀을 뽑아 줘야 할 텐데. 이모⋯⋯, 아이는 누운 채 가겟방 쪽을 바라본다. 이모는 보이지 않는다. 재재거리는 소리가 들려오는 걸 보니, 더위가 숙지근해지자 골목으로 쏟아져나온 아이들에게 달고나를 만들어 주고 있는 모양이다. 문지방 옆엔 양순이가 몸을 동그랗게 오그린 채 눈을 감고 있다. 양순이라도 움직이면 좋을 것 같다. 양순이는 잠들었거나 뭔가 깊이 생각하고 있는지 눈을 뜨지 않는다. 하는 수 없다. 아이는 마루에 누운 채로 등을 밀어 올린다. 수초 밑을 지나가는 물고기처럼 몇 번 꿈틀거리다 몸을 일으킨다. 요셉의 손가락은 그 자리에 정지 상태다. 눈동자도 얼어붙었다. 아이가 가겟방 문지방을 넘을 때, 함석 대문의 경첩이 삐걱 소리를 낸다. 할머니가 문기둥에 자배기를 한번 탁 치며 들어선다.

"요셉이 어쩐 일로 나와 있냐? 더웠지?"

머리를 싸맸던 수건을 벗으며 할머니가 말한다. 출발선상에서 호각 소리라도 들은 달리기 선수처럼, 요셉이 허공에 굳어 있던 손을 끌어당긴다. 그러고는 손가락으로 제 손등을 만지며 말한다. 맨들맨들, 맨들맨들…….

타박타박, 골목 안을 지나가는 발짝 소리가 이맛전에 울린다. 밤이 자박자박 깊어 가며 이모네 가게의 물건들도 조는 것 같다. 늦게 귀가하면서 아이들 군것질거리나 라면 같은 걸 찾는 사람들이 더러 들를 뿐이다. 기쁠 때나 슬플 때나 우리 곁에 계시는 성모 마리아여, 묵주의 기도 드릴 때에……. 엎드린 채 찬송가를 부르는 이모의 목소리는 낮고 부드럽다. 아이는 모기장 안에 깔아 놓은 요 위에 누운 채, 모기장 밖의 이모를 보며 망설인다. 말할까 말까. 어쩐지 말해야 할 것 같기도 하고 말하지 않는 게 나은 것 같기도 하다. 아이의 말을 들으면 이모나 할머니가 아기 같은 요셉을 야단칠지도 모른다. 말하지 않자니 삶은 옥수수를 먹고 난 뒤 이 사이에 옥수수 껍질이 잔뜩 끼었을 때처럼 뭔가 개운치 않다.

물고기의 눈알이 아이의 꿈에 나타난 건 처음이 아니다. 둥둥 떠서 저를 쫓아다니는 그 눈알을 보면 꿈속에서도 가슴이 오그라들었다. 아버지가 찌개 속의 생선이나 구운 생선에서 눈알부터 파먹는 걸 볼 때처럼. 마구 달아나다 떨어지며 꿈에서 깨어날 때면 다리에 쥐가 나서 뻣뻣했다. 그런데 오늘은 그 꿈을 꾸고도 떨어지지도, 쥐가 나지도 않았다. 맨들맨들, 리듬을 타던 그 말 때문일까. 아이는 제 볼을 손가락으로 쓸어 본다. 세수한 지 얼마 안 되어서 볼은 아직 보송보송하다. 맨들맨들이라니, 이게 뭐가 맨들맨들이야?

"불이 켜져 있는 걸 보니 들어왔네요. 새댁, 새댁! 손님 오셨어요."

문간에서 두런거리는 소리가 나더니 누군가 옆방 새댁을 부른다. 마당을 끄는 슬리퍼 소리가 멎고 대문의 녹슨 경첩이 끼이익 비명을 지른다.

"아, 다, 당, 아니 아, 아버님……."

"듣기 싫다. 내가 어째서 늬 아버님이냐? 경수 안에 있지?"

이모는 열어 두었던 마루 쪽 방문을 슬그머니 잡아당긴다. 그러나 아주 닫지는 않는다. 이모의 시선이 두 뼘 정도 열어 둔 문 틈새로 향한다. 아이도 덩달아 그쪽을 본다. 마루에 켜 둔 낮은 촉수의 전구가 비치는 마당에 양복을 입은 아저씨가 지나가고, 꽃대에 달린 채 시든 꽃처럼 고개를 푹 숙인 새댁이 그 뒤를 따른다.

"아, 아버지! 어떻게?"

"이놈아, 이게 대체 무슨 일이냐?"

"죄송해요. 누추하지만 우선 안으로 들어가셔요."

"들어갈 것 없다. 네 엄마는 네가 어떻게 된 줄 알고 병이 다 났는데……. 가자, 짐 챙겨 나와라."

"아버지, 전 못 가요. 내일 출근해야 하고, 정애 두고 혼자는 못 가요."

"출근? 니 엄마가 너 때문에 아파서 죽어 간다는데도? 정애 두고 못 가? 네가 정말 미쳐도 단단히 미쳤구나. 정애, 너도 그렇다. 세상에 하고많은 남자 두고 하필 경수냐?"

"……죄송해요."

"아버지, 정애한테 그러지 마세요! 제 잘못이에요."

"아니에요, 제가……. 어머니, 아니 당숙모 편찮으시다잖아요. 어서 다녀오세요."

"다녀오라고? 오라고?"

찰싹, 차진 소리에 이모도 아이도 움찔한다.

"너 지금 경수더러 다녀오라고 했냐? 정애 네년이 아직도 정신을 못 차렸구나!"

"아버지! 왜 정애한테 그러세요. 차라리 저를 때리세요."

"오냐, 이놈아. 계집에게 빠져 제 엄마가 죽어 가는데도 모른 척하는 자식은 나도 필요 없다."

방문 너머 발길질 소리가 들린다. 마침내 숨죽이고 앉아 있던 이모가 몸을 일으키는데, 울음기 섞인 새댁의 목소리가 커진다.

"당숙, 제가 잘못했어요. 다 제 잘못이에요. 그러니 경수 오빠……."

"니들 둘 다 똑같다. 옛말 그른 거 없다. 머리 검은 짐승 거두지 말라더니. 그리고 경수 너, 난 자식 하나 일찍 죽었다고 생각할 거다. 그러니 네 엄마 죽었다는 소리 들어도 집에 얼씬할 생각 마라!"

콰당! 함석 대문이 떨어져 나갈 듯하다. 이모는 다시 주저앉는다. 이게 대체 무슨 일이랴. 할머니가 마루로 나서며 말한다. 시끄럽게 해 드려서 죄송해요. 들어갈게요. 젖은 목소리로 새댁이 대답하고 문 여닫는 소리 끝에 마당은 조용해진다. 어째 살림이 영 허술하더라니, 깊은 한숨을 내쉰 이모는 다시 찬송가 책을 펼친다.

천사의 말을 하는 사람도 사랑 없으면 소용이 없고 심오한 진리 깨달은 자도 울리는 징과 같네. 하느님 말씀 전한다 해도 그 무슨 소용 있나. 사랑 없이는 소용이 없고 아무것도 아닙니다. 이모의 노래가 물속에 가라앉는 그물처럼 좁은 방 안에 나직하게 내려앉는다. 마당에서 큰소리가 날 때부터 벌렁거리던 아이의 가슴, 채로 세게 맞은 징처럼 떨리던 가슴의 진동이 이모의 노래를 들으며 가만가만 가라앉는다. 아이는 생각한다. 당숙이면 가까운 친척인데, 가까운 친척끼리 사랑을 한 거구나. 거듭되는 이모의 노래가 자장가처럼 가슴을 토닥여 아이는 소르르 눈을 감으며 미끄러져 내려간다. 커다란 눈알이 아이를 기다리는 꿈으로.

3

우아한 생,
그 언저리

"새댁, 좀 올라와 볼래요? 할 말이 있는데."

현관문 앞에 선 주인집 아주머니가 경선을 부른다. 대문 열리는 소리를 듣고 나온 모양이었다. 경선은 열무며 무 등으로 묵직한 장바구니를 내려놓고 아주머니를 따라 들어간다.

"앉아요. 덥지? 춥다고 한 게 엊그제 같은데 벌써 덥네. 오렌지주스 한 잔? 아니면 커피?"

"괜찮아요."

마음 같아선 보리차를 달라고 하고 싶지만, 주인아주머니 앞에선 어쩐지 말문을 닫게 된다.

"밖에 나갔다 왔으니까 시원한 게 낫겠지?"

아주머니는 오렌지주스를 한 잔 들고 와 응접 탁자에 내려놓는다. 유리컵 표면에 송글송글 맺힌 물기만 보아도 주스의 차가움이 끼쳐 온다.

"아주머니는 안 드세요?"

"난 좀 전에 마셨거든. 마셔요."

"잘 마실게요."

컵을 집은 손끝이 저릿하다. 손끝에 닿은 차가운 기운이 혈관을 타고 흘러드는 것 같다. 몸이 찬 편인 경선은 찬 것이라면 질색이었다. 두어 모금 삼킨 오렌지주스가 몸 안에서 그대로 고드름이 되는 기분이다. 가뜩이나 안경 너머 빤하다는 듯 바라보는 아주머니의 눈앞에선 볕에 내놓은 버섯처럼 오그라들고 딱딱해지는 판에.

방을 계약하던 날, 부동산 사무실에서 계약서에 도장을 찍으며 아주머니는 경선의 남편에게 물었다.

"혹시 고대 안 나왔어요? 집 보러 온 날 우리 바깥 양반이 후배 아닌지 모르겠다 그러던데…… . 신랑이 고대 분위기더라고. 우린 캠퍼스 커플이거든요."

은행의 간부라는 집주인은 경선의 남편이 중소 무역회사에서 수출입 업무를 담당한다는 걸 듣더니 느닷없이 남편에게 영어로 말을 걸었다. 남편도 웃으며 영어로 대답했다. 경선이 알아들을 수 있는 건 중간에 나오는 나라 이름들뿐이었다. 미국, 독일, 이탈리아…… . 아까 아저씨가 뭐라고 그랬어요? 그

집을 나오자마자 경선이 물었다. 응, 어떤 상품을 취급하느냐, 주로 거래하는 나라가 어디냐, 그런 말이었어. 아저씨, 그 연세 치고는 발음이 좋던데. 외국물 좀 먹었나 봐. 그러는 남편이 믿음직했다. 그런데…… 경선은 지레 얼굴이 붉어졌다.

"아닙니다."

"그럼 어느 대학 나왔어요?"

"전 대학 안 다녔습니다. 가정 형편 때문에 대학에 못 갔어요."

남편은 애써 담담하게 대답했다. 어머, 그랬구나. 그런데 분위기로는, 영어도 그렇게 능숙하시고……. 아주머니는 손으로 안경을 추켜 올리며 황급히 말을 돌렸다. 칠판 가득 쓰인 글씨처럼 아주머니의 얼굴에 어렸던 미소가 지우개로 문댄 듯 흐릿해졌다. 칠판에서 날린 분필 가루가 경선의 마음에 자욱하게 내려앉았다.

이삿짐을 정리한 뒤 수도며 전기에 대해 일러 주러 내려온 주인아주머니는 살림을 둘러보더니 말했다. 맏딸이라고 친정에서 살림을 좋은 걸로만 장만해 주셨네. 친정아버지가 뭐하신댔죠? 우겨서 가장 좋은 걸로 하길 잘했다고, 경선은 속으로 가슴을 쓸어내렸다.

결혼을 앞두고 서울의 가구점에 왔을 때 아버지가 사려 한 것은 평범한 자개장이었다. 저게 점잖고 좋구나. 경선의 눈엔 어쩐지 추레해 보이는 장롱이었다. 경선은 가게를 돌아보았다. 그러다, 반짝이는, 아주 잘게 쪼갠 자개들을 이어 붙인 장롱에 눈길이 갔다. 한눈에 띌 만큼 화려한 장롱이었다. 아버지가 권한 것보다 훨씬 비싸 보였다. 저건 어떤가요? 경선의 물음에 가구점 사장은 호들갑스럽게 반겼다. 전 또 지방에서 오셨다기에 권해 드리지도 못했는데, 따님 안목이 보통이 아니네요. 이게 저희 집에서 가장 좋은 건데, 서울의 한다 하는 부잣집 규수들은 다 이 장롱을 해 갑니다. 하기야 장롱이라는 게, 한번 장만하면 몇십 년을 쓰는 거니까요. 아버님이 고르신 것도 은은하니 좋지만, 이 장롱에 댈 바는 아니지요. 격이 다른 걸요. 잘 생각하셨습니다. 장롱 가격은 생각한 것보다도 셌지만, 경선은 아버지에게 그 장롱 아니면 결혼을 안 하겠다고 버텼다. 그동안 집에서 살림한 걸로 쳐도 그 정도는 해 줘야 한다는 생각이었다. 고집하길 잘했다.

"저기, 내가 이런 말 한다고 이상하게 생각하지 말아요. 새댁이 내 동생 같아서 하는 말이니까……."

차가운 주스 때문에 앙가슴이 맺힌 듯하던 경선, 가슴이 철렁 내려앉는다. 뭔지 모르지만 듣기 좋은 말은 아닐 것 같다. 교양이 듬뿍 실린 나직한 말투로 듣는 사람 가슴 할퀴는 말을 뱉는 아주머니였다.

경선이 동창의 결혼식에 가느라 정장을 입고 나서던 때였다. 밖에서 들어오던 아주머니와 대문간에서 마주쳤다. 아주머니는 눈을 가느스름하게 뜨고 말했다. 그렇게 차려 입으니까 더 화사해 보이네. 그런데 왜 타이트스커트 입었어? 새댁은 허리가 가는데 허리에 비해 엉덩이가 큰 편이잖아. 엉덩이가 드러나는 옷보다는 플레어 스커트처럼 풍성한 스커트가 어울릴 텐데. 아무튼 잘 다녀와요. 단정한 것을 좋아해 타이트스커트를 즐기는 경선의 귓전에 아주머니의 그 말이 앵앵거렸다. 정장을 입고 나올 때면 마당의 기척을 먼저 살피는 버릇이 들었다.

"엊그제 여동생이 와서 자고 갔지? 난 깜짝 놀랐어요. 새댁이 가정교육을 잘 받아서 그런 걱정은 없을 거라고 생각했는데. 아무리 여동생이라 해도 다 큰 처제랑 형부랑 한방에서……. 뭐 알아서 하겠지만, 그래도 새댁이 내 동생 같으니 말은 해 줘야 할 것 같아서. 내가 듣기 불편한 이야기를 하고 있는 거 아닌가 모르겠네."

한방에서, 그 말을 듣는 순간 눈시울이 화끈 더워진다. 민망함인지 노여움인지 잘 모를 감정에 살짝 서러움이 섞인다. 경선은 눈에 힘을 준 채 짧게 대답한다.

"우리 신랑이 마루에서 잤어요."

"아, 그랬구나. 내가 오해했네. 어쩐지, 그럴 리가 없다고 생각하긴 했는데……. 그래도 마루랄 것도 없이 좁아서. 우리가 지었으면 반지하라 해도 마루를 그보다 넓게 냈을 텐데 우리도 사서 들어온 거라 세주면서도 미안한 마음이 들었으니. 이나저나 신랑이 새우잠 잤겠네."

"네, 전 그만 가 볼게요. 김치를 담가야 해서……."

"그래요. 새댁 음식 솜씨가 워낙 좋아서 그 집 신랑은 밥상 받을 때마다 행복하겠어."

어머나, 세상에, 새댁은 어쩜 그렇게 솜씨가 좋아요. 우리 아줌마가 한 것보다 더 입에 착착 달라붙어. 이따금 무심한 듯 뱉어 내는 아주머니의 가시는 경선이 만든 별식 앞에선 솜털보다 더 부드러워졌다. 돌려줄 빈 그릇에 담아 온 아주머니네 음식을 맛본 경선의 남편은 말했다. 위층 아저씨, 그런 줄 몰랐는데 성인군자시네. 돈을 그렇게 많이 벌어다 주면서 저런 음식을 얻어 드시다니. 빈 그릇을 돌려줄 때마다 꼬박꼬박 얹혀 오는 그 집 음식은, 나물이든 전이든, 먹고 나면 혀끝이 아릿했다. 인공조미료로 맛을 낸 탓이었다.

굳어 버린 볼은 주인집을 나설 때까지도 부드러워지지 않는다. 문이 등 뒤에서 닫히는 순간, 와락, 참았던 눈물이 눈에 가득 고인다. 아주머니가 유리창으로 내다보고 있으리라는 짐작에 훔쳐 내지도 못하고 눈만 깜짝인다. 아주머니네 현관은 뜰에서 몇 계단 위에 있고, 경선의 살림방은 뜰에서 몇 계단 내려간 곳에 있다. 내려가는 계단 어귀에 놓아 둔 장바구니를 집어 드는 순간, 눈꺼풀 안쪽에서 넘실대던 눈물이 기어이 눈꺼풀을 넘어선다. 현관문을 열고 들어서자마자 장바구니를 바닥에 패대기친 채 경선은 더운 눈물을 쏟아낸다. 형광등을 켜도 가시지 않는, 천장에 촘촘한 그물을 친 것처럼 어둑한 기운이 못 견디게 싫어진다. 집 전체에 드리운 그늘이 꼭 제 삶을 덮어 버릴 기세로 맹렬하게 번식하는 곰팡이 같다. 너른 창으로 볕이 환하던 주인집, 마음은 거기에 머무는데 몸은 공기마저 퀴퀴한 반지하에 있다.

사람이 반지하에서도 산다는 걸 경선은 결혼하면서 처음 알게 되었다. 신랑 될 사람과 함께 방을 구하러 다니던 동네는 작은아버지네 동네처럼 한가하고 유족해 보여서 마음에 들었다. 높은 담장 안쪽의 이층집들은 차 두 대가 비껴갈 만큼 너른 골목을 사이에 두고 있었다. 부동산 중개인은 경선과 신랑감을 그 이층집 중의 한 군데로 데리고 갔다. 안쪽이 들여다보이지 않는 대문간에 붙은 벨을 누르자 집 안쪽에서 아주 작은 벨 소리가 들렸다. 누구세요? 인터폰에서 낮으면서도 카랑카랑한 목소리가 들려왔다. 쩡, 하고 대문이 열렸다. 대문에서 널찍한 돌로 이은 계단을 두 칸 오르니 바로 잔디가 깔린 정원이었고, 경선이 살게 된 집은 그 정원보다 낮은 반지하 방이었다.

미애 결혼식에 온 영선은 친구들과 어울리다 저녁 무렵에
야 경선의 집을 찾아왔다. 아침 일찍 집을 떠났으련만 피곤하
지도 않은지 얼굴이 생생했다. 경선이 결혼하기 전, 결혼 이야
기만 나오면 영선은 그동안 경선에게 당한 걸 갚으려는 듯 기
승했다. 똥차가 앞을 가로막고 있어서 새 차가 달릴 수 없다니
까. 제 친구들과 통화할 때면 경선 들으라는 듯 슬쩍 흘리기도
했다. 경선이 결혼식 날을 받자, 이제 저도 언제든 결혼할 수
있으니 좋은 사람 소개해 달라고 떠들어 댔다. 그렇게 눈치 없
는 말만 골라 하는 동생이었지만, 막상 낯선 서울에서 살다 보
니 그립기도 했다. 떨어져 지내니 부딪칠 일도 없었다.

"그 아줌마, 남이야 타이트스커트를 입든 나팔바지를 입든
월남치마를 입든 웬 간섭이래. 대학까지 다닌 그 좋은 머리,
그런 데밖에 쓸데가 없대? 다음에 또 엉망인 음식 담아 오면
언니도 한마디 해 줘. 이런 음식 드시고도 아저씨가 그렇게 잘
하시는 걸 보니 뭔가 남 모르는 재주가 있으신가 봐요, 하고
슬쩍 비꼬아 줘!"

가슴에 가시로 박힌 말이라서, 경선은 영선이 오자마자 그
이야기를 털어 냈다. 영선은 언니의 가슴에 박힌 가시를 뽑아
들고 위층으로 가서 아주머니의 가슴에 꽂아 버릴 기세로 소
매를 걷고 나섰다. 경선이 하고 싶었지만 차마 할 수 없었던
말이었다. 거침없이 내지르는 영선의 말은, 가려우나 손이 닿

지 않아 몸만 비틀던 등을 벅벅 긁어 주는 것이나 다름없었다. 막차 시간에 맞춰 영선이 몸을 일으킬 때엔 아쉽기까지 했다.

때맞춘 듯 경선의 남편이 들어섰다. 사람이 들어서는데 바로 나가게 할 수도 없고, 남편의 저녁상을 차리다 보니 막차 시간에 대기엔 늦어 버렸다. 서울 지리도 잘 모르는 영선을 다 늦은 시간에 작은아버지 집으로 보낼 수도 없었다. 온다는 말도 없이 왔다가 어두워진 뒤에 전화하고 하룻밤 묵겠다고 말하는 것도 예의가 아니었다. 남편이 방을 내주고 현관 입구와 부엌 사이의 좁은 공간에서 새우잠을 잤다. 다음 날 아침, 남편의 출근길에 영선도 같이 나서다 출근하는 주인아저씨와 뜰에서 마주쳤다. 친정 동생이라고 인사시킨 게 이런 수모로 돌아올 줄은 몰랐다.

억울하고 분한 마음이 부글부글 끓는다. 영선처럼 내쏟을 수 있으면 좋으련만, 경선은 그러지 못했다. 나이며 학력이며 경제력이며, 여러모로 자신보다 우월한 사람이었다. 그런 사람을 비난하는 건 다름 아닌 경선 자신에게 불편한 일이었다. 그렇다 해도 팥죽 끓는 냄비처럼 자글자글 끓으며 퍽퍽 솟구치는 무엇이 가라앉는 것은 아니었다. 하필 영선이 일어서려 할 때 남편이 올 건 뭐람. 10분 아니 5분만 늦게 도착했어도 영선은 이미 집을 떠났을 터였다. 영선도 그렇지, 서울에 오게 되면 작은아버지께 먼저 인사를 드렸어야지. 결혼식 때문에

서울에 온다는 영선에게 들렀다 가라고 한 건 경선이었다. 결국 모욕을 자초한 건 자기라는 사실이 자꾸만 냄비 뚜껑을 달막거린다. 분노는 남편에게로 번진다. 신혼살림을 단칸 셋방에서 시작하게 하다니, 힘주어 뚜껑을 닫고 냄비를 불에서 내려 버린다.

티슈로 찍어 냈는데도 볼엔 얼룩덜룩한 홍조기가 남아 있다. 분첩을 두드려 그 얼룩이 분 아래로 가라앉게 한다. 화장대 서랍을 열어 화려한 모란꽃무늬 기계자수가 프린트된 책자를 꺼낸다. 장을 보고 나면 우선 가계부부터 기록하는 건 경선의 오랜 습관이다. 울긋불긋한 표지가 새삼스럽다. 액운을 쫓아 주고 복을 가져온다는 중국인들의 붉은색.

결혼 전, 경선은 잡탕밥을 즐기는 아버지 때문에 종종 화교가 하는 중국 음식 재료상에 들렀다. 좁고 어두운 가게 안에 없는 게 없을 정도로 차곡차곡 물건들이 쌓여 있었다. 천장에도 붉은색에 금박으로 글자가 쓰인 등들이 주렁주렁 매달려 있었다. 눈꺼풀이 우묵하고 발이 아기 발처럼 작아서 아기작거리며 걷는 주인아주머니는 말린 해삼이나 죽순 같은 걸 사다 직접 잡탕밥 등을 만드는 경선에게 칭찬을 아끼지 않았다. 살고 있을 땐 답답하기만 했던 고향 생각이 다 난다. 오그라드는 마음을 펴듯 가계부를 펼치지만, 거기 적힌 잔액을 확인하자, 글렀어, 익숙한 목소리가 껍질에서 고개를 빼는 달팽이처럼 슬그머니 모습을 드러낸다.

결혼하고 맞은 첫 월급날, 남편이 내놓은 돈은 경선의 기대보다 적지도 많지도 않았다. 월급쟁이와 결혼한 친구들을 통해 들어서 알고 있던, 그만한 조건의 회사원 월급, 딱 그 정도였다. 달랐던 건 월급봉투였다. 이번 달엔 수당이 조금 올라서 겨우 숨을 돌렸어. 많지도 않은 월급에 세금은 왜 그렇게 많이 떼는지. 그런 말을 들으며 궁금해했던 수당이며 세금 항목이 적혀 있지 않았다. 남편이 가져온 흰 봉투엔 월급 총액이 적혀 있을 뿐이었다. 잔돈 같은 것도 들어 있지 않았다. 나를 못 믿는 건가 싶어 서운했다. 아무래도 세상을 잘 아는 남편이니까, 집에 가져오고 남은 돈이 있다면 어떻게든 자기보다는 낫게 굴릴 거라며 마음을 돌렸다. 남편이 준 봉투를 쪼개어 적금부터 붓고, 보험을 들고, 나머지 안에서 생활비를 충당했다. 알뜰하게 사는 일이라면 자신 있었다. 용돈을 받으면 영선은 받은 지 일주일도 안 되어 다 써 버렸다. 세 끼 꼬박꼬박 먹고, 과일이며 누룽지 같은 걸 틈틈이 먹으면서도 걸핏하면 과자를 사다 먹었다. 주전부리를 입에 달고 사는 영선은 도토리 까먹느라 정신없는 다람쥐 같았다. 경선은 꼭 필요한 일에도 두 번 세 번 생각하고 돈을 썼다. 그 오랜 습관 덕분에, 적은 액수로도 궁색하지 않게 살 수 있었다.

어느 주말, 남편이 이발소에 간 틈을 타서 경선은 남편의 서류 가방을 열어 보았다. 남편은 업무에 관한 이야기는 일절 하지 않는 성품이었다. 직장 생활을 해 본 적이 없는 경선은 남편이 어떤 일을 하는지, 그저 드라마에 나오는 회사원을 보면서 상상하는 수밖에 없었다. 가방 안은 남편의 성격만큼이나 깔끔했다. 서류 파일들, 다이어리와 메모 수첩, 어학 공부용 교재와 소형 카세트. 무심코 그 교재를 펼치는데, 책갈피 안에 누런 봉투가 꽂혀 있었다. 말로만 듣던 월급봉투였다. 두근거리는 가슴으로 꺼내 든 경선은 제 눈을 믿을 수 없었다. 명세서에 적힌 월급의 총액은 남편이 다달이 경선에게 건네는 액수보다도 적었다. 속았다는 허망함, 그 정도밖에 안 되었나 하는 분함, 게다가 안쓰러움 비슷한 감정까지 슬며시 어룽져 갈피를 잡을 수 없었다. 남편이 받는 월급은 새벽에 나가 늦은 시각에야 돌아오는 노동에 비하면 너무 적었다. 남편에게 없는 대학 졸업장 때문일 거라는 짐작은 들었지만, 대체 나머지 돈을 어디에서 벌충했을지는 상상이 되지 않았다. 그러나 끝내 물을 수 없었다. 남편에게 물어보려 한다는 경선의 말을 들은 작은엄마가 경선을 말렸기 때문이었다.

　글렀어, 글렀어. 두렷거리던 그 달팽이가 슬그머니 앞으로 나아가려 한다. 경선은 발을 탕탕 굴러 달팽이가 제 껍질 속으로 숨어들게 한다. 손지갑에 넣어 둔 수첩을 꺼내 대조하며 오늘 장 본 것을 조목조목 적는다. 열무 두 단, 쪽파 한 단, 무 두 개, 마늘이며 생강, 생리대까지. 1원짜리도 빠뜨리지 않고 챙긴다. 지갑에 남은 돈과 가계부에 적힌 액수가 맞아떨어지지 않는다. 이럴 리가 없는데? 고개를 갸웃하며 장바구니 있는 쪽으로 가다가 문득 깨닫는다. 센베.

영선은 정장 차림에 어울리지 않는 허름한 봉투들 들고 들어섰다. 오다가 샀어. 언니랑 먹으려고. 센베였다. 저녁상을 물리기가 무섭게 영선은 부지런히 센베를 꺼내 먹었다. 부채꼴로 퍼진 센베 가운데에 박힌 땅콩을 먼저 쏙 빼먹고 나머지를 아작아작 씹었다. 집에선 철없게만 보였는데, 어쩐 일인지 그런 영선에게서 뭐든 헤쳐 나갈 듯한 생기가 느껴졌다. 그래서 경선도 몇 개 집어 먹었다. 웬일이야, 언니가? 언니랑 같이 먹으려고 사 왔다는 말을 잊은 듯 영선이 눈을 동그랗게 떴다.

센베, 장 보고 나오다 시장 어귀의 손수레에서 충동적으로 산 센베는 장바구니 맨 위에 있었는데, 아주머니의 부름에 장바구니를 급히 내려놓다가 그만 아래로 깔려 버렸다. 봉투 속 바스라진 센베를 들여다보며 경선은 입술을 지그시 깨문다. 새어나오던 한숨도 입술 사이로 짓이겨진다. 가계부에 센베 값을 마저 기입하고 맨 아래의 일지를 쓰는 칸에 또박또박 적어 넣는다. 더 절약해서 하루라도 빨리 내 집 마련하기! 센베 봉투를 끌어당기다가 방금 써넣은 문장을 떠올리고 주춤한다.

이왕 사 온 건데 뭐. 땅콩의 고소함과 파래의 쌉싸름함, 과자의 아삭함이 마음에 섰던 날을 조금 무디게 한다. 문득 철부지 영선이 왜 그렇게 군것질에 빠지는지 알 것 같다.

◇

"빨리 좀 먹어라. 굼벵이처럼 굼실굼실하지 말고……."

걸핏하면 체하는 동생이라 봐 주려던 영선의 참을성이 바닥을 드러낸다. 빨리 상을 내가야 준비하고 외출할 텐데, 오늘따라 지선의 밥 먹는 속도가 한없이 느리게만 느껴진다.

"언니, 나 그만 먹을래. 배불러."

밥을 남기다니, 어른들이 있었다면 야단맞을 소리다. 다행히 부모는 저녁밥을 먹자마자 가게로 나갔고, 부모 대신 잔소리를 늘어놓기엔 영선의 마음이 급하다. 영선은 말이 떨어지자마자 반찬 그릇을 쟁반에 쓸어담는다.

후다닥 설거지를 마친 영선은 물을 튀기며 재바르게 세수를 한다. 7시까지는 아직 여유가 있는데, 화장대 앞에 앉아서도 마음이 앞지른다. 어젯밤에 달걀 마사지를 해서 얼굴이 매끄러워 보인다. 그래도 화장이 더 잘 먹으라고 콜드크림을 듬뿍 덜어 얼굴에 펴 바른다. 손가락으로 나선을 그리며 마사지를 하는 동안, 마음은 그 나선보다 더 탄성이 센 스프링 위에서 통통 튄다. 그 많은 애들 가운데서 나를. 누가 봐도 예쁜 경옥이도 옆에 있었는데 경옥이가 아닌 나라니! 누군가 바람을 불어넣은 것처럼 가슴이 부풀고 어깨가 퍼진다. 그러다, 그런 자신을 의식하고 짐짓 새침해진다. 구석지에 앉아 말도 없어서 의뭉해 보이더니만 보는 눈은 있어서. 마음이 널뛰는 동안에도 손은 부지런히 움직인다. 스킨과 로션, 영양 크림까지 차례로 바르고 나서 손바닥으로 볼을 토닥여 잘 스며들게 한다.

기초화장이 끝난 얼굴은 불빛을 퉁겨 낼 듯 매끄럽다. 파운데이션 통을 열어 손가락으로 얼굴 곳곳에 찍어 놓는다. 양 볼과 이마와 턱, 그리고 코. 볼부터 펴 바르면서, 코와 볼이 만나는 지점은 손가락 끝을 세워서 잘 스미도록 꼭꼭 누른다. 분으로 마무리하자 얼굴이 뽀얗게 피어난다. 거울 속의 자신을 향해 생긋 웃어 주고 메이크업에 들어간다. 밤마다 셀로판테이프를 초승달 모양으로 오려 붙이는 영선의 지성에 감천했는지, 눈두덩엔 제법 쌍꺼풀 같은 실금이 잡혔다. 간밤에 잠을 설쳐 눈두덩이 꺼진 바람에 쌍꺼풀은 더 자연스러워 보인다. 셀로판테이프로 쌍꺼풀을 만들어 낸 제 기지에 탄복하며 아이섀도를 바른다. 한쪽을 바른 뒤, 그쪽과 농담을 비교하며 다른 눈두덩에 바삐 칠하던 영선, 문득 멈춘다. '순수한' 여성으로선 너무 진하게 바르는 게 아닐까. 잠깐 생각하다가, 막 바른 쪽 눈두덩을 손가락 끝으로 문대어 연하게 만든다. 거울을 뚫어져라 바라보며 '아름다움'과 '순수함', 이 둘 사이에서 갈등한다. 아무리 봐도 순수와 먼 쪽이 더 예쁘게만 보인다.

"지선아, 잠깐만 이리 와 봐!"

마루에서 책을 보던 지선이 방문을 연다. 시선을 책에 그대로 둔 채 묻는다. 왜?

"내 눈화장 좀 봐. 어느 쪽이 낫니?"

그제야 지선이 방으로 들어온다. 미술 작품의 진위를 감정하는 감정사처럼 골똘히 바라보다가 겨우 입을 연다.

"양쪽 다 화장한 거야? 이쪽은 하다 만 것 같은데? 진한 쪽이 훨씬 나아."

"그래? 땡큐."

영선이 바라던 판정이다. 기껏 지웠던 눈두덩에 다시 한 겹 더 바른다. 하긴, 그날은 예식장에 가느라 평소보다 좀 더 짙었다. 그런데도 순수해 보였다는데 뭘. 마스카라로 속눈썹을 칠하는 손에 힘이 들어간다. 영선이 가장 공들이는 눈 화장이 끝났다. 눈 화장에 비하면 입술 화장은 한결 수월하다. 그래도 립스틱 세 개의 뚜껑을 다 열어 놓고 고민에 빠진다. 빨강은 너무 짙어서 일단 치운다. 주홍색을 먼저 칠해 본다. 주홍색은 작지 않은 입술을 좀 더 도톰하게 만든다. 좋게 보면 육감적인데, 뭔가 입술만 동동 뜬 듯하다. 영선이 가장 좋아하는 빛깔이긴 하지만 오늘은 육감적인 여인보다는 청순한 여성이어야 할 것 같다. 청순함을 더해 줄 분홍색을 살짝 덧바르고 티슈를 뽑아 입술을 오므려 찍어 낸다. 립스틱의 번질거림이 가라앉 자, 아이섀도도 조금 엷어지는 것 같다. 생기를 잃은 대신 순 수함에 더 가까워졌다고 결론을 내린다.

"엄마가 찾으시면 성미 언니 와서 잠깐 나갔다고 해. 알았 지?"

"응."

지선은 텔레비전에서 눈을 떼지 않은 채 대답한다. 누구 만 나러 가는데? 궁금하지만 묻지 않는다. 네가 알 필요 없어라는 대답이 돌아올 게 빤했고, 남자라는 건 알고 있었으니.

어제저녁 전화를 받은 건 지선이었다. 기타의 가장 가는 줄 에서 나는 소리처럼 목소리가 가늘고 높은 남자였다. 게다가 목젖에 한 번 걸린 듯 시원스럽지 않기까지 했다. 그 목소리를 듣자니, 양치질하고 제대로 헹궈 내지 않은 입안처럼 텁텁해 졌다. 언니, 전화 바꿔 달래. 남자야. 의아한 표정으로 전화를 받은 영선은 누구세요? 네, 네, 네, 이어서 아, 했다. 나가지 않 고 뭐하고 있냐는 눈짓과 방문을 닫으라는 손짓을 동시에 하 고 난 뒤 영선은 한참 만에 방에서 나왔다. 세제를 가득 푼 설 거지통처럼 거품이 부얼부얼 넘쳐 오르는 표정으로 보리차를 벌컥벌컥 들이켜다 말고, 참, 하며 다시 전화기 앞으로 갔다. 응, 미애야, 잘 있니? 그래 신혼여행 재미있었어? 어쩐지 여기까지 깨소금 냄새가 솔솔 풍기더라. 응, 그래서 전화했어. 조금 전에 받았어. 너한테 물었다며? 얘, 그래도 나한테 먼저 말해 주지 그랬니. 첨엔 조금 놀랐어. 그래? 어머머머, 어쩌니? 이제 괜찮아? 너, 정말 가슴 철렁했겠다. 그러게, 좋은 일 있으면 나쁜 일도 따라온다더니 그 말이 맞는 것 같네. 뭐 많이 잃어버렸니? 그래, 그만하길 다행이다. 그래도 사람 안 다친 것만도 어디니? 너네 엄마 많이 놀라셨겠네? 오셨다구? 그럼 지금 거기 계셔? 그렇구나. 얘, 너 혼자 집에 들어오고 있었으면…… 생각만 해도 소름 끼친다. 그냥 액땜한 셈 쳐, 얘. 응? 응, 사실은 생각이 날 듯 말 듯해. 그날 검정 양복 입고 있었던 사람 아니니? 아니 왜, 파란 넥타이 매고, 눈이 부리부리하던 사람. 사진 찍을 때 네 신랑 바로 옆에 서 있던. 아니야? 그 사람, 남자다워 보였는데. 그럼 누구지? 어머, 그 사람? 회색 양복 입고 말 없던 남자? 네 신랑 바로 뒤에 서 있던? 그렇구나……. 응, 우리 나중에 모였을 때도 맨 구석에 앉아 있었는데, 꿀 먹은 벙어리 같았어. 맞구나, 난 또 다른 사람인 줄 알았지. 아니, 괜찮아. 일단 만나 보는 거야 뭐 어떻겠어? 그래, 나한테도 그렇게 말하더라. 네가 보기에도 내가 순수한 것 같니? 그래, 너밖에 없다. 어머, 그래? 그럼 사장님이네. 서울에서 대리점 낼 정도면 사장님이지. 집도? 어머나, 얘, 그 사람 보기보다 대단하구나. 그래, 고맙다. 잘되면 너한테 한턱낼게. 그런데 혹시 경옥이 찍은 사람은 없었니? 이상하다, 내가 남자라면 경옥이 같은 애 좋아할 것 같은데. 뭐 걔가 좀 싸가지 없긴 하지만 예쁘잖아. 그리고 그날은 저도 말조심하는 것 같던데. 어쨌든 고마워. 그래, 그 사람 만난 뒤에 전화할게.

　계집애가 늦게까지 싸돌아다닌다고 걱정하던 엄마는 텔레비전 뉴스를 보다가 졸음에 겨워 비척비척 방으로 들어갔다. 아버지도 뉴스가 끝나자마자 몸을 일으켰다. 안방의 불이 꺼지자 지선은 텔레비전의 볼륨을 줄인다. 익숙한 시그널이 나오고, 화면 한가운데에 머리만 내민 사자가 크르렁 운다.
　한 여자가 바닷가를 걷고 있다. 어디에 쓰는 건지 모를 장대들을 등에 지고. 동그란 눈이 인형 같다. 여자의 동생으로 보이는 아이들이 여자를 찾아 수선스럽게 나타난다. 엄마가 빨리 오래. 로사가 죽었대. 달려간 여자를 엄마는 눈물 바람으로 맞는다. 로사가 죽었어. 네가 잠파노를 따라가거라. 넌 그냥 노래를 부르고 춤만 추면 돼. 여자의 엄마에게 지붕 고칠 돈을 주었다는 잠파노는 아이들에게 다시 돈을 주면서 먹을 것을 사 오라고 한다. 지붕도 망가진 집에서 굶기를 밥 먹듯 하는 아이들과 가난한 과부 엄마. 젤소미나는 잠파노를 따라 집을 떠난다. 체구가 아주 큰 잠파노에 비하면 젤소미나는 아이 같다. 게다가 어딘지 모자라다고 한다. 젤소미나를 가르치던 잠파노, 자기 뜻대로 되지 않자 회초리를 꺾어 종아리를 때린다. 젤소미나가 펄쩍 뛰는 순간, 지선도 덩달아 종아리가 뜨끔한 것 같다. 몸에 쇠사슬을 감고 가슴에 힘을 주어 그걸 끊어 내는 잠파노. 잠파노의 오토바이가 벌판을 달리는 걸 보다가 시계로 눈을 돌린다. 11시가 다 되어 간다. 언니는 여태 그 남자 하고 있는 걸까.

무뚝뚝하고 우락부락한 잠파노에 비하면 한결 부드럽고 유쾌한 줄타기 곡예사는 젤소미나에게 대놓고 말한다. 넌 멍청하게 생겼어, 넌 얼굴이 못생겼어. 젤소미나는 정말 지친 듯, 아주 지겨운 듯 대꾸한다. 난 아무한테도 쓸모가 없어요. 아무 쓸모가 없어. 난 사는 게 지겨워요. 젤소미나의 슬픔이 화면 밖으로 슬금슬금 흘러나온다. 곡예사는 말을 바꾼다. 세상에 쓸모없이 생겨난 건 없어. 이 돌멩이까지도. 그는 돌멩이를 주워 든다. 너도 쓸모가 있을 거야. 이 돌멩이처럼. 돌멩이가 어떤 쓸모를 갖고 있는지는 대답하지 못하면서도. 젤소미나는 그 돌멩이를 소중하게 챙긴다. 잠파노의 곁에 있어야 한다는 젤소미나에게 제 목걸이를 걸어 주고 곡예사는 길을 떠난다. 다시 둘만 남은 젤소미나와 잠파노는 여전히 오토바이 위에서 달린다. 폭풍이 몰려오는 길, 마을은 먼데 기름이 떨어져 간다. 잠파노와 젤소미나는 마침 태우고 가던 수녀의 소개로 수녀원에 묵는다. 수녀원을 오가는 수녀들을 보자, 아까부터 익숙한 듯하던 느낌이 어디에서 온 것인지 짚인다.

"지선아, 엄마 내일 오신단다. 이제 지선이 가고 나면 보고
싶어 어떡하냐? 지선인 집에 가면 이모 생각도 안 날 텐데."

이모의 말에선, 엿이 다 팔린 엿목판에 흐트러진 밀가루 같
은 쓸쓸함이 자금거렸다. 열심히 밥술을 뜨던 요셉이 문득 고
개를 쳐들었다. 요셉의 목은 무거운 고개를 받치기엔 너무 가
늘어선지 반듯하게 서지 못하고 늘 왼쪽으로 조금 틀어져 있
고, 그 위에 얹힌 머리도 조금 비스듬했다. 요셉이 이모에게
물었다.

"그아? 느애일?"

"그래, 요셉아. 너도 섭섭하지?"

요셉은 대답하지 않고 고개를 떨구고 숟가락질을 했다.

"이모, 이모 생각 많이 할 거예요."

이모의 정다움, 이모의 장난기도 그립겠지만, 이 집에서 보
낸 나날이 더 그리울 것 같았다. 텔레비전도 없고 읽을 책도
없지만 간섭하는 사람도 없는 이모네 집이 지선에겐 평화롭게
만 느껴졌다. 늘 북적이는 고향집, 걸핏하면 작은 가슴을 옥죄
던 아버지의 호통이 안 들리는 곳. 이모를 따라 딱 한 번 가 본
새벽 미사의 여운이 이모네 집 전체를 덮고 있는지도 몰랐다.

잠결에 시원한 바람결이 느껴진다 싶으면, 어느새 이모는

미사를 마치고 들어서고 있었다. 여름 새벽의 기분 좋은 습기 같은 게 이모의 옷자락에서 번져 나왔다. 어느 날, 지선은 저녁을 먹다 말고 이모에게 말했다. 이모, 내일은 나도 성당에 갈래요. 새벽, 파르스름한 기운이 가시지 않은 골목을 한참 걸어가 큰길로 나서자마자 성당이었다. 그 안쪽 나무 문을 밀고 들어서며 이모는 입구에서 손가락에 물을 찍어 십자를 그었다. 지선도 이모가 하는 대로 따라서 했다. 드문드문 앉은 사람들. 여자들이 쓰고 있는 레이스 미사보가 정결하고 경건해 보였다. 사람들은 한마디도 안 하고 가만히 고개를 숙이고 있었다. 큼큼, 누군가의 마른기침 소리가 텅텅 울리는 것 같은 정적이었다.

희고 긴 옷을 입은 신부님이 앞에 서자 다들 일어섰다. 지선은 이모가 하는 걸 곁눈으로 보면서 따라 했다. 이모가 일어나면 일어나고, 이모가 앉으면 따라 앉았다. 노래는 따라 부를 수 없었다. 평화의 인사를 나누십시오. 신부가 말하자 이모가 가슴에 손을 얹은 채 지선에게 말했다. 지선아, 평화를 빕니다. 멍청하게 서 있던 지선도 얼른 고개를 숙였다. 이모는 다른 사람에게로 몸을 돌려 인사를 주고받았다. 앞자리에 앉아 있던 할머니가 지선에게도 존대말로 인사를 했다. 평화를 빕니다. 마음속에 맑고 따뜻한 물살이 밀려드는 것 같았다. 이따금, 이곳에서 보낸 시간이 그리워질 것 같았다.

다음 날 아침, 지선이 세수할 때 신발 끄는 소리가 났다. 요섭이었다. 수돗가로 다가오는가 싶더니 신발 소리가 멀어졌다. 세수하러 나온 게 아닌가. 돌아보는 바람에 눈에 비눗기가 들어갔다. 쓰려서 얼른 물로 헹구었다. 다시 물을 받으려고 일어서는데, 딛고 섰던 콘크리트 턱에 초록색 주사위가 놓여 있었다. 지선이 수돗가에 나왔을 땐 없던 것이었다.

"이모, 아까 저 세수할 때 요섭이 오빠가 수돗가에 주사위 놓고 갔어요. 나중에 찾을 텐데."

볼에 로션을 바르던 지선이 문득 생각나 말했다. 그랬어? 하던 이모는 나가더니 그걸 갖고 왔다.

"너 간다고 요섭이 선물한 모양이구나. 든 자리는 몰라도 난 자리는 안다더니. 아무것도 모르는 것 같아도 늘 혼자 있다가 사람 기척 나는 게 좋았나 보다, 쯧쯧. 집에 갖고 가라. 안 갖고 가면 요섭이가 서운해할 거다."

엔딩 크레딧이 올라가는 텔레비전 화면을 끄고 방으로 들어온 지선은 앉은뱅이 책상 서랍을 연다. 친구들에게 생일 선물로 받은 수첩과 연필, 지우개 들로 어수선한 서랍 안쪽에 초록색이 얼핏 보인다. 원래도 새것이 아니었던 주사위는 잊고 지낸 사이에 더 낡은 듯하다.

몇 해 전 여름방학에 이모네 집에서 돌아온 뒤, 가끔씩 아버지의 목소리가 높아지고 가슴이 불안으로 두근거리거나 조각 날 듯 아플 때면 지선은 그 주사위를 꺼냈다. 그걸 손에 쥐고 손바닥 안에서 만지작거리다 보면, 햇살이 하얗게 부서지던 마당이며 볕이 절반쯤 들어오던 마루의 고요가 되살아나고, 높지 않은 담장 너머로 오가던 사람들 발짝 소리와 두런거리는 말소리가 들리는 듯했다. 그 여름 누렸던 평화는 우리 집에는 오지 않는 걸까. 언제 이모네 집에 다시 갈 수 있을까. 체온으로 주사위가 조금 따뜻해지면, 주사위의 온기가 다시 지선의 얼어붙으려는 마음을 조금 녹였다.

오래 잊고 지냈던 주사위는 지선의 손에 쏙 들어온다. 돌멩이를 쥐고 가슴팍에 가져가던 젤소미나의 창호지 같던 얼굴. 오래 잊고 지냈던 요셉이 문득 궁금해진다. 이제 많이 컸을 것이다. 정상적으로 학교에 다닌다면 고등학교에 입학하지 않았을까. 남들처럼 학교에도 가지 못하고 늘 집에서 혼자 있다는 건 어떤 기분일까. 자식도 없는 이모도 혼자인 건 마찬가지지만, 이모는 가게에 드나드는 동네 사람들과 이야기라도 나누지. 요셉은 거의 감옥이나 다름없는 방에서 혼자 지낸다. 온종일 방에서 뭘하며 시간을 보내는 걸까. 그냥 잠만 자는 걸까. 말하고 싶을 땐 어떡할까. 할머니가 돌아가시고 나면 요셉은 어떻게 되는 걸까. 친척들도 돌볼 형편이 안 되는 것 같으니 차라리 요셉 같은 사람들이 모여 사는 곳으로 보내는 게 나을 거라고 이모는 말했다. 낯선 곳에서 낯선 사람들과 섞여 지내는 건 어떤 걸까.

산동네, 아무도 오지 않는 집에서 온종일 홀로 있을 요셉을 떠올리자 새삼스럽게 가슴이 무지근해진다. 난 아무한테도 쓸모가 없어요. 요셉도 그런 말을 하고 싶었을지도 모른다. 말을 제대로 하지 못한다는 것, 마음속에 차곡차곡 말을 쌓아 두고 사는 게 얼마나 답답했을까. 그걸 이제야 깨닫다니. 얼굴도 잘 기억나지 않는 요셉의 구부정하던 등만 떠오를 뿐이다. 문득 볼에 손을 대어 본다. 맨들맨들, 맨들맨들. 깊은 밤에 요셉을 생각하는 게 잘하는 일 같지는 않다. 요셉을 떠올리며 제 볼을 쓸던 지선, 얼른 주사위를 집어넣고 서랍을 닫는다.

영선 언니는 왜 여태 안 돌아오는 거지? 처음 만났으면서 여태까지 언니를 데려다주지 않는 그 남자가 미심쩍어진다. 잠파노의 오토바이에 실려 떠나던 젤소미나처럼 언니도 그 남자를 따라 떠나갈 것 같다. 경선 언니도 결혼해서 집을 떠났고, 대학에 다니다 군대에 간 진규 오빠도, 대학 입시에 실패하고 집에 있다가 역시 군대에 간 봉규 오빠도, 다들 떠나갔다. 영선 언니마저 떠나면 이제 내년에 중학교에 들어가는 지선 혼자 남는다. 갑자기 휭뎅그레해진 느낌에 지선은 이불 속으로 쏙 들어간다. 오빠들이 떠나고 경선 언니가 결혼한 뒤, 지선은 오빠들이 쓰던 방으로 옮겼다. 처음으로 자기 방을 가진 지선은 아기자기한 장식물로 방을 꾸몄다. 못난이 인형 셋이 방을 지켜 주었다. 언니가 들어올 때까지는 잠들면 안 된다. 부모님 몰래 문을 열어 주어야 하니까. '잠들면 안 된다'는 생각을 떠올리자마자, 제 이름을 듣기라도 한 듯 잠이 몰려온다. 뇌의 주름이 흐물흐물해지는 것처럼 머릿속이 혼미해지고 눈이 감겨 온다. 그대로 곯아떨어질 것 같아서, 지선은 이부자리에서 빠져나와 책상에 엎어진다. 우우웅, 통금 예비 사이렌이 울린다. 이윽고 잦아드는 사이렌 소리 끝에 똑똑똑, 작게 두드리는 소리가 섞인다. 지선은 벌떡 일어난다.

살금살금 들어서는 언니에게선 향수 냄새가 난다. 나갈 땐 멀리 있어서 못 맡았는데. 살짝, 맥주 냄새도 난다.

"언니, 술 마셨어?"

지선은 아주 작은 목소리로 묻는다. 영선은 검지를 세워서 입에 댄다. 마루에 올라선 영선과 지선은 발뒤꿈치를 들어 소리를 죽인다. 안방 불은 꺼진 지 오래지만, 그래도 모를 일이다. 영선은 오늘 밤 세수를 걸러야 할 것이다. 잘 자, 지선이 소리 죽여 말하고 자기 방으로 들어가려는데 잠깐만, 하고 영선이 잡는다.

◇

"웃지 좀 마라. 무슨 신부가 그렇게 헤벌쭉 웃냐?"

경선 언니가 못마땅해 죽겠다는 듯 타박한다.

"그럼 안 좋아? 난 언니처럼 표정 관리 못하겠어. 이런 날이
나 웃지, 뭐."

"네 친구들 보기 창피하지도 않냐?"

"걔들이 어때서? 참 미애한테 옷 한 벌 해 줘야 하는데…….
결국 미애가 중매 선 격이잖아."

"중매는 무슨. 결혼식에서 만난 거니 누가 중매한 건 아니
야. 쓸데없는 데 돈 버릴 생각 말고, 신혼여행 다녀올 때 선물
이나 하나 사다 주든가."

"경포대에서 뭐 살 게 있을까? 회나 실컷 먹으면 모를까."

"그래도 빈손으로는 오는 거 아냐. 시부모님도 그렇고 친정
부모님도 그렇고. 여행 갈 가방은 잘 챙겼냐?"

"응, 여기 있어."

"옛다, 이건 신혼여행 가서 너 써라. 나 신혼여행 갈 땐 아무
도 이런 거 안 줘서 얼마나 민망했는지. 많이는 못 넣었다. 가
방 잘 챙기고. 예식 시작되면 여기 빌 텐데."

경선은 가방을 열고 흰 봉투를 넣어 준다. 영선의 입이 함지
박처럼 커진다.

"고마워, 언니. 신혼여행 가면 돈이야 신랑이 쓰는 거지만, 그래도. 식 하는 동안 가방은 미애가 챙기기로 했어."

느슨해져 있던 세포가 일제히 깨어난다. 세포마다 달린 입들이 합창하듯 한꺼번에 소리를 내지른다. 꺼 놓다시피 줄였던 전축의 볼륨 스위치를 누군가가 확 비틀어 버린 것 같다. 터져 나오는 소리를 가두느라 깨물었던 입술이 마침내 감당하지 못해 벌어진다. 아, 아, 아악! 원형극장의 객석으로 마구 뻗어 나가려던 높은음이 막힌다. 터져 나가지 못한 소리는 몸 안을 마구 들쑤신다. 있는 대로 휜 몸, 힘을 준 발끝은 쥐라도 날 것처럼 저릿하다. 부르르, 진원지인 아랫도리에서 일어난 지진으로 온몸이 요동친다. 그 진동에 마구 흔들리던 영선은 마침내 파르르 몸을 떨며 널브러진다. 영선의 가슴에 엎어졌던 남편이 영선의 입에 밀어 넣었던 수건을 뽑아 낸다. 하아, 답답하던 숨이 트인다.

"미안해, 당신 힘들었지?"

정사의 여운인지 울먹임인지, 코맹맹이 소리를 내며 남편은 수건을 손에 쥔 채 옆으로 몸을 굴린다. 영선은 손을 뻗어 남편의 배를 만진다. 땀으로 범벅이 되어 미끈거리는 배를 가만히 손으로 쓸어 본다.

"아니, 당신 힘들었죠?"

"나야 좋았지. 당신이 소리도 못 지르고 답답했지."

주인집과는 얇은 벽 하나를 사이에 두고 있을 뿐이다. 벽이 그렇게 얇은 줄 몰랐다. 이사하고 일주일도 안 되었을 때 주인 아주머니가 벽을 두드리며 불렀다. 새댁, 와서 커피 한잔해.

커피를 타 온 아주머니는 방이 좁아서 불편하지 않은지, 아기 가질 계획은 없는지 묻다가 지나가는 말처럼 흘렸다. 새댁 넨 금슬이 정말 좋은가 봐. 싸우면서 사는 것보다 훨씬 보기는 좋은데, 그래도 좀 조심해 줬으면 좋겠어. 애들 보기가 민망해서. 커피를 마시던 영선은 그만 사례가 들렸다. 그렇게 환히 들릴 줄은 꿈에도 생각하지 못했다. 주인집은 딸만 둘이었다. 주인 부부가 워낙 점잖고 딸들도 수선스러운 편이 아니라 벽이 그렇게 얇은 줄 몰랐다. 얼굴 붉히며 주인집에서 나온 그 날 이후, 남편은 머리맡에 미리 수건을 준비해 두었다가 영선이 소리를 지르려 하면 잽싸게 입에 물렸다.

이런 세상이 있었다니. 녹작지근해진 몸에 기분 좋게 몰려 드는 잠이 의식을 가물가물하게 한다. 결혼하지 않았더라면 이런 걸 모르고 살 뻔했다. 아니, 결혼했다고 해서 다들 이런 경험을 하는 건 아닌지도 몰랐다. 형부랑은 좋아? 어느 날, 경 선에게 슬쩍 물었다가 퉁만 맞았다. 넌 시집간 지 얼마나 됐다 고 벌써 그런 소리를 하냐? 밝히는 여자처럼. 이렇게 좋은데 밝히는 게 어때서? 대꾸했더니 경선은 더러운 벌레 보듯 바라보다가 진저리를 쳤다. 시치미를 떼는 걸까, 아니면 정말 모르는 걸까. 정말 모른다면, 언니가 가엾지 않을 수 없었다.

자신의 순수함에 반했다며 전화한 남자를 만나러 나갈 때만 해도 영선은 그저 한번 만나 보는 거야 하고 설렘을 눌렀다. 젊은 나이에 벌써 자기 집이 있고 작은 규모나마 이름난 가구 대리점을 한다는 말이 호감을 조금 북돋긴 했다. 그래도, 결혼식 피로연장에서 만난 신랑 친구들 가운데 제 마음을 끌던 남자다운 그 남자가 아니라는 사실을 지워 낼 순 없었다.

어서 오세요, 입구에 서 있던 다방 마담의 인사가 끝나기도 전에 한 남자가 몸을 벌떡 일으키더니 뚜벅뚜벅 걸어왔다. 남자는 남자다움과는 거리가 멀어서 차라리 아줌마 같은 인상이었지만, 살이 희어서 귀티가 나는 것 같았다. 그냥 자리에서 서서 맞는 것도 아니고 문간까지 마중을 나오다니. 자기가 앉았던 탁자로 영선을 이끈 뒤 남자는 의자를 빼서 영선을 앉게해 주었다. 텔레비전 드라마에서 많이 본 장면이었다. 갑자기자기가 탤런트라도 된 것 같았다. 전에도 남자를 소개받은 적은 있었다. 친구의 사촌오빠는 인근 읍의 읍사무소에 다니는사람이었다. 영선이 보아 온 읍내 남자들과 다를 바 없었다. 처음 보는 순간 마음속에 가위표를 그린 터라서, 시장에 와서상인과 물건 이야기를 하는 것처럼 민숭민숭했다. 그 뒤로 한

176

번 더 만났지만 여전했다. 그런데 서울 남자는 역시 다르구나, 영선은 여성지에서 본 것처럼 다리를 옆으로 모으며 의자에 엉덩이를 밀어 넣었다.

"제가 전화 드려서 놀라셨죠? 놀라시리라는 걸 알면서도 어쩔 수 없었습니다."

영선을 바라보는 남자의 눈길은 그윽하기 짝이 없었다. 이 또한 영선으로선 처음 받아 보는 눈길이었다.

"아니에요. 여기까지 오시느라 시간 많이 걸리셨죠?"

"영선 씨 생각하면서 오니까 금방 오는 것 같던데요. 행복한 여행이었습니다."

눈길로 몸과 마음을 녹작지근하게 만든 남자는 거기에 말로 꿀까지 발랐다. 영선은 여름날 땡볕 아래의 소프트아이스크림처럼 녹고 있었다.

남편 소유의 연립주택에서 시작한 신혼은 달콤했으나, 채 1년을 넘기지 못했다. 듣는 사람의 마음을 녹게 만든 남편의 말하는 기술은 영선에게만 해당한 것이었다. 손님들을 대할 때의 그의 태도는 아내인 영선을 대할 때의 상냥함이나 배려가 그 10분의 1도 안 되었다. 적어도 남편에게는 고객은 왕이 아닌 모양이었다. 결혼하기 전까지 6개월 동안 뻔질나게 만나면서 영선에게 한 번도 보여 준 적 없는 모습이었고, 결혼하고 나서도 마찬가지였다. 늘 점심을 사 먹는 남편에게 여성지 화보에 나온 것처럼 온갖 솜씨를 다 부린 도시락을 전하러 가게에 나갔다가 그런 모습을 본 영선은 매출을 걱정하기는커녕 오히려 감격했다. 저런 사람이 나한테는 그렇게 다정했다니! 고객을 대하는 뻣뻣한 태도는 남편에 대한 영선의 헌신에 박차를 가했을 뿐만 아니라 가게 문을 닫는 데에는 더 힘차게 박차를 가했다. 남의 손에 넘어간 대리점에서 집 담보로 대출받은 돈을 빼니 겨우 단칸 셋방을 얻을 돈이 남았다. 당신 행복하게 해 줄 자신 있었는데…….

한동안 의기소침했던 남편은 도배 기술을 배웠다. 도배 일은 날마다 이어지는 일이 아니었다. 일 나가는 날보다 쉬는 날이 더 많아졌다. 좁은 방 안에서 할 수 있는 일이라고는 몸으로 서로를 위로하는 일밖에 없었다. 그 순간만큼은 모든 걸 잊을 수 있었다. 남의 집 귀한 딸을 데려와 고생시킨다며 미안해하던 남편은 자신이 잘할 수 있는 유일한 일이 된 밤일에 지극정성이었고, 아기가 태어난 뒤 영선의 몸은 더욱 민감해졌다. 잠든 아기가 깰까 눈치를 보아 가며 하는 섹스에는 스릴마저 있었다.

아기는 하루가 다르게 자랐지만 남편의 수입으로는 단칸방을 벗어날 가능성이 없었다. 영선은 봉제 인형의 눈을 다는 부업거리를 받아서 집에서 일했다. 남편은 그런 영선이 안쓰럽다며 일당을 받으면 영선이 좋아하는 과자며 과일을 꼭 사 왔다. 밑 빠진 독에 물 붓는 살림, 독에 물이 남아날 수 없었다. 여기저기서 돈을 빌려야 했다. 돈을 빌려 주었던 남편의 지인들은 돈을 갚지 않는 남편을 싸늘하게 외면했다. 영선이 나서야 했다.

아기가 태어날 때 병원비를 대 주었던 경선은 아기 돌날 반지며 내의를 들고 찾아온 뒤로는 돈 이야기를 꺼내지도 못하게 했다. 너흰, 벌이가 적으면 거기에 맞춰 살아야지 어떻게 그렇게 생각 없이 사니? 돈도 못 버는 주제에 방 안에 구르는 거라고는 과자 봉지와 과일 껍질뿐이니, 기가 막혀서. 애들도 그렇게는 안 할 거다. 그렇게 살면 도배장이 아니라 대기업 다닌대도 백날 그 모양으로 살기 딱 맞다. 모진 소리도 서슴지 않았다.

반지하 셋방에서 결혼 생활을 시작해 몇 년 만에 아파트를 산 경선의 지악스러움을 보아 온 영선은 고스란히 그 말을 들어야 했다. 자기에게 거절당한 영선이 형제들은 물론 작은아버지에게까지 돈을 빌린 걸 안 경선은 팔팔 뛰었다. 어떻게 갚으려고 그러니? 대책 없는 너도 너지만 너희 신랑도 그렇지, 하는 일에 전망이 없으면 다른 일을 배우든가, 도배일 없는 날엔 막노동이라도 하든가 해야지, 애는 무럭무럭 크는데 어떻게 감당하려고 일 없는 날은 꼬박꼬박 집에서 노냐? 난 도무지 이해가 안 된다. 폭포처럼 퍼부어 대다 툭, 끊어 버리는 경선의 말에 젖을 대로 젖으면, 영선은 툭툭 쳐서 물기를 털어내며 생각했다. 어떻게 되겠지, 뭐. 그러고 나면, 입안에 뭐라도 욱여넣어야 했다.

4

나의 동그라미는
너의 그것과
달라서

부릉, 부릉, 부르릉. 버스에 시동이 걸린다. 강의가 끝날 무렵부터 조마조마하던 마음과 강의실에서 나와 학교 앞 버스 정류장에 이를 때까지 긴장으로 굳었던 몸이 조금 풀린다. 드디어, 문이 닫히고 버스가 출발한다. 지선은 한숨을 내쉬며 의자 등받이에 몸을 깊이 묻는다. 신호에 걸린 차들이 앞에 밀려 있어 버스는 느릿느릿 움직인다. 지선은 차창 밖으로 시선을 돌린다. 학교 앞의 낯익은 풍경이 차창 밖으로 지나간다. 썰지 않은 식빵에 두툼한 크림을 얹어 주는 빵집, 언제 들러도 같은 과 친구나 선배 한두 명쯤은 만날 수 있는 다방, 이따금 액세서리를 구경하던 집…….

동그라미 그리려다 무심코 그린 얼굴. 내 마음 따라 피어나던 하아얀 그때 꿈을. 풀잎에 연 이슬처럼 빛나던 눈동자…….

아주 오래된 노래가 버스의 라디오에서 흘러나온다. 그 맑은 노래가 지선의 마음에 선으로 기름한 윤곽을 그리더니 그 안에 눈과 코, 입을 채워 넣는다. 같은 과 민기의 얼굴이다.

시골에서 작은 구멍가게를 하면서 농사짓는 부모를 둔 민기는 서울의 사립대학에 올 수 있었던 것만도 큰 혜택이라고 생각하는 편이었다. 그건 지선도 마찬가지였다. 집안 형편으로 보면 충분히 가능했지만, 여자는 가르칠 필요 없다는 아버지의 신념이 얼마나 굳은지 알기 때문이었다. 그런 아버지가, 담임이 찾아오자 순순히 진학을 허락한 건 뜻밖이었다. 경선에게 하도 이야기를 많이 들어서 지레 체념하고 있었다. 그래도 집에 머물지는 않으리, 학교를 마치면 어디든 취직해서 나가리 하는 마음을 남몰래 다지고 있었는데. 어쨌든, 집을 떠날 수 있었으므로 지선은 미친 듯이 공부했다. 고등학교 3학년 때 지선의 반 아이들은 지선을 '책상 앞에 붙어서 공부만 하던 애'로 기억할 정도였다. 반에서 10등 정도이던 지선의 성적은 쑥쑥 올라서 나중엔 학교 전체에서 지선의 예비고사 성적이 가장 높았다.

집에서 용돈을 받는 지선과 달리 제 학비며 생활비를 벌어야 하는 민기는 제 발등의 불을 끄기도 바빴다. 민기의 저녁 시간과 주말은 과외로 채워졌다. 그나마 과외라도 시킬 수 있는 집 아이들의 공부를 돕는 게 결과적으로 개천에서 용 날 기회를 막는 거라며, 그 빡빡한 일정에 산동네 공부방에서의 자원봉사까지 끼워 넣었다. 그런 민기가, 지선에게는 중심이 단단히 잡힌 사람으로 보였다. 역사를 바로 알아야 오늘을 온전히 살아 낼 수 있다, 민기의 공책 맨 앞장에 쓰인 글귀였다. 신념을 가진 사람들은 대개 자기 신념에 얽매여 단단하다 못해 편협하기 쉬운데, 민기는 신념을 갖고 있으면서도 강고하지 않다는 게 신기했다. 조금 솟은 광대뼈와 짙은 눈썹 때문에 얼핏 억세 보일 수도 있는 인상을 갸름한 턱과 하얀 얼굴이 완화시켰다. 민기의 웃음소리엔 남자들의 웃음에서 흔히 느껴지는 허세가 없었다. 오히려 어리광을 피우는 듯한 웃음이었다. 민기가 웃을 때면 지선은 그 웃음소리를 손으로 만져 보고 싶었다. 만지면 손바닥에 감겨 올 것 같은 웃음소리, 민기가 웃을 때면, '아, 얘가 어린 시절을 아주 외롭게 보냈구나.' 하는 근거 없는 믿음이 일렁였다.

민기? 민기를 담고 있는 제 마음이 의아해 지선은 눈이 휘둥그레졌다. 학과에서 어울리는 것 말고는 민기를 따로 만난 적도 없는데 어느새?

누군가를 마음에 품으면 그 순간부터 지선 자신은 녹아 없어졌다. 지선은 제 안에 든 그 사람의 눈으로 자신을 보았다. 넌 너무 말랐어. 좀 더 먹어 봐. 골고루 먹어야 건강해지지. 수

저를 놓으려면 이런 소리가 들렸다. 아침에 거울을 보면 그 목소리가 속삭였다. 이런, 머리가 뻗쳤네! 그 머리로 밖에 나갈 거야? 늦은 시각에 책을 읽을 땐 걱정스러운 목소리였다. 밤이 깊었어. 책 그만 읽고 자야 내일 지치지 않지. 그 사람을 보면 맑은 호수에 반짝이는 물살이나 갈치 비늘 같은 게 마음에서 파닥거리고, 그 사람을 생각하면 겨울밤을 한데에서 보낸 뒤 번지는 아침 햇살을 받은 듯 환한 온기가 몸과 마음에 골고루 번졌다.

그동안 지선이 좋아한 사람은 여럿이었다. 초등학교 때 볼을 간질이던 요셉의 손이 눈뜨게 한 감정은 도시에서 전학 온 남학생과 가끔 부모님 심부름으로 약을 찾으러 가던 한의원의 말더듬이 청년을 거쳤다. 인자하던 지리 선생님과 왠지 모르게 지적으로 보이던 서점 주인도 있었다. 보기만 해도 가슴 두근거리는 사람들이 지선의 마음에 들어왔다가 또 다른 사람에 밀려서 나갔다. 가장 가까운 데 있는 사람 가운데 어느 한 사람을 마음에 들이고 그 사람이 내는 곁불을 쬐는 일, 한 번도 상대에게 드러내지 못한 그 마음에 이번엔 민기가 들어온 것 같았다. 민기를 떠올리자 숨이 벅차올라 지선은 깊게 한숨을 내쉰다.

툭툭, 누군가 뒤에서 어깨를 친다. 무심코 뒤돌아본 지선은 놀라서 고개를 홱 돌린다. 진오다. 진오가 쑥스러운 듯 미소를 짓고 있다. 언제 버스에 탄 걸까. 버스에 오를 땐 분명 없었는데.

"잠깐 내려서 이야기 좀 하자."

다족류가 목덜미를 타고 오는 듯 들려오는 목소리. 지선은 입술을 꼭 깨문다. 어떡하지? 민기 생각에 설레던 가슴은 진오를 본 순간부터 거세게 벌렁거린다. 잠자리를 잡아 손가락 사이에 날개를 낀 아이가 지을 법한 득의가 느껴지는 미소라니. 한동안 안 보이기에 이제 체념했나 보다 하고 마음을 놓았는데.

"이사하시나 봐요. 제가 도와드리겠습니다."

학교 앞에 자취방을 구하고 경선과 함께 짐을 나르던 날이었다. 경선은 자기가 못 간 대학을 동생이 갔다는 게 기쁘면서도 우울한 표정이었다. 집 앞 골목 어귀에 차를 대어 놓고 단출한 짐을 하나씩 옮기던 중이었다. 옆집 대문을 열고 나오던 청년이 알은체를 했다. 적당한 키에 섬약해 보이는 체구, 심야 음악 방송을 진행하는 성우처럼 말투가 나직나직했다. 영선은 조리 도구가 든 상자를, 경선은 옷이 든 가방을 들고 있었다. 이불 짐이며 무거운 책 상자 같은 게 남아 있었다.

"그래 줄래요? 책이 남았는데, 무거워서……."

영선이 반색했다. 책을 한목에 싸느라 큰 상자에 집어 넣은 게 탈이었다. 청년은 경선이 든 옷 상자부터 받아들었다. 이 집 문간에 있는 방 맞나요? 그러며 서슴없이 대문 안으로 들어섰다. 방 안에다 이불 짐을 내려놓고 그는 방문과 연결된 좁다란 부엌에 선 채 방을 휘둘러보았다.

"담배 냄새는 안 배었네요. 그 친구, 담배를 아주 많이 피웠는데……. 다행이네요."

"아는 사람이 쓰던 방인가 보죠?"

"아, 예. 물리학과 다니던 친구였어요. 전에 놀러 온 적이 있어요. 그땐 담배 냄새에 절어 있었어요."

"이 학교 학생이신가 봐요? 앤 이번에 문리대에 입학해요. 모르는 게 많으니까 잘 좀 알려 주세요."

"예, 반갑네요. 전 본과 올라가서 시간이 많은 편은 아니지만 그래도 시간 나는 대로 도와줄게요."

"본과면, 의대 다니세요? 의대 공부가 힘들다는데."

경선의 눈이 동그래졌다.

"쉽진 않지만 못 따라갈 정도는 아닙니다. 언니신가 봐요. 얼굴이 똑같으세요."

"예, 전 큰언니고 얘가 막내고, 여긴 둘째예요. 저희 집에서 다니면 좋을 텐데, 학교에서 워낙 멀어서요. 얘가 멀미도 하고요. 그래서 우선 학교 앞에서 지내는 걸로 했어요. 잘 부탁드려요."

서울이 처음인 지선은 진오 덕분에 종로와 대학로를 알게 되었다. 골목으로 난 창에서 두드리는 소리가 나서 열어 보면 진오가 서 있었다. 하숙집 밥에 물렸다며 진오가 밖에서 밥을 먹자 하면 따라나섰다.

"너, 그럴 줄 알았다. 남자들은 잘난 척하는 여자 제일 싫어해. 다음부터는 사 주면 사 주는 대로 얻어먹어. 그 학생, 남자다운 데는 없어 보이던데, 속으로 꽁하고 있을지도 몰라."

'비리비리해 보이나 힘은 제법 쓰던' 진오의 안부를 묻던 경선은 진오가 밥을 사면 제가 찻값을 내고, 때로 제 쪽에서 밥을 사기도 한다는 지선의 말에 팔짝 뛰었다. 영선도 혀를 끌끌 찼다. 진오나 저나, 집에서 용돈 받아 쓰는 건 마찬가진데 그게 왜 잘난 척이 되는지 지선은 이해할 수 없었다. 차를 사더라도 이제 언니에겐 말하지 않았다.

정문에서 문리대까지 올라가는 언덕이 하염없이 늘어난 것 같은 봄날이었다. 꽃샘바람이 목덜미로 파고들어 옷깃을 움키며 문리대 건물로 들어서려는데, 맞은편에서 오던 나영이 웃으며 손을 흔들었다. 겨울방학 마치고 처음이었다. 나영 쪽으로 몸을 트는 지선 앞을 불쑥 막아서는 사람이 있었다.

"어, 오빠, 웬일이세요? 방학 잘 보내셨어요?"

"이사했더라. 말도 없이."

"아, 예, 갑자기 그렇게 되었어요."

대답하며, 방학 잘 보냈냐는 제 물음에 대한 대답은 빠져 있다는 걸 지선은 뒤늦게 깨달았다.

2학기 종강을 앞둔 어느 날, 영선의 집에 갔을 때였다. 지선아, 혜성이가 유치원에 들어가니까 이런 방에서 사는 게 창피한 모양이더라. 친구들도 집에 가 보면 방이 두 개도 있고 세 개도 있는데, 왜 우리 집만 방이 하나냐고. 혜성이 때문에라도 집을 넓혀야 할 것 같은데 영 형편이 안 되고. 그러니 네 방 빼서 방 두 개짜리 얻으면 좋겠다. 학교 오가는 데 시간이 좀 걸리겠지만 그 대신 밥은 안 해도 되잖니?

아버지 몰래 엄마가 목돈을 몇 번 마련해 주기도 했지만, 그때뿐이었다. 도배를 하러 다니던 영선의 남편은 작은 지물포를 냈다가 말아먹고 다시 도배를 하러 다녔다. 그나마 일감이 꾸준히 이어지는 편이 아니었다. 일을 맡으려면 좋든 싫든 일을 주는 사람에게 잘 보여야 하는데 목을 뻣뻣하게 세우고 있으니 누가 좋대. 제부라면 학을 떼는 경선의 진단이었다. 영선에겐 더 이상 기댈 데가 없다는 걸 지선도 알았다. 그래도 혼자 쓰는 공간에서 누렸던 평화는 아쉬웠다. 어린 조카가 너무 일찍 세상을 알아 가고 은근히 주눅 드는 게 보이지 않았다면 합칠 생각을 하지 않았을 것이다. 네가 그럴래? 학교 다니기 멀어서 괜찮겠냐? 둘째 딸 사는 게 안쓰러웠던 엄마가 말했다.

겨울방학이 끝날 무렵, 지선은 영선이 새로 얻은 방 두 개짜리 집으로 살림을 합쳤다. 너 나중에 후회해도 난 모른다? 짐을 옮겨 주며 경선이 경고했다.

"그렇다고 말도 없이……. 돌아와서 얼마나 황당했다고."

"그러셨어요? 방학 시작하자마자 이사할 일이 생겼는데 마침 방이 바로 나가서요. 그런데 여긴 웬일이세요?"

"그냥, 너 보려고 왔다. 어디로 이사했나 궁금하기도 하고."

"둘째 언니네로 들어갔어요. 안양이에요."

"여기서 머네. 다니기 힘들겠다. ……들어가야지? 소식 들었으니 됐다. 나 간다."

"네, 안녕히 가세요."

좀 느닷없다는 느낌은 있었지만, 찾아와 준 게 고맙기도 했다. 이사했다고 진오에게 미리 말했어야 했던 걸까. 의아했다. 진오와 이야기하는 동안 몇 발짝 떨어져 있던 나영이 물었다. 너 혹시 옆집 선배랑 사귄 거 아냐? 그러니까 여기까지 찾아 왔지. 너는 그냥 이웃에 사는 선배라고 생각했다지만, 저쪽은 아닌 것 같은데? 지선은 자신 있게 대답했다. 아니야, 그냥 옆집 선배였다니까!

바로 이웃에 살아선지, 지선에겐 진오가 고향집을 드나들던 진규나 봉규의 친구들과 다름없었다. 오빠의 친구들을 오빠라고 불렀으므로 진오에게도 자연스럽게 '오빠'라는 호칭을 사용했다. 진오도 지선을 여동생처럼 대했다. 남자 형제만 있는 진오는 여동생 있는 친구들이 그렇게 부러웠다고 했다. 입학하고 조금 지나서야 여학생들이 남자 선배들을 '형'이라고 부른다는 걸 알게 되었지만, 새삼스럽게 호칭을 바꾸기도 쑥스러웠다. 누군가를 마음에 품을 때의 설렘이 전혀 없었으므로, 지선은 진오가 가자는 데는 어디든 갈 수 있었다.

그건 네 생각일 뿐이라는 듯, 진오는 걸핏하면 문리대 입구에 나타났다. 지선의 강의 시간표를 꿰고 있는 듯했다. 저 사람, 또 왔다. 나영이 먼저 알아보고 쿡 찔렀다. 겉보기는 안 그런데 완전 의지의 한국인이네. 근데 자꾸 오니까 좀 그렇다, 얘. 그러면서도 나영은 진오를 보면 슬그머니 떨어져 나갔다. 지선이 붙잡아도 소용없었다. 자연히 진오와 함께 내려가지만, 달리 할 일이 있는 것도 아니었다. 찻집에 앉아 진오가 묻는 말에 단답형으로 대답하거나 진오의 이야기를 듣는 게 전부였다. 전공 공부가 점점 힘들어진다는 이야기, 해부학 실습 시간에 남자보다 여자가 더 담대한 걸 보면 여자가 독하다는 말이 맞나 보다, 등등의 이야기.

"잠이 부족하니 커피만 줄창 마시고, 커피를 워낙 많이 마시니까 소화도 잘 안 되고. 하루라도 좋으니 푹 잤으면 소원이 없겠다."

나는, 내가, 라는 주어로만 이어지는 진오의 말을 듣다 보면 창문을 열 수 없는 고속버스에 오랫동안 실려 갈 때처럼 멀미가 났다.

"부모는 등록금 대느라 허리가 휘는데, 꼭 아무것도 모르는 애들이 저렇게 나댄다. 저런다고 지들이 세상을 바꿀 수 있을 줄 아나. 그렇게 바뀔 세상이라면 진작에 바뀌었다. 계란으로 바위 치기지⋯⋯."

도서관 앞에 모인 시위대를 지나치며 내려온 날이었다. 세상의 부조리에 열심히 항의하는 친구들을 보면 부럽고 미더웠다. 그렇지만 지선 자신은 시위에 적극적일 수 없었다. 어쩌다 참가하면 여럿이 한 목소리를 낸다는 게 어쩐지 이물스러웠다. 그런데도 시위대를 철부지 취급하는 진오의 말을 듣자니 마음 밑바닥에서 무언가가 자글거렸다.

"말씀 도중에 죄송한데요, 전 이제 가야겠어요."

진오가 황망한 눈으로 바라보았다. 지선이 그의 말을 끊은 건 처음이었다.

"그래? 바쁜 일이 있었나 본데 내가 몰랐네. 미안하다."

엉거주춤 일어서려는 진오를 보니 마음이 조금 물러졌다. 잠깐 갈등이 일었다. 이대로 떠나면, 진오는 오늘 지선에게 뭔가 바쁜 일이 있었다고 생각하며 다음에 다시 나타날 것이다. 문리대 앞에 서 있는 진오를 보고 마음이 환해진 적이 있었던가. 아니었다. 진오를 따라 학교 앞으로 나올 때면, 제 뜻과 상관없이 끌려가는 어린 염소처럼 마음속에서 뒷발을 버팅기는 장력이 느껴졌다. 찻집에서 흘러나오는 노랫소리. 엘튼 존이었다. 유 라잇 업 마이 라이프……. 그 노래를 듣자니, 진오가 자기 인생에 빛이 아닌 그림자를 드리우는 것 같았다.

"바쁜 건 아니에요. 그냥, 제가 왜 오빠를 만나는지 모르겠어서요. 오빠도 공부하기 바쁠 텐데 저 때문에 시간 낭비 하시는 것 같구요. 이럴 필요가 없는 것 같아요."

진오는 뺨을 호되게 맞은 사람 같았다. 펴려던 무릎을 구부려 의자에 몸을 묻더니 팔짱을 꼈다. 잠깐 사이에 여러 표정이 스쳤다. 놀람, 노여움, 처량함. 진오의 얼굴을 늘 덮고 있던 자부심 표면에 어린 표정들을 지선은 똑바로 보았다. 도청소재지의 변두리에서 자란 진오는 서울의 의대생이 된 자신에 대한 자부심을 숨기지 않는 사람이었다. 그 자부심이 한순간에 사라진 걸 보니, 그 자리에 더 머물면 죄책감이 들 것 같았다. 찻집 문을 열고 바깥 공기를 쐬는 순간, 한여름에 등에 지고 다니던 무거운 짐을 내려놓은 듯, 휴우, 한숨이 나왔다. 진오가 제게 얼마나 무거운 존재였는지 그제야 실감이 났다. 다음 날부터, 문리대 건물을 나서기 전에 나영이 먼저 밖을 살펴 주었다. 진오는 보이지 않았다.

중간고사가 끝난 다음 주, 버스가 출발했을 때였다. 누가 등을 툭 쳤다. 진오였다. 그때까지만 해도 지선은 우연이라고 생각했다. 우연이 아니었다. 버스 종점인 학교 앞까지 내려갈 때면 주변을 둘러보는 버릇이 생겼다. 버스에 탈 땐 분명히 없던 진오가, 버스가 달린 지 10여 분 지나면 등을 쳤다. 노이로제가 생길 판이었다.

버스가 청량리로 접어들었다. 거기에서 내려서 전철을 탈 참이었다. 지하철로 내려가는데 진오가 팔을 붙잡았다.

"내려서 차 한잔하자."

안 내리면 집까지 따라오고도 남을 진오였다. 차라리 영선 언니와 부딪히게 할까? 이내 속으로 고개를 젓는다. 언니는 오히려 지선을 들볶을 것이다. 넝쿨째 굴러 들어온 복을 차고 있다고 뭐라 할 것이다. 지선은 몸을 일으킨다.

"네 말 듣고 충격 받았다. 난 네가 그런 생각을 하는 줄 전혀 몰랐다. 넌 내가 널 좋아한다는 걸 몰랐냐?"

진오가 뿜은 담배 연기가 본 조비의 노래에 실려 흩어진다. 당신은 이번엔 정말 떠나가는군요. 당신의 슈트 케이스가 안녕이라고 말하고 있어요.

"그랬어요? 전 그냥 편한 후배로 생각하시는 줄 알았어요."

"그건 아니었다. 난 그동안 누굴 좋아해 본 적 없다. 고등학교 땐 공부하느라 바빴고, 대학에서도 그럴 만한 사람을 만나지 못했다. 네가 처음이다. 너랑 결혼할 생각이었다."

진오는 대단한 비밀이라도 발설하듯 짐짓 결연한 표정이었다. 그 결연함이 바위처럼 옹골차 보였다. 남자답다는 것과 조금 거리가 먼 체구와 달리, 진오는 체력이 탄탄했다. 영화를 보고 나오거나 전철을 탈 때, 사람들이 많으면 진오는 제 몸으로 사람들을 막아 주었다. 사람 많은 곳에 가면 쉬이 지치는 지선에게, 벌써 그러면 어떡하냐? 했다. 의사 생활엔 체력이 필수라고, 틈틈이 운동을 하면서 체력을 다지는 진오였다. 인생이 계획대로 되는 것만도 아닌 걸요. 그래서 전 그냥 그때그때 제가 맞닥뜨린 일이나 열심히 하려고요. 앞날의 계획을 묻는 진오에게 그렇게 말했을 때 진오는 어이없어했다. 난 말이다, 중학교 때 이미 의사가 되겠다는 계획을 세웠다. 그때부턴 정말 죽어라고 공부만 팠다. 그전까지는 중상위권밖에 안 되었는데 노력하니까 상위권에 들어가더라. 진오의 말을 들으며 지선은 제 고등학교 때를 생각했다. 꿈도 꾸지 않던 대학에 보내 주겠다는 말에 미친 듯 공부하던 그 시절. 진오와 자기 사이에서 유일하게 찾아낸 공통분모였다. 전문의 과정이야 밟겠지만 학교에 남거나 그럴 생각은 없다. 고향으로 돌아가 개업할 생각이다. 의사는 정년이 없지만, 난 열심히 벌고 쉰다섯 살이 되면 칼같이 퇴직하고 남은 시간을 즐기며 살 생각이다. 진오는 언제 그 계획에 자신을 끼워 넣은 걸까. 지선이 학교 앞에서 계속 살았더라면, 그래서 그가 문리대에 나타나고 뒤를 좇는 끈질김을 보여 주지 않았더라면, 그 청사진대로 될 수 있었을지도 몰랐다.

"미안해요. 전 그냥 오빠가 잘 대해 주시니까 고맙고, 그래서 따랐던 것뿐이에요. 제가 저희 오빠 친구들 이야기 했잖아요."

"그것뿐이었냐, 정말?"

"네, 제 마음인데 제가 왜 모르겠어요? 오빠를 오해하게 했다면 미안해요."

"네가 그런 마음인 줄 몰랐다."

진오는 허탈한 표정으로 다시 담배에 불을 붙인다. 지선은 눈을 내리뜬 채 탁자만 바라본다. 담배 연기 때문에 콧속이 마르고 목이 뜨끔거린다. 본 조비의 외침조차 지선의 목에 걸리는 듯하다. 제발 한 번만 더 기회를 주세요.

"그러면, 너도 불편할 테니 자주는 말고 두 주일에 한 번씩만 만나 다오. 네가 나를 알 시간이 필요할 테니."

네가 나를 좀 더 안다면 나를 좋아하지 않을 수 없을걸. 진오의 얼굴은 그렇게 말하고 있다. 자부심으로 똘똘 뭉친 그 표정 때문에 조금쯤 남아 있었을지도 모르는 친밀감이 바람결에 쓸리는 먼지처럼 날아간다. 지선은 고개를 젓는다.

"그럼 한 달에 한 번씩만 만나자."

계획한 대로 살아온 진오의 청사진에 자기도 모르게 들어가 있었다는 게 두렵고, 그 두려움이 말에 날을 세운다.

"그건 서로 시간 낭비하는 거예요."

제 입에서 그렇게 차가운 목소리가 나올 수 있다는 게 지선 자신을 놀라게 한다. 그러나, 지선이 뭐라 하든 자기만의 방식으로 걸러 듣는 음파 변형 기기 같은 게 진오의 귀에 달려 있는 듯했다.

"그게 왜 시간 낭비냐? 좋아하는 사람을 만나는 건데."

그건 오빠 생각이고요, 튀어나오려는 말을 꿀꺽 삼킨다. 벽에다 대고 말하는 게 낫지. 지선은 방법을 바꾼다. 호칭도 바꾼다.

"형도 아시잖아요. 형은 나중에 저보다 훨씬 나은 사람 얼마든지 만날 수 있어요. 요즘 그렇다면서요? 의사하고 결혼하려면 열쇠 세 개를 장만해야 한다고요. 전 그런 열쇠 같은 거, 할 수도 없고 할 마음도 없어요."

진오의 얼굴이 환해지는 걸 보며 지선은 입술을 깨문다. 실수다. 진오를 몰라도 너무 몰랐다. 하긴, 관심이 없었으니 알 기회도 없었지만. 아니나 다를까, 진오는 지선이 그런 부담 때문에 자기를 피하는 거라고 믿기로 작정한 듯하다.

"누가 너더러 그런 거 하라고 했냐? 난 그냥 너만 있으면 된다. 나도 내가 왜 이러는지 모르겠다. 내가 뭐가 부족해서……."

진오의 눈에 얼핏 비치는 물기, 지선의 가슴이 쿵 내려앉는다.

"형이 부족해서 그런 거 아니에요. 그냥 제가 이렇게 만나는 게 힘들어서 그래요."

진오는 고집스럽게 입을 다물고 있다. 그 침묵과 단단한 표정이, 아름드리 나무처럼 가슴팍을 짓누른다. 못할 짓을 하고 있다는 생각, 진오의 집착에 대한 두려움, 진오와 만나던 때 제 태도가 진오에게 오해의 여지를 준 걸까 하는 곱씹음까지. 여러 겹의 생각이 어른거리며 복시처럼 멀미를 일으키게 한다. 그 어지러움을 못 이겨 결국 지선은 말해 버린다.

"그래요, 형 마음이 정 그렇다면, 한 달에 한 번씩만 만나 봐요."

◇

"가자. 갈 데가 있다."

길 어귀에 서 있던 진오가 지선을 붙잡는다. 지선은 눈으로 묻는다.

"전에 보니까 너 술 잘 마시더라. 나랑 있을 땐 안 마시더니 잘만 마시더라. 술 마시러 가자."

지선은 더 묻지 않는다. 술 마시는 걸 언제 본 걸까, 궁금하지만 드러내지 않는다. 한 달에 한 번, 매달 마지막 토요일 오후에 진오를 만나는 일은 생리 직전의 무지근함 같은 불쾌한 뒷맛을 남겼다. 만날 날이 가까워지면 몸 안의 물기가 다 말라 바스라지기 직전의 낙엽이 된 것 같은 기분이었다. 만날 때마다 반복되는, 내 마음을 몰라 준다는 끈질긴 타령. '한 달에 한 번씩만 만나 봐요.' 했던 그날을 인생에서 삭제해 버리고 싶은 기분이었다. 지선아, 너 또 왜 그랬니? 제 머리를 쥐어박고 싶어졌다. 언제부턴가 지선은 아예 대꾸도 안 하게 되었다. 그냥 석탑처럼 앉아 있다가 소리가 꾹꾹 목에 차오르면 가요, 할 뿐이었다. 진오는 흩어지는 말 대신 술을 택했다. 약속 장소를 찻집에서 호프집으로 바꾸었다. 많이 마시는 것도 아니었다. 목을 축이듯, 생맥주를 두 잔 정도 마실 뿐이었다. 지선은 받아 놓은 첫 잔도 다 비우지 못했다. 차가운 술이라선지, 잔을 비우면 꼭 체하곤 했다.

진오는 늘 만나던 호프집을 그냥 지나친다. 지선은 왜? 하는 표정으로 진오를 보지만, 진오는 지선에게 눈도 안 주고 앞만 바라보며 걷는다. 지선도 묻지 않고 따라간다. 문구점과 옷가게를 지나, 진오는 약국 모퉁이를 돌아 골목으로 접어든다. 그곳에 있는 술집이라면, 지선네 과 친구들이 즐겨 찾는 이모 집뿐이다.

"그 친구 너희 과냐? 둘이 친해 보이던데."

진오가 여전히 앞쪽에 눈을 둔 채 묻는다. 그제야 지선은 감이 잡혔다. 며칠 전 저녁, 학교 앞에서 추리닝 차림인 민기와 만났다. 그날 과외가 학생 할아버지의 부음으로 취소되었고, 저녁으로 먹을 라면을 사러 나오는 길이라고 했다. 지선은 집에 가기 싫어 학교 앞에서 어슬렁거리고 있던 참이었다. 경선의 경고대로, 지선은 영선과 합친 것을 후회했다. 집에 가도 마음이 편치 않았다.

돈이 없어서 친구들을 만날 수 없는 영선의 남편은 집에서 자주 술을 마셨다. 엘리베이터 없는 아파트 5층의 좁다란 현관에 들어서면서 영선의 신랑은 물었다. 집에 술 없어? 그러면 영선은 얼른 내려가 소주를 사 왔다. 술이 필요하면 자기가 사 들고 올 것이지, 아파트 입구 상가를 그냥 지나치고 들어와 영선을 내려보내는 심사를 이해할 수 없었다. 두말없이 내려가는 영선도 이해되지 않았다. 빌릴 만한 데서는 돈을 다 끌어다 쓰고도, 영선은 남편에게 말하지 않은 눈치였다. 그걸 안다면 영선의 남편이 그렇게까지는 안 할 것 같았다. 혼자 소주한 병을 마셔도 주사가 없다는 게 그나마 다행이라고 할까. 그저 자작으로 홀짝홀짝 들이켜다 모로 쓰러져 잠이 들었다. 제 아빠가 그렇게 잠들면, 혜성은 지선의 방으로 건너와 봉제 인형을 안고 저도 모로 누웠다. 그 어린 눈에 어른거리는 착잡함이 안쓰러웠고, 어린 가슴에 차곡차곡 무언가를 쌓게 하는 언니 부부에게 노여움도 일었다. 집에서 받는 용돈으로 혜성의 장난감이며 간식을 사다 주는 일, 지선이 할 수 있는 것은 그 것뿐이었다. 아이의 마음이 멍드는 것도 모르는지, 현관에서 술 없어? 하면 얼른 내려가 술을 사 오고 안주까지 만들어 술 상을 차려 내는 영선의 극진함이 우매함으로 보이기 시작했 다. 이래저래, 학교와 집 사이의 길거리에서 보내는 시간이 길 어졌다. 라면 끓이지 말고 밥 같이 먹으면 안 될까. 나 혼자 먹 어야 할 판이었거든. 그즈음엔 과 친구들도 다들 진오를 알고 있어서 지선은 임자 있는 사람 취급을 받았다. 그래서 오히려 밥 먹자고 말하기가 편했다.

김치찌개와 공기밥을 시키고, 소주를 나눠 마셨다. 공부방 아이들 이야기를 할 때, 민기의 얼굴은 수염 자국만큼이나 파 릇파릇했다. 가난 때문에 위축되었던 아이들은 꾸깃꾸깃 뭉쳐 서 내던진 종이쪽지 같은 데가 있다고, 그런 아이들과 보내는 시간은 마치 접힌 종이를 손바닥에 놓고 차근차근 펴는 듯한 기분이라고 말하는 민기의 눈이 하도 투명해서, 지선은 그 속 에 빠져드는 기분이었다. 지금은 겨우 손바닥으로 펴는 정도 지만, 거드는 사람이 좀 더 많아지면 아마 다리미도 될 수 있 을 거야. 지선아, 손바닥이 다리미로 변신하는 거, 재미있지 않 겠냐? 민기는 완곡하게 동참을 권하고 있었다. 지선은 반겼 다. 저녁 시간을 밖에서 보낼 수 있고, 어쩌면 민기와 좀 더 가 까워져 저를 둘러싼 오해를 풀 수도 있을 테니까. 공부방 아이들을 만날 생각을 하니 가슴이 설렌다. 혜성처럼 예민한 아이들에겐 사랑이 필요하다. 그런 아이들에게 뭔가 도움이 될 수 있다니, 지선의 얼굴이 환해진다. 그럴게. 같이하자고 해 줘서 고마워. 지선의 대답에 가뜩이나 맑은 민기의 얼굴이 해맑아졌다. 이건 환영의 의미로 내가 사는 거야. 이모, 여기 소주 한 병 더 주시고요, 해물파전도 하나 두툼하게 부쳐 주세요!

"여기 맥주 한 병하고 소주 한 병 주세요. 해물파전도 하나 주시고요."

진오와 해물파전을 먹은 기억은 없다. 그러니까 진오는, 제법 자세히 본 셈이었다. 진오 또한 술을 마시러 왔던 걸까? 추측하던 지선의 등골을 문득 전류 같은 게 훑고 지난다. 공부방 교사를 확보했다는 안도 때문인지, 민기는 조금 빠른 속도로 술을 마셨다. 지선은 민기보다 술이 셌고, 민기가 전에 없이 빠른 속도로 술 마시는 게 걱정이 되어 더 덜 마셨다. 지선은 취한 민기를 부축해 이모집에서 멀지 않은 민기의 자취방까지 데려다 주었다. 취해서 자기에게 의지한 민기가 그렇게 정답게 느껴질 수 없었다. 진오는 어디까지 본 걸까. 진오가 오해했을 수도 있다는 생각 한편엔 차라리 그런 오해를 했으면 하는 바람이 일렁인다.

"그 친구하고 있을 땐 잘만 웃더니, 나하고 있으니까 웃지 않네."

첫잔을 단숨에 들이켠 진오가 씁쓸하게 내뱉는다. 그날, 지선은 자주 웃었다. 민기와 결혼하겠다는 공부방 영지 때문이었다. 글쎄, 내가 다른 여자애 보기만 해도 눈초리가 달라진다니까. 야, 여자는 다 그런 거냐? 이 나이 먹도록 한 번도 받아보지 못한 사랑이라 황송하긴 한데, 걸핏하면 다가와서 손 잡는 건 좀 그래. 남들이 보면 날 의심할 거 아냐? 손만 잡으면 괜찮게? 영지 키가 내 허리춤밖에 안 닿거든. 아니, 허리는 아니고 가슴께까지는 되겠다. 그런 꼬맹이가 빤한 눈으로 내 눈을 뚫어져라 쳐다보는 거야. 내가 그 장면을 옆에서 본다 해도 이상하다고 말했을 거야. 그런데 말야, 영지가 자꾸 그러니까 나도 어쩐지 다른 애들 대할 때하고 영지 대할 때 마음이 달라지는 것 같아. 왠지 영지 그애를 책임져야 할 것 같고, 책임질 만한 일을 한 것 같고. 영지랑 나랑 딱 띠동갑이니까 불가능한 일도 아니겠지? 영지 잘 키워서 결혼하면 내가 우리 과 공인 도둑놈으로 전설의 주인공이 되지 않을까. 민기가 그렇게 말을 많이 하고 표정이 다채롭다는 걸 처음 알았다. 그런 민기를 보는 게 즐거워서, 마음속에 동글동글 기포가 생기는 듯해서, 그 기포를 터뜨리지 않으면 제가 동동 떠오를 것 같아서, 지선은 자주 웃었다. 웃다가 다시 깨달았다. 아, 내가 민기를 아주 많이 좋아하고 있었구나. 영지가 너무 집착하는 것 같아서 내년엔 군대로 도망칠까 생각도 했다니까. 민기가 짐짓 으스스

한 표정을 지을 땐 자기도 모르게 제 웃음소리가 커져서 슬쩍 주위를 둘러보기도 했다. 이모네 술집은 좁다. 탁자 다섯 개뿐. 거기 진오가 있었다면 눈에 안 띄었을 리 없다.

"그 친구, 잘생겼데. 친한가?"

진오가 고개를 약간 외로 틀고 지선을 바라본다. 외로 튼 고개 때문에 흘겨보는 것 같다. 어떤 사이냐, 둘이 사귀는 것 아니냐,라는 말을 가까스로 돌린 듯하다. 지선의 머릿속이 분주해진다. 사귀는 사이라고 해 버릴까, 그리고 민기더러 늘 옆에 있어 달라고 할까. 그건 민기에 대한 예의가 아니었다.

"그냥 같은 과 친구예요. 워낙 형편이 어려워서 과외로 생활비 버느라 바쁜데, 오랜만에 시간이 났다고 해서요."

"집이 얼마나 어렵기에. 너무 어려우면 사람이 꼬이기 쉬운데……."

"그렇진 않아요. 그렇게 바쁘면서도 산동네 공부방에서 자원봉사도 하는 걸요."

진오는 길에서 거지를 보면 상을 찌푸리고 더러운 걸 보듯 피했다. 전철 안에서 구걸하는 사람에게 지선이 돈을 주면, 나중에 말했다. 뭐하러 그러냐? 너처럼 자꾸 주는 사람이 있으니까 저 사람들이 더 그러는 거다. 사지 육신 멀쩡하니 어디 가서 막노동이라도 할 생각은 안 하고. 의지가 강한, 그 의지대로 살아 내서 그렇지 못한 사람을 이해하지 못하는 건 물론이고 경멸하는 사람들의 어떤 특성. 의료 봉사 활동 같은 데 참가하는 진오를 상상하는 건, 좁은 자취방에서 친구와 지내는 민기가 호사스러운 아파트에서 사는 걸 상상하는 것만큼이나 어려웠다. 교수의 마음에 들기 위해서라면 모를까, 여기까지 생각하다가 지선은 가슴이 서늘해진다. 내가 진오를 이렇게까지 안 좋게 생각하고 있었던가.

이웃에 살 땐 그냥 잘 대해 주는 편한 선배였는데 어쩌다 이렇게 된 걸까. 사람과 사람 사이의 관계가 그렇게 쉽게 무너지고 변질될 수 있다니. 입안에 신물이 넘어오는 듯해서 지선은 얼른 소주잔을 든다.

천장이며 벽면이 핑글핑글 돈다. 물로 헹궜는데도 입안에 시큼한 냄새가 가득하다. 제 입에서 나는 냄새 때문에 다시 토기가 치민다. 양손을 가슴에 얹고 몸을 뒤챈다. 왜, 또 토하려고? 진오의 목소리가 비닐 막 너머에서 들려오는 것 같다. 겨우 고개를 끄덕인다. 부축을 받으며 화장실로 가서 변기를 끌어안으며 진오더러 나가라고 손짓하자마자 토하기 시작한다.

술을 마시다 필름이 끊긴다는 것, 선배들의 말을 들을 때면 늘 궁금했다. 여관인 것 같은데, 언제 술집을 나왔는지, 어떻게 여기에 왔는지, 통 기억이 안 난다. 몇 페이지가 뜯긴 책을 읽는 기분이다. 휘둘리는 머리로도 의문이 인다. 소주 한 병으로?

몇 시나 되었을까. 학교 앞에서 멀리 오지는 않았을 것이다. 차를 탄 기억은 없으니까. 차가 끊겼을 테니 일단 나영이 사는 방으로 가야 할 것 같다. 어질어질한 정신에 스치는 생각을 붙들고, 지선은 겨우 몸을 일으킨다. 변기의 물을 내리고 거울을 본다. 꼴이 말이 아니다. 구토 끝에 게으르게 흘러나온 침이 입가에 번질거리고 속눈썹은 눈물로 축축하다. 왜 토할 때면 눈물이 따라 나오는 거지? 멀미할 때마다 들었던 궁금증이 얼핏 스친다. 휴지를 뜯어 눈과 입을 닦아 낸다. 비치된 칫솔 가운데 하나는 이미 비닐이 뜯겨 있다. 진오가 사용한 모양이다. 그 성정에 이 꼴을 보았으니 오만 정이 다 떨어졌을 것이다. 의도한 건 아니지만, 차라리 잘 됐다고 지선은 생각한다. 진오뿐 아니라 다른 누구에게도 보여 주지 않았던 모습이다. 제가 몰랐던 제 바닥을 들여다보게 되자, 홀가분하고 반가운 마음까지 든다.

치약 냄새를 맡자 다시 속이 울렁거린다. 지선은 손바닥으로 명치를 누른다. 심장이 아주 빠른 속도로 벌렁거린다. 손을 떼어 제 왼쪽 가슴을 토닥거린다. 어릴 적부터의 습관이었다. 집 안이 시끄러우면 가슴부터 벌렁거렸다. 그럴 때 제 손으로 제 가슴을 자장자장하듯 두드리다 보면, 거세게 벌름거리던 심장은 높은 파도가 잔잔해지는 것처럼 조금씩 진정되었다.

토사물의 시큼한 냄새 말고도 카바이드 냄새 같은 게 속에서 올라온다. 해물파전이 잘못된 걸까. 한 병을 채 비우지도 않았는데 필름이 끊기다니.

신입생 환영회 때, 제가 술이 제법 세다는 걸 처음 알았다. 고등학교 때 수학여행 가서도 마셔 보긴 했지만, 그건 선생 눈을 피해 술에 입을 대 보는 통과의례 정도에 지나지 않았다. 환영회 때, 선배들은 신병을 받는 교관처럼 굴었다. 부드러운 미소 뒤엔 여차하면 튀어나올 단단한 심이 박혀 있었다. 받아 놓은 잔이 비지 않으면 "다 같이, 거국적으로 원샷!"을 외쳤다. 지선은 제 앞에 놓인 술을 천천히 그러나 또박또박 비워 냈다. 환영식에서 느껴지는 은근한 억압에 대한 반발이었다. 진장해선지, 마신 것에 비해선 술이 오르지 않았다. 동그스름한 얼굴에 포니테일로 묶은 머리가 순정 만화에서 갓 튀어나온 것처럼 순진해 보이던 나영은 첫 잔을 받아 입에 대더니 그대로 사레가 들려 버렸다. 다른 여학생들을 윽박지르던 선배들도, 나영이 눈물까지 글썽이자 어쩔 수 없다는 듯 넘어갔다. 무공해 소녀. 술자리에만 가도 얼굴이 빨개지는 나영은 그 별명을 얻으며 술자리에서 음료수를 마실 수 있는 특권을 얻었다.

나영이 자고 있을지 모르는데. 그래도 골목 쪽으로 난 쪽창을 두드리면 잠에서 깰 것이다. 마음이 급해진다. 지선은 이를 닦고, 내친김에 세수도 한다. 수건으로 물기를 닦아 내면서도 문을 나서서 진오를 볼 일이 난감하다. 추태를 보여 줘 정떨어지게 만든 게 다행이라는 마음 한편에, 마지막 모습은 추하지 않게, 이런 허영이 남아 있는 것 같다.

"속은 괜찮냐? 물 여기 있다."

"괜찮아요. 죄송해요. 저 그만 갈게요."

"가긴 어딜 가. 이렇게 늦었는데, 버스도 끊겼어."

"나영이네 집에 가면 돼요. 가방이……."

지선은 좁다란 방 안을 둘러본다. 방을 절반 넘게 차지한 더블 베드, 입식 화장대. 탁자의 쟁반에 놓인 컵과 물병. 가방은 침대와 탁자 사이의 좁은 공간에 떨어져 있다. 몸을 굽히고 가방을 집어 드는 순간, 진오의 팔이 등 뒤에서 바이스처럼 지선을 끌어안고 윽죈다.

"못 간다. 오늘은 못 간다."

귓전에 스치는 더운 숨결, 이 사이로 갈아붙이는 듯한 목소리에 소름이 끼친다. 진오의 숨결은 발갛게 단 쇠붙이의 단내를 내뿜고 있다. 여태 손조차 잡은 적 없는 진오다. 눈뜬 곳이 여관이라는 걸 알고 나서도 이런 일을 경계하지는 않았다.

"오빠, 왜 이러세요. 저 갈래요. 놔주세요."

"못 놔준다. 네가 누구한테 갈지 어떻게 알고."

진오는 지선을 끌어안은 채 침대로 몸을 던진다. 출렁, 스프링이 자신을 덮쳐 오는 거대한 해일 같다. 그 해일에서 벗어나 해변으로 나아가려 지선은 버둥거린다. 갈래요, 가게 해 줘요.

지선의 외침은 파도에 휩쓸린다. 철썩, 거대한 파도가 지선을 휘감아 해안에서 먼 곳으로 내친다. 못 간다, 넌 내 거다. 으드등거리는 소리가 지선을 짓이긴다.

◇

"나 이상하지?"

나영이 거울 속에서 울상을 짓는다. 그 바람에 눈꼬리가 아래로 처진다. 가뜩이나 순한 얼굴이 봉제 곰 인형처럼 귀여워진다.

"처음이라 낯설긴 할 거예요. 그래도 보세요, 마스카라도 안 했는데 얼마나 환한가. 꼭 신부 같네."

원장은 말하다 말고 움찔하며 지선을 힐끔 바라본다. 신부를 곁에 두고 할 말은 아니다. 그렇지만, 난생처음 화장한 나영이 화장 전과 많이 달라진 것만은 사실이다. 원장의 손길이 나영의 얼굴에 머문 시간은 10분도 채 안 된 듯했다. 파운데이션을 얇게 펴 바르고 콤팩트로 정리한 뒤 아이섀도와 립스틱을 칠했을 뿐이다. 그런데도 나영은 여름 끝물에 피어난 해바라기처럼 환해졌다. 지선이 보기에도, 볼이 패다시피한 자신보다는 어쩐지 나영에게 웨딩드레스를 입혀야 할 것 같았다. 검정 폴라 티를 받친 베이지색 재킷에 검정 정장 바지, 차분한

옷차림도 화사해진 얼굴 덕에 생기를 띤다.

"그러게요. 애 화장한 거 처음 봐요. 정말 때깔이 달라졌네요."

"신부님은 원래 마르고 혈색이 없고, 친구는 건강해 보여서, 그 차이예요. 그냥 친구도 아니고 부케 받을 친구인데……. 그냥 볼 때는 몰라도, 사진 찍어 놓으면 화장한 것하고 안 한 것하고는 하늘과 땅 차이예요."

자, 친구분. 여기 앉아 보세요. 다음 예식도 없고 시간도 남으니 잠깐 기본만 해 줄게요. 지선에 이어 단장을 마친 진오가 조금 있다 보자, 하고 나가자 원장이 나영을 불러 앉히려 했다. 그냥 친구도 아니고 부케 받을 친구라면서요. 어서요, 이런 서비스, 아무한테나 해 주는 거 아니에요. 나영이 여전히 난색을 띠며 서 있자 원장은 나영이 움직이지 않을 수 없는 말을 했다. 부케 받을 친구가 화사해야 신부도 돋보이는 거예요.

거울 속, 여전히 제 모습에 적응하지 못하는 나영과 신부 화장에다 올린 머리가 어색한 지선의 표정은 어딘지 비슷해 보인다. 마음껏 숲을 뛰어다니다가 난데없이 뻗쳐 나온 커다란 손에 덥석 잡혀 버린 토끼, 귀가 잡힌 채 다리를 마구 바장이다가 아주 먼 데로 옮겨진, 그리하여 낯선 우리에 막 풀려난 토끼의 어리둥절함. 대체 여기가 어디지? 내게 무슨 일이 생긴 거지? 원장이 양팔을 펴 두 사람 어깨를 동시에 토닥인다.

"신부님도 그렇고 친구도 그렇고, 한창때라 손을 조금만 대도 이렇게 피어나는 거예요. 이런 신부는 그냥 젊은 것만으로도 우리 같은 사람에겐 한 부조한 거예요. 어휴, 지난주 생각하면……."

원장은 과장스럽게 어깨를 출썩인다.

"신랑이 조폭이더라구요. 신부 화장하는데 신랑만 들어오는 게 아니라 검정 양복 쫙 빼입은 남자들이 들어와 병풍처럼 둘러서 있는데……. 맘 같아선 순서고 뭐고 신랑부터 단장해서 내보내고 싶더라니까. 신부는 서른이 넘어 피부에 탄력이 없고, 화장도 안 받아 애먹고 있는데. 신랑은 신부 얼굴만 뚫어져라 바라보고 있지, 둘을 둘러선 검정 양복들은 형님, 형님, 하지……. 어휴, 지난주에 간 오그라들고 진땀 난 거 생각하면 오늘은 일도 아니야!"

하염없이 이어지던 원장의 수다는 마침 문을 연 예식장 직원 덕분에 끊어진다.

"준비 다 되셨죠? 이제 드레스실로 가세요."

"벌써 시간 되었네. 신혼여행 가서 좋은 추억 많이 쌓고 행복하게 잘 사세요."

자리에서 일어서자, 미용 가운 사이로 차가운 손이 앞섶을 파고드는 것 같다. 원장의 덕담도 그 손을 밀어내지는 못한다. 애쓰셨어요, 감사합니다. 지선이 인사하는 사이, 그 차가운 손은 어느새 가운 안으로 파고 들어와 지선의 심장을 꽉 움켜쥔다.

"야, 드레스 정말 예쁘다. 네가 고른 거니?"

나영이 솜사탕 모양으로 부푼 소매에 살짝 손을 댄다. 공을 매달아 놓은 것처럼 동그랗게 부풀린 소매는 팔꿈치 위에서 살에 딱 붙는 레이스 천으로 이어진다. 가슴 앞판에서 좁아져, 있는 대로 졸라맨 허리 아래는 거품기로 마구 저은 달걀 흰자처럼 다시 부풀었다. 어릴 적 만화에서 보고 그리던 서양 공주의 옷 같다. 이런 옷을 입게 될 줄 몰랐다. 부푼 치마폭을 유지하느라 받쳐 입은 페티코트가 살갖에 닿아 가려운 듯 따갑다. 자꾸만 손을 넣어 득득 긁고 싶어진다.

"아니, 우리 큰언니가. 너무 화려하지? 난 단순한 게 좋은데, 큰언니가 안 된대. 그런 건 얼굴이 화려한 사람들이 입으면 예쁜데, 나 같은 사람이 입으면 웨딩 드레스 같지도 않을 거라고. 얼굴이 평범해서 옷이라도 화려해야 된다면서 이걸로 하래."

아무래도 무대의상 같아서 영 낯선 지선이 불편한 마음을 드러낸다.

"그래도 잘 어울려. 공주 같다, 얘."

"언니분이 감각이 있으시더라고요. 드레스는 화려한 게 나중에 사진 찍어 놓으면 나아요. 평생에 한 번 입는 건데, 이럴 때 화려한 거 안 입으면 언제 입어 보겠어요. 잘 고르신 거예요. 그런데 잠깐만요."

막 완성한 작품을 감상하는 예술가처럼 몇 발짝 떨어져 지선을 바라보다 고개를 갸웃한 직원은 옷장 문을 열고 브래지어를 꺼낸다. 한 개 더 입으셔야겠어요.

"브래지어를 두 개 입어요?"

나영의 눈이 동그래진다. 직원은 기껏 올린 등의 지퍼를 내리며 말한다.

"네, 신부님이 그새 너무 마르셨어요. 지난주에 입어 볼 땐 몰랐는데, 지금 보니까 이래야 옷태가 날 것 같네요. 결혼식 앞두고 살이 빠지는 바람에 두 개 하시는 신부, 많아요."

겹친 브래지어의 호크를 잠그자 가슴이 답답해진다. 한 개 했을 때보다 두 배 답답한 게 아니라 몇 곱절은 더 답답하다. 참아, 곧 끝날 거야. 지선은 다시 속으로 말한다.

결혼한다는 것은 짧은 터널이 아주 많이 이어진 산길을 달리는 것 같았다. 양가 부모의 상견례, 결혼식장과 신혼여행지 정하기, 예물과 예단 알아보기, 혼수와 신접살림 차릴 곳에 이어 예복과 웨딩드레스를 결정하는 것까지. 터널에 진입할 때마다 곧 빠져나갈 수 있다는 기대로 어둠침침한 터널과 창을 열 수 없는 갇힌 공기의 답답함을 견뎠다. 괜찮아, 곧 끝나. 식이 끝나면 바로 풀면 돼.

"너도나도 하는 결혼이지만, 당사자에겐 워낙 큰일이잖아요. 큰일 앞둔 신부들은 두 종류예요. 스트레스를 먹는 걸로 풀어서 드레스를 늘리거나 아니면 빠져서 품을 줄이거나. 한 달 전 몸이 그대로인 분들보다는 늘거나 준 신부가 훨씬 많으니 신부님도 정상이라고 봐야죠. 가뜩이나 날씬한 데다 더 빠졌어요. 그래도 뚱뚱하신 것보단 나아요. 지난번 어떤 신부는 원래도 통통하신 편인데 한 달 사이에 3킬로그램이나 느셨더라고요. 뒷모습이, 이런 말 하면 안 되겠지만, 신부가 아니라 아줌마 같더라니까요. 결혼 앞둔 사람이 왜 그리 관리를 안 했는지. 자, 이제 됐어요. 보세요. 가슴이 빵빵하니까 훨씬 낫죠? 이제 여기 앉아서 좀 쉬고 계세요. 식 시작되면 제가 곧 모시러 올게요. 친구는 사람들 드나드는 동안 짐 잘 챙기시고요."

문이 닫히자마자 나영이 지선의 팔을 살짝 쥐며 말한다.

"얘, 좀 잘 먹지 그랬어. 이게 팔이니 손가락이니. 너 아까 가운 벗을 때 보니까 너무 말랐더라. 브래지어 두 개가 뭐니, 두 개. 확 소문내 버릴까 보다."

놀리며 미소 짓는 나영의 눈 안쪽에 살짝, 해를 가리며 지나는 구름 같은 게 비친다.

그날, 지선은 진오가 잠들자마자 여관을 나왔다. 집으로 갈

순 없었다. 영선에겐 동물의 본능 같은 민감함이 있었고, 그 안테나에 걸려들면 조용히 넘어갈 리 없었다. 택시비도 모자랐다. 늦었지만, 그래도 나영의 집이 나왔다. 숨에선 토한 뒤끝의 새척지근한 냄새가 났다. 대체 왜 그리 쉽게 취한 걸까. 알 수 없었다. 지난 일을 되짚다 말고 지선은 입술을 꼭 깨물었다. 엎지른 물이었고 깨진 독이었다. 깨어진 독, 그 말을 떠올리자 아랫도리의 쓰라림보다 더한 상실감이 엄습했다. 잘 챙겨, 여자는 순결을 잃으면 끝장이야. 지선이 남들보다 늦게 초경을 맞자, 나름대로 성교육이라고 경선이 말했다. 대학에 가서 이웃인 진오와 이따금 차를 마시고 영화 보러 다닌다는 말을 들은 언니들은 지선에게 다짐을 두었다. 아무리 아는 사이라 해도, 남자는 다 늑대야. 조심해. 그땐 속으로 웃었다. 언니들이 늑대가 나타났다고 끊임없이 외치는 양치기 소년처럼 느껴졌다. 외진 밤거리에 혼자 다니는 것도 아니고, 낯선 곳으로 혼자 여행을 떠나는 것도 아니었다. 자라면서, 책을 읽으면서 순결에 대한 지선의 생각은 언니들과 다른 길로 갈래를 뻗었다. 처녀성을 결혼을 위한 담보물로 생각하고 싶지는 않았다. 정말 좋아하는 사람이 생긴다면, 그 사람이 원하고 자신도 원한다면, 그땐 스스로 옷을 벗을 수도 있을 것 같았다. 말짱한 정신으로, 처음인 모든 일 앞에서 그러하듯 그 모든 걸 낱낱이 느끼고 의식하고 기억하고 싶었다. 막상 닥치면 어떨지 자신은 없었지만, 제 쪽에서 피임을 요구할 수도 있을 것 같았다. 머릿속에서 이리저리 굴리고 가다듬고 간추린 관념이 그저 생각에 지나지 않는다는 걸 깨닫는 건 한순간이었다. 이렇게 제 의사와 상관없이, 사랑하지도 않는 사람과 그 일을 겪게 될 줄은 몰랐다. 제 의지가 없었으므로, 언니들 말이 아니더라도 더럽혀진 느낌이었다. 잠든 진오가 깰까 봐 살금살금 방을 나온 뒤, 지선의 마음은 흠집 생긴 음반처럼 튀었다. 이게 뭐야, 이게 뭐야. 버스 안에서 소매치기에게 가방을 찢긴 걸 뒤늦게 알았을 때의 허탈함, 무심코 갖고 다니던 그 지갑 안에 이제는 다시 볼 수 없게 된 누군가의 유일한 사진이 들어 있다는 걸 뒤늦게 깨달았을 때의 망연함과 간절함, 그리고 그토록 무방비했던 자신에 대한 분노. 이런 것들이 자꾸만 발목을 잡아채서, 밤길인데도 걸음이 느려졌다.

나영의 자취방으로 가는 골목에 고인 어둠은 음험했다. 보안등 불빛이 닿지 않는 곳에 누군가가 숨어 있다가 잡아챌 것만 같았다. 처녀도 아니면서 앙탈은, 탁한 숨결을 내뱉으며 다시 찍어 누를 것만 같았다. 골목을 노려보던 지선은 심호흡을 하고 걸음을 빨리했다. 어느 집에선가 개가 짖어 댔다. 나영아, 나영아. 창문을 조심스럽게 두드렸다. 나영은 기척이 없었다. 혹시 나영이 없다면? 나영은 이따금 여의도에 사는 고모네 집에 갔다가 그 집에서 자고 오기도 했다. 나영이 없을 수도 있다는 생각이 들자 다리 힘이 풀렸다. 쪼그리고 앉는데 머리 위가 환해지더니 드르륵, 구원처럼 창문이 열렸다. 잠시 조용했던 개들이 다시 왈왈거렸다. 지선은 일어서지도 못한 채 고개만 쳐들고 말했다. 나영아, 나야, 지선이. 지선이니? 잠깐만!

너 집에 안 갔어? 웬일…… 하다 말고 나영은 지선의 등을 떠밀었다. 들어가자. 오래 불렀니? 방 안은 훈훈했다. 지선은 벽에 기대고 앉았다. 뭐 따뜻한 거 마실래? 커피 줄까? 아니, 나 그냥 자고 싶어. 미안해, 잠 깨워서. 우리 자자. 벽에 기댔던 등이 스르르 미끄러져 내렸다. 그러지 말고 요 위로 올라와. 나영은 이불을 젖히고 지선을 요 위로 끌어올리려 했다. 강의가 빈 시간이면 자주 와서 이불 속에 쏙 들어가 수다를 떨곤 했다. 그 익숙한 이부자리 속으로 들어갈 수 없었다. 어쩐지 제 몸이 불결해진 듯해서, 그 안에 들어가면 나영의 이부자리까지 오염시킬 것 같았다. 난 바닥이 좋아. 여기가 더 따뜻해. 지선은 벽을 보고 모로 누웠다. 나영이 이불을 끌어다 덮어 주었다. 나영의 체온으로 따뜻한 이불이 몸을 감싸자 콧등이 시큰해졌다. 나영아, 불 좀 꺼 줄래? 나 잘게. 잘 자. 눈을 감으면 그대로 곯아떨어질 것 같았는데, 불을 끄자 오히려 정신은 말똥말똥해졌다. 자니? 지선이 물었다. 아니. 말짱한 목소리였다. 지선은 가까스로 입을 열었다. 목젖까지 차오른 말, 누구에게든 말하지 않으면 그대로 몸 안에서 단단히 굳어 버려 끝내

끄집어낼 수 없을 그 일을. 나 오늘 사고 쳤어, 하면서. 그랬니, 그랬구나……. 나영은 아주 가끔, 짧은 말로 제가 듣고 있음을 알려 올 뿐 가만히 듣기만 했다. 그래서…… 그래서 여기로 왔어. 집으로 갈 수는 없더라. 지선이 말을 마치자 나영은 손을 뻗쳤다. 요 위로 올라와. 그렇게 쪼그리고 자면 내일 온통 쑤실 거야. 나영의 도톰한 손이 지선의 어깨를 감쌌다.

얼굴이며 목덜미까지 바른 분이 숨구멍을 다 틀어막은 것만 같다. 겹쳐 입은 브래지어가 경계선이라도 되는 양, 숨은 그 아래에 이르지 못하고 앙가슴에 걸린다. 숨을 못 쉬겠다, 생각하자 가슴이 터질 것 같다. 휴우, 깊은 한숨이 몸을 터뜨리려 하던 압력을 낮춘다.

"괜찮니, 너?"

한숨 소리 때문일 것이다. 나영이 다시 묻는다. 예식장으로 오는 차 안에서도 나영은 여러 번 물었다. 예식이 치러지는 진오네 고향까지는 두 시간 남짓 걸리지만, 신부 화장 때문에 세 시간 전에는 도착해야 했다. 나영은 토요일 근무를 마치자마자 와서 지선과 함께 갔다. 겨울날 동트기 전, 차창 밖의 어둠은 마음까지 꺼멓게 잠식하려 들었다. 그냥 이 차로 달려서 아는 사람 없는 곳으로 갈 수 있었으면. 괜찮아, 너 괜찮아? 거뭇한 형체만 보이는 차창 밖에 시선을 준 지선에게 나영은 이따금 물었고, 그 물음의 바닥에서 감지되는 미세한 알갱이가 목에 걸려 지선은 짐짓 명랑하게 말했다. 안 괜찮아. 배가 고프기 시작했거든. 너도 배고프지? 채워지지 않은 위장만이 문제라는 듯 위장하는 자신이 서툰 피에로 같았다. 나영의 물음이 가리키는 곳이 달이라는 걸 알면서도, 지선은 달을 외면하고 손가락만 본다.

"안 괜찮아. 속눈썹 무게가 이렇게 무겁다는 거, 처음 알았어. 눈꺼풀이 자꾸 덮이려고 해. 나, 조는 눈 같지?"

"아니, 보기엔 멀쩡해. 속눈썹이랑 화장 때문에 더 초롱초롱한데? 근데 너 화장실 가고 싶지 않니? 괜찮아? 하긴, 그렇게 물도 안 마시고 참았으니. 그럼 나 잠깐 다녀올게."

나영이 문을 열자, 어렴풋이 느껴지던 바깥의 웅성거림이 바람결처럼 밀려든다. 거울 속 여자와 눈이 딱 마주친다. 여자는 가부키 배우 같다. 하얀 얼굴, 양미간에서 콧등을 거쳐 인중까지 하이라이트를 주어 문득 오뚝해진 콧날. 아이라인과 아이섀도가 진하게 칠해진 눈매에는 부챗살처럼 진하고 두꺼운 인조 속눈썹이 그늘을 드리운다. 풀을 잔뜩 먹인 것처럼 눈가가 뻣뻣하지만, 거울 속 얼굴엔 여자가 느끼는 뻣뻣함이 드러나지 않는다. 입체감을 살린 얼굴에 화사한 볼연지로 돋운 생기만 보일 뿐이다. 문득 가슴이 내려앉는다. 이제부터 평생 이렇게 분장한 얼굴로 살아야 할 것 같은 철렁함. 어쩐지 제 모습대로 살지 못하고, 데운 우유의 표면에 엉긴 막 같은 걸 자기 자신에게 한 겹 씌운 채 견뎌야 할 것이라는 예감이 욱죄 온다. 어쩌자고, 어쩌자고 이런 일을 저질렀을까. 귓바퀴에 작은 사람이 올라앉아 속삭이는 것 같다. 살다 보면 정들어. 중매로 만나서도 잘만 사는데 니들은 오래 사귀었잖아. 경선의 단정적인 말로 그 속삭임을 밀쳐 내려 해 보지만 그조차 푸슬푸슬 흩어진다. 진오와 한 공간에서 숨 쉬고, 같은 침대를 쓰며 평생을 같이할 수 있을까. 자신없다. 자연스럽게 의식 표면으로 떠오른 그 말이 마음속에서 뱅글뱅글 돌며 파문을 일으킨다. 이대로 나가 버려. 고막을 울리는 속삭임이 커진다. 옷걸이에 걸린 코트가 확대된다. 나를 잡아채. 그리고 슬쩍 나가 버리면 돼. 너도 그러고 싶잖아? 이게 마지막 기회야. 저 문을 열고 어서! 지선의 눈길이 닿는 순간, 문이 열린다. 경선과 영선, 그리고 형부들과 조카들이 한꺼번에 들어선다.

"어머, 지선아, 너 혼자 있었어? 나영인?"

"왔어? 잠깐 화장실에……. 형부 오셨어요? 이쁜 조카들 왔네?"

"처제, 보던 중 제일 예쁘네. 우린 얼굴 봤으니까 나갈게. 이따 신부 입장할 때 떨지 말라고. 우리 결혼할 때 난 떨었는데 언니는 떨지도 않데. 그런 건 언니 본받고, 바가지 긁는 것만

배우지 마!"

"이이는, 내가 언제 바가지 긁었다고 그래. 하여튼 입만 열었다 하면……. 얼른 나가기나 해요."

경선이 제 남편을 떠밀자 영선의 신랑도 같이 밀려 나간다. 다른 때라면 다가와 감겼을 조카들은 안 하던 화장을 짙게 하고 웨딩드레스를 입은 지선이 낯선지 에워싸고 바라보기만 한다.

"얘들아, 이모 예쁘지? 이모한테 결혼 축하한다고 말해야지."

이모, 축하해. 혜성이 먼저 말한다. 지민은 그저 배시시 웃기만 한다. 수민은 이모 춥겠다, 하더니 다가와 지선의 장갑 낀 손을 만지작거린다.

"이 드레스 어떠니? 얘가 무슨 60년대 드레스 같은 걸 골랐는데 내가 이거로 하라고 했어. 어떠냐? 네가 봐도 화사하니까 낫지?"

지선은 그저 웃는다. 오늘은 내내 웃어야 한다. 양쪽 입귀를 당기기만 하면 사람들은 웃는 걸로 알 것이다. 눈동자에 어리는 황망함은 짙은 속눈썹이 감춰 줄 것이다. 비로소 뻣뻣한 속눈썹이 고마워진다.

"일요일 아침인데도 웬 차가 그리 많은지. 우리 내리는데, 그때야 관광버스 들어서더라. 우린 엄마 아버지 내리시는 거만 보고 이리로 왔고. 손님들 인사 받느라 바빠서 못 들르실 거야. 진규랑 봉규도 왔고, 태규 오빠 아직 도착 안 했어. 식 시작되기 전에는 와야 할 텐데."

누가 왔나? 반투명 유리문 앞에 어른거리는 그림자를 본 영선이 문을 연다. 양손에 종이컵을 든 채 몸으로 문을 밀던 나영, 갑자기 문이 열리는 바람에 휘청한다. 영선이 잽싸게 나영의 몸을 받친다. 커피향이 신부 대기실에 번진다.

"죄송해요, 언니. 옷에 묻지 않았어요?"

"안 묻었어. 내가 한 순발력 하잖니? 문 열어 준다는 게 그만. 네가 애썼다. 새벽부터 움직여 피곤하지? 이게 다 예습이라고 생각하렴."

"네, 예습 중이에요. 지선아, 네 건 율무차로 뽑았어. 너 커피 마시면 화장실 가야 하잖아. 좀 마셔 봐. 너 추워 보여서."

"얘 지금 뭐 마시면 화장 지워지는데?"

"그렇긴 한데 워낙 추워서요. 꽃샘추위라더니. 옷도 얇고 맨살도 나오고요."

"여기가 춥긴 하네. 서울이 아니라 그런가? 다 벗은 신부 대기하는 데가 이렇게 추워서야. 그래도 지금 마시면 기껏 공들인 화장 지워져. 어디 빨대 같은 거 없나?

영선이 두리번거리자 경선이 나선다.

"여기 빨대가 어디 있겠니? 빨대 있어도 안 돼. 뜨거운 거

빨대로 마시다 입천장 델 일 있냐? 그냥 조금 참아. 신부가 그
것도 못 참냐?"

"언닌……. 신부도 갈증 나면 마셔야지. 그래도 율무차는 마
시다 흘리면 표 나니까 그냥 물이나 마셔라. 혜성아, 물 남았
지? 아까 그 물 꺼내 봐. 나영아, 율무차는 내가 마실게. 땡큐."

혜성이 배낭에서 보온병을 꺼낸다. 영선이 보온병 뚜껑에
보리차를 아주 조금 따른다. 경선이 한마디 한다.

"입술 안쪽에 대고 마셔. 잘못하면 화장 지워진다."

지선은 따뜻한 기가 남은 보리차를 한 모금 마신다. 뼛속까
지 시린 한기를 녹이기엔 어림없지만, 바싹 마른 입안을 적시
니 한결 살 것 같다. 다시 한 모금 머금는데, 직원이 들어서며
손뼉을 친다.

"자, 이제 예식 시작할 거예요. 친지분들은 다들 식장으로
가시고요."

"시작하려나 보다. 지선아, 떨지 마. 나영아, 너도 같이 가
자."

"네, 지선아, 파이팅!"

나영이 손가락으로 브이자를 그린다.

"그런데 가방 여기 두고 가도 되나?"

"무슨 소리야! 들고 나가야지."

경선이 말하고 영선이 가방을 든다. 이모, 좀 있다 만나, 조

카들이 말을 남기고 따라간다.

에워쌌던 사람들이 한꺼번에 나가자 썰물이 진 갯벌에 홀로 선 듯 막막해진다. 지선은 눈을 감았다가 흡뜬다. 네가 결정한 일이야. 네 선택이고, 네 발로 걸어 들어가는 거야. 그 말을 디딤돌 삼아 걸음을 뗀다. 예식장 입구에서 기다리던 아버지가 지선의 팔을 잡는다. 웨딩마치가 울려 퍼지는 식장으로 함께 들어선다.

◇

"뭐하니? 심심하면 우리 집에 놀러 와라."

심심한 건 언니겠지. 전화 받느라 방바닥에 내려놓은 곰 인형이 애꾸가 된 눈으로 영선을 말끄러미 보고 있다.

"심심하긴…… 지금 일하고 있거든."

"뭔데? 그 곰탱이 눈깔 다는 거? 쯧쯧, 아직도 그 일 하니? 그거 눈 빠지게 달아 봤자 몇 푼이나 받는다고……."

동냥은 못 줄망정 쪽박은 깨지 말랬는데, 경선은 번번이 쪽박부터 잡아챈다.

"혜성 아빠 일 나갔지? 요즘은 여기저기서 아파트 짓느라 일은 떨어지지 않겠다. 그래도 품 파는 일 말고 고정적인 일을 찾아야지."

"이번 주부터 회사 나가. 혜성이 유치원 친구 명원이라고, 그 애 아빠가 소개해 줬어. 회사 차 모는 일이야. 한 달 하는 거 보고 정식으로 발령내 준다니까 그거 바라고 있어. 새벽에 나가서 저녁도 회사에서 먹고 올 때가 많아. 집에서 하루 종일 놀면 뭐해. 혜성이 과잣값이라도 벌어야지."

"초보도 아닌데 무슨 한 달 지켜보고 발령 낸다니. 그래도 잘됐다. 뭐니 뭐니 해도 고정 수입이 있어야지. 너도 이제부터 월급 받아 오면 쓸 생각부터 하지 말고 적금이랑 보험부터 들어 놔. 이제 애 앞으로 돈 들어갈 일투성인데. 그 눈깔 다는 건 오늘까지 마쳐야 하는 거냐? 그래, 잘됐다. 내가 산채백반 잘하는 집 알아. 인테리어도 깔끔하고 음식도 괜찮더라. 거기 가서 점심 먹자."

그제야 경선의 속마음이 짚인다. 집에서 혼자 밥 먹긴 싫고, 사 먹고 싶은데 같이 먹을 사람은 없고, 혼자 식당에 가자니 남의 시선이 불편하고. 만만한 게 영선이었을 것이다. 그걸 알면서도, 영선은 수화기를 내려놓자마자 기지개를 켠 뒤 여기저기 널린 곰 인형이며 눈알이 될 단추들을 주섬주섬 정리한다. 혼자 찬밥 먹을 판이었다. 시내버스 한 번 타면 식당에서 남이 해 준 밥을 먹을 수 있는데 마다할까. 게다가 산채백반은 영선이 가장 좋아하는 메뉴다. 영선은 잽싸게 세수하고 초스피드로 화장을 한 뒤 옷장을 연다.

반지하 셋방에서 알뜰하게 절약해 작은 아파트를 산 경선은 몇 년 안 가 다시 더 넓은 아파트로 옮겼다. 아들 지민과 딸 수민의 방도 따로 꾸몄다. 그만하면 성에 찰 만도 한데 경선의 욕심을 채우기엔 어림도 없었다. 남편이 진급해도, 그래봤자 대학 나온 사람들 월급 따라가려면 멀었다고, 일은 똑같이 하는데 대학 졸업장 없다는 것 때문에 그런다고 툴툴거렸다. 가지면 가질수록 엄살이 느는 건지, 엄살 때문에 살림이 느는 건지, 영선은 헷갈렸다.

형제들은 주말이면 교외에 나가 외식을 하거나 이따금 콘도를 빌려 여행하는 데 익숙해지고 있었다. 다른 형제들이 앞을 향해 성큼성큼 걸어나가는데 영선네만 제자리걸음을 하는 격이었다. 형제들이 비슷비슷한 속도로 나아가니 열심히 제자리걸음을 해도 뒤로 밀려날 수밖에. 지선이 같이 사는 동안엔 그나마 영선과 친정을 잇는 다리가 되었는데, 지선마저 결혼해서 지방으로 내려가니 영선은 혼자 끈 떨어진 뒤웅박 같았다. 의사 남편과 지방으로 간 지선은 그나마 열외로 쳐졌지만, 영선은 빠질 수 없는 친정의 집안 모임에 가면 벼 속에 섞여 웃자란 피처럼 자기 식구만 도드라지는 듯했다. 네 신랑은 아직도 그러고 있냐? 매형은 휴일인데도 일하느라 못 온 거야? 형제들의 관심은 한 표적을 겨눈 여러 개의 화살처럼 영선에게 퍼부어졌다. 와서 박히는 그 말들이 아팠다. 정작 표적은 그 자리에 없는 영선의 남편이고 과녁판이 되어 버린 영선이 남편 대신 그 화살들을 받아 냈지만, 과녁판 뒤에 웅크린 혜성이 화살 박히는 소리를 듣는 것만은 어쩔 수 없었다. 예민한 성격인 혜성은 집안 모임에 다녀오면 며칠 동안 말수가 적어졌다. 그렇다고 시집 쪽과 가까이 지내는 것도 아니었다. 시부모는 아들의 사업이 기운 게 영선과의 결혼 때문이라고 생각하는 듯했다. 아들이 다달이 건네던 용돈이 줄어들다 끊긴 것도 영선의 탓이었다. 자연히, 시골에 있는 시댁에 가는 것도 눈치가 보였다. 영선을 반기지 않는 부모라면 자기도 필요 없다고, 남편마저 그쪽 걸음이 뜸해졌다. 마음이 긁힌다 하더라도, 끼워 주는 쪽이 살가울 수밖에.

"밥부터 먹고 오자."

경선은 영선이 들어서자마자 지갑과 열쇠를 챙긴다. 가든이라는 이름을 붙인 식당은 경선의 차로 10분 넘게 걸리는 야트막한 동산 어귀에 있다. 감나무며 대추나무, 석류나무 아래 자잘한 야생화를 심어 놓고 작은 물레방아까지 갖추어서, 음식값이 꽤 비쌀 것 같은 집이었다. 좌식이라 앉기 편했고 나물은 정갈했으며, 곁들여 나온 된장찌개도 입에 착 감겼다. 많이 먹으면 살찐다며 경선은 밥이 나오자마자 주발 뚜껑에 밥부터 덜어 냈다. 영선은 남은 된장에 경선이 덜어 놓은 밥을 싹싹

비벼 깨끗이 비웠다. 배가 그득해지자 왠지 세상이 더 환해 보인다. 평소엔 제 안에 그런 허기가 있는 줄도 모르고 지냈다. 그런데 막상 위장에 무언가 들어가기 시작하면 제 안의 공동이 맹렬하게 아우성친다. 아예 안 먹으면 모를까, 일단 음식을 대하면 그 횅한 구멍이 다 메워질 때까지 채워야 한다. 양이 덜 차면 벌어진 구멍이 괴기 영화 속의 생물처럼 커지며 제 존재를 주장한다. 자신이 먹는 걸 보는 사람마다 놀라게 하는 그 걷잡을 수 없는 허기가 어디서 생긴 걸까, 하는 궁금증이 가뭄에 콩 나듯 의식의 수면으로 떠오를 때가 영선에게도 있다. 덧셈 뺄셈을 겨우 배운 아이가 미적분 문제가 실린 시험지를 받아 든 격이다. 생각하면 머리만 아프지, 영선은 그걸 발로 꾹 밟아서 보이지 않는 곳으로 차 내고 만다.

"어디, 동생이 타 주는 커피 한 잔 마셔 보자. 거기 두 번째 칸에 있는 찻잔 써라. 아니, 그건 아직 개시도 안 한 거야. 그 옆에 있는 거. 그래, 그 빨간 거. 그것도 비싼 잔이야."

집에 들어서자마자 소파에 앉아 말로 커피를 준비한 경선은, 넌 커피 타는 솜씨 하난 일품이야, 어쩐 일로 칭찬까지 한다.

"씻는 건 됐어. 이따 내가 하면 돼. 이리 들어와 봐."

경선은 안방의 서랍장을 연다. 서랍장엔 경선의 남편이 출장길에 사 온 물건들이 차곡차곡 쟁여 있다. 로열젤리며 비타민과 각종 영양제 등 건강 보조 식품, 영양 크림이며 콤팩트나 립스틱 같은 화장품들, 장신구며 스카프, 유명 브랜드의 필기 도구 같은 것들.

"이왕 왔으니 생일 선물 앞당겨 주는 거야."

랑콤 콤팩트를 건네더니 경선은 같은 상표의 네 개들이 립스틱 상자도 꺼낸다. 핑크색, 복숭아색, 주홍색 그리고 핏빛 빨강. 경선은 빨강을 제쳐 놓는다.

"이건 내가 쓸 거야. 나머지에서 하나 골라 봐."

영선이 복숭아색을 집어들자 경선이 말한다.

"그건 나중에 지선이 줄까 했는데……. 그래, 걘 언제 만날지 모르니까 우선 네가 써라. 걘 어째 서울도 안 오고 집 안에만 있는다니. 아직 젊은 게."

"뭐, 집이 편한 모양이지. 걘 대학 다닐 때 여행 가라고 해도 안 갔잖아."

"전화도 내가 해야 겨우 받지, 언니한테 안부 전화도 안 해. 너한테도 그러니?"

아주 가끔 지선의 전화를 받지만, 영선은 대답한다. 그렇지, 뭐.

립스틱을 챙겨 넣고 서랍장을 닫으려던 경선은 잠깐 들여다보더니 다시 무언가를 꺼낸다.

"옛다, 이것도 가져가라. 형부가 사다 준 건데 비싼 거야. 공짜로 생겼다고 퍽퍽 바르지 말고 잘 때 한 개씩만 펴 발라. 넌 어째 주름이 나보다도 많냐?"

선심 쓰듯 내미는 그것은 작은 플라스틱 튜브 안에 든 오일이다.

"어, 이거 정말 좋은 거라던데? 미애가 이거 계속 발랐다는데 그래선지 지난번 동창 모임에서 보니까 걘 주름이 하나도 없더라. 땡큐."

영선은 감탄을 조금 부풀리며 받는다. 돈 안 드는 립서비스야 얼마든지 할 수 있다. 지난번에 미애가 선물해서 이미 바르고 있다는 말은 생략한다. 그럼 도로 내놓으라고 할지 모른다. 자기 말고 다른 사람이 그걸 선물했다는 것 때문에라도. 그러고도 남을 경선이다. 자기가 주는 건 뭐든 최고고, 남이 가진 건 하잘것없나니. 경선의 생각을 영선도 알고 있다. 경선의 서랍에는 같은 제품이 여러 통 있을 테고 경선은 그중 가장 오래된 것을 꺼내 주었을 것이다.

형부가 유럽 출장 갔다 사 온 건데 정말 좋은 거야. 너니까 주는 거야. 혜성 아빠 주지 말고 네가 먹어야 해. 경선이 한껏 생색내며 영양제를 한 통 준 어느 주말이었다. 영선은 거실로 나와 경선의 남편에게 인사했다. 형부 덕분에 제가 구경도 못하던 좋은 걸 다 얻네요. 잘 먹을게요. 소파에서 잡지를 보던 경선의 남편은 장난처럼 뜽겨 주었다. 혜성 엄마, 그거 유통기한 안 지났는지 잘 보라고. 그냥 놓아두면 그 안에서 새끼 치

231

는지, 바로 주면 어디가 덧나는지, 언니는 꼭 묵혔다가 주니까. 그제야 인색하기 짝이 없는 경선이 이따금 비싼 물건을 선뜻 내준 이유를 알 것 같았다. 어릴 적부터, 좋은 건 꼭 자기가 챙기고 자기에게 쓸모없는 걸 아주 아끼는 것인 듯 포장하여 물려주던 언니를 익히 보아 온 영선이었다. 어린 시절 어느 날, 경선은 사과를 쪼개어 하나는 제가 갖고 다른 하나는 영선을 주면서 말했다. 네 게 훨씬 크다. 아무리 보아도 언니가 쥔 게 훨씬 컸다. 영선은 용기를 내어 말했다. 그래? 그럼 바꿔. 그랬더니 경선, 대뜸 제 것을 뒤로 감추며 말했다. 안 돼! 제법 살 만큼 살게 된 뒤에도 그 버릇을 떨치지 못한 모양이었다. 어쩌저럴까, 싶다가도 영선은 이내 마음을 돌려먹는다. 그래 봤자 내 속만 상한다. 어찌되었든 물건은 남는 것이다. 써 본 적 없는 화장품이라선지, 아니면 미애의 팽팽한 얼굴을 보고 난 탓인지, 미애가 준 오일을 바르면서 주름살이 옅어진 듯했다. 줄어드는 게 아까워 저녁 세수를 한 뒤 통에 남은 튜브 숫자를 헤아리고, 손톱보다 작은 튜브 안쪽에 혹시라도 남아 있을까 봐 힘껏 쥐어짰다. 그게 그렇게 좋은 거야? 내가 과부 땡빚이라도 얻어서 사 줄게. 남편은 장담했지만, 면세점에서 파는 오일이라서 남들처럼 해외여행이라도 가야 살 수 있는 거였다. 남대문 도깨비시장에 가면 있을지 모른다는 말을 들었지만, 아무래도 비쌀 것 같아서 엄두를 내지 않았다. 갖기 어려운 물건이라는 걸 알고 나니 갖고 싶은 마음이 더 커졌는데, 이게 웬 횡재인가 싶었다. 영선은 경선이 내준 쇼핑백에 화장품이며 과자 등을 차곡차곡 담는다.

버스가 고층 아파트 단지를 벗어난다. 널찍한 거실과 길든 가죽이 은은하던 소파, 예쁜 그릇과 주방 옆의 장에 가득하던 식품들. 마음은 막 떠나온 경선네 집에 머물러 있다. 이집 저집에서 내놓은 물건들로 현관은 물론 층계참까지 발에 채이는 것투성이인 계단을 지나 환기가 잘 안 되는 좁은 집으로 들어설 생각을 하니 배 속에 가스가 차는 기분이다. 커피를 마실 때 식탁 위에 있던 비스킷을 집어 먹은 게 탈이 난 모양이다. 넌 밥 먹은 지 얼마나 됐다고 그걸 또 먹냐? 경선의 타박을 들으면서도 영선은 커피에 비스킷 적시던 손을 멈출 수 없었다. 이렇게 먹는 게 얼마나 맛있는데. 난 밥 배 따로 간식 배 따로 있어, 하면서. 오늘은 채워도 너무 채운 모양이다. 머리가 어찔어찔하더니 손끝이 차가워진다. 영선은 버스 차창에 머리를 기댄 채 열심히 손바닥을 주무른다. 버스에서 내리자마자 소화제부터 사 먹어야 할 것 같다.

"엄마, 학교 다녀왔습니다!"

혜성의 인사는 언제나 씩씩하다. 그 인사를 들으면 문득 볕이 더 환해지는 느낌이다. 영선은 얼른 아이가 멘 배낭을 받아 든다. 혜성처럼 빛나는 사람이 되어라. 퇴원을 위한 대책도 마련하지 못한 채 남편은 종이를 앞에 놓고 갓난아기 이름 짓기에 골몰했다. 병원비를 갖고 온 경선은 그걸 보며 노골적으로 혀를 찼다. 퇴원하던 날, 남편은 이름을 커다랗게 쓴 종이를 출산 선물이라며 내밀었다. 혜성. 여자 이름 같았지만 토를 달지는 않았다. 경선이 입을 삐죽거리거나 말거나, 영선은 남편의 말이라면 무조건 따랐다. 남편은 자신이 귀하다는 느낌을 받게 해 준 유일한 사람이었다. 오빠와 남동생들 사이에 끼여 치이고, 성정 센 언니에게 눌리고. 오래된 책의 종잇장처럼 삭아 가던 영선이었다. 남편은 재투성이 영선에게 예쁜 옷을 입히고 아름다운 마차에 태웠다. 마차를 타고 달리는 황홀함의 끝에 파티장이 있었다. 난생처음 와 본 화려한 곳에서 사람들의 찬탄 어린 눈길을 받으며 남편과 춤을 추었다. 자정을 알리는 종소리가 울리며 파티가 끝났다. 사장님 사모님 소리를 듣게 하던 가게 문을 닫고, 집을 날리고, 남편이 삯일을 하러 다녀도, 영선은 남들이 생각하는 것만큼 불행하지 않았다. 자신이 주인공이었던 파티의 기억만으로도 충분히 견딜 수 있었다. 끼니를 거르는 것도 아니었고, 비바람 가리고 추위와 더위를 막아 주는 지붕과 벽이 있고, 어릴 적부터 유난히 총명한 아들 혜성이 있었고, 여전히 자기를 클레오파트라라고 부르는 남편이 있었으니.

그것도 사내 꼭지라고, 유치원에 들어가기 전부터 혜성은 텔레비전에 예쁜 여자가 나오면 눈을 떼지 못했다. 난 나중에 저 누나하고 결혼할 거야, 해서 제 엄마 아빠를 웃게 했다. 그럴 때면 영선의 남편은 꼭 짚고 넘어갔다. 혜성아, 저 여자가 뭐가 예뻐. 내 눈엔 엄마가 백배는 더 예쁘다. 혜성은 엄마와 화면 속의 여자를 번갈아 보고 피식, 웃었다. 저 여자가 엄마보다 예뻐? 남편이 재우쳐 묻자 입을 꼭 다문 채 코를 훌쩍 들이마셨다. 이 난관을 어떻게 모면한다지? 생쥐처럼 반짝이는 눈이 정처를 잃고 있었다. 대답해 봐. 남편이 여러 번 다그치자, 어쩔 수 없다는 듯 작은 목소리로, 그러나 단호하게 대답했다. 그래도 저 누나가 예쁜 건 사실이야. 미안했는지, 영선 쪽으로 고개를 돌리고 눈길을 비끼며 덧붙였다. 저 누나는 머리가 길잖아요. 영선이 받았다. 그럼 엄마도 머리 길러 볼까? 엄마도 머리 기르면 저 누나처럼 예쁘겠지? 혜성은 막다른 곳에 몰린 쥐처럼 움찔거렸다. 영선이 재차 묻자 혜성은 어쩔 수 없다는 듯 작게 한숨을 내쉬고 느릿느릿, 마지못해 대답했다. 엄마, 정말로 미안한데, 머리가 길다고 누구나 다 예쁜 건 아니에요. 자지러지게 웃는 영선 곁에서 남편은 혜성의 머리를 가볍게 쥐어박았다. 인마, 넌 어려서 뭘 몰라. 네 엄마가 훨씬 예쁜 거야.

자신에 대한 남편의 한결같은 찬사가 가장으로서의 무능을 덮으려는 알랑방귀처럼 느껴지기 시작할 무렵, 영선은 혜성의 정체에 대해서도 알게 되었다. 남편은 혜성이 빛나고 주목받는 것만 생각했지, 왜 주목받는지는 생각하지 않은 듯했다. 옛날엔 혜성의 출현을 불길한 것으로 받아들였다는 것도. 혜성이 나타나는 게 화제가 되는 건 사실이지만, 정작 사람들은 혜성을 반기지 않는다. 아이 이름을 지을 때 말렸어야 한다는 생각이 들었다. 그런 생각이 들면, 혜성이 머리가 좋은 건 이름 때문일지 모른다며 억지로 맨홀 뚜껑을 덮었다.

혜성과 같은 학년인 아이 엄마들은 영선이 혜성의 엄마라는 걸 알면 목소리의 톤이 달라졌다. 세상에, 어쩌면 그렇게 똑똑한 아들 두었대요? 혜성인 학원도 안 다닌다면서요? 그런 아들 하나만 있으면 더 바랄 게 없겠네. 우리 민준이는 학교에서 오자마자 이 학원 저 학원 돌려도 소용없어요. 어떤 땐 돈 아깝다는 생각도 드는데, 그나마 안 하면 더 떨어질까 봐 불안해서 그냥 붙잡고 있을 수도 없고요. 자식이 아니라 돈 잡아먹는 뭐 같을 때도 있다니까요? 그런데 비결이 뭐예요? 학원도 안 다니는 애가 그렇게 잘한다니. 하긴 알아서 하면 학원 보낼 필요 없지요. 혜성 엄마가 직접 붙잡고 가르치시나 봐요? 안달하며 물어오면 속으로 으쓱해졌다. 그런 물음에 영선은 애매하게 대답했다. 가끔은 제가 가르치기도 하고요. 그렇게 말하고 나면, 정말로 자기가 혜성을 앞에 놓고 가르친 듯했다. 집도 누추하니, 등잔불 켜고 마주 앉은 한석봉 모자가 따로 없었다. 나는 곰 인형 눈을 달 테니 너는 공부를 하거라. 그렇게 마주 앉아 있었던 듯한 착각이 일었다. 그럼 전공이? 애초에 목소리에 시샘이 가득했던 엄마들의 무자비한 질문을 받고 나서야 가르친다는 말을 생략했다. 학교 다닐 땐 중간 정도의 성적을 유지하던 영선, 아들 혜성이 공부를 잘하자 자신도 공부를 안 했을 뿐이지 남들만큼 열심히 했으면 우등생이었을 거라는 근거 없는 자신감이 붙었다. 그렇게 머리 좋은 아이가 그냥 태어났겠는가, 그 아이를 낳은 게 누군가.

"엄마, 성적표 받았어요. 나 또 일등이다!"

혜성이 내미는 성적표를 받으며, 영선은 혜성을 안아 엉덩이부터 두드려 준다.

"우리 아들, 잘했네. 큰이모가 너 일등할 걸 알았나 보다. 이거 다 너 먹으라고 큰이모가 챙겨 준 거야. 과자 먼저 먹고 있어. 엄마가 스팸 구워 줄게."

스팸 캔을 따서 덩어리를 썬 다음 달궈진 프라이팬에 올린다. 치익, 지글지글……. 금세 기름진 냄새가 번진다. 혜성이 코를 벌름이며 나오더니 프라이팬을 들여다본다.

"엄마, 지민이 형은 이런 거 날마다 먹어서 그렇게 크나?"

두 살 많은 사촌형 지민은 혜성의 우상이다. 어릴 때 경선이 이유식부터 병에 든 수입품을 챙겨 먹여서인지 아니면 육식을

좋아하는 경선의 식성을 닮아서인지, 두 살 터울이라기엔 혜
성보다 훨씬 컸다. 체구가 큰 데다, 어린아이치고 말수도 적어
서 더 듬직해 보였다. 외둥이인 혜성은 어쩌다 보아도 형, 형,
하면서 따랐다. 지민은 재잘대는 혜성이 귀엽다는 듯 바라보
며 빙그레 웃곤 했다. 집안 모임에 가면 둘은 꼭 붙어 다녔고,
수민은 자기만 떼어 놓는다고 팔팔 뛰었다.

"날마다 먹기야 하겠니? 지민이 형은 태어날 때부터 우량아
였어."

"나도 지금부터 많이 먹으면 형만큼 클 수 있나?"

"그럼, 아빠가 키가 크시잖아. 외할아버지도 외삼촌도 다 큰
편이고. 너도 밥 잘 먹고 잠 잘 자면 양파 자라듯 쑥쑥 자랄 거
야."

혜성은 유치원 다닐 때 물컵 위에 얹어 놓은 양파가 순을
밀어 올리고 쑥쑥 자라는 걸 보았다. 어쩐지 저도 지민이만큼
클 수 있을 것 같은지, 진지하던 얼굴이 펴인다. 기분이 좋아
져 말에 가락이 붙는다.

"맛있는 냄새 뭉게뭉게, 아니 모락모락……. 엄마, 뭉게뭉게
는 연기고 냄새는 모락모락인데 난 자꾸 헷갈린다?"

"헷갈리면 좀 어때? 너 같은 일등짜리가 헷갈리면 다른 애
들은 더 모를걸? 자 다 익었다. 방으로 들어가자. 케첩 뿌려 줄
까?"

"응, 많이 뿌려 주세요. 맛있는 냄새 모락모락……. 어, 연기도 모락모락인데? 아휴, 모르겠다. 아빠 건?"

"그럼, 아빠 거도 있어. 다 먹어도 돼."

마지막 스팸 조각으로 접시에 묻은 케첩까지 살뜰히 묻혀 먹은 혜성은 흡족한 얼굴로 포크를 내려놓는다.

"혜성아, 더 구워 줄까?"

기름기와 케첩으로 얼룩덜룩해진 입귀가 살짝 올라가고 눈이 반짝 빛난다. 그런데도 대답은 의젓하다.

"아빠도 먹어야지."

"아빤 삼겹살 있어. 먹고 싶으면 더 먹어."

"응, 삼겹살은 삼겹살이고 스팸은 스팸이니까. 스팸은 그만 먹고 이따 밥 먹을 때 삼겹살 먹을래요."

아이고, 우리 아들, 착하기도 하지. 영선은 다시 한번 혜성의 궁둥이를 두드려 준다. 혜성이 흡족한 얼굴로 해죽 웃는다.

영선네 식구들끼리는 단란했다. 남편에겐 여전히 영선이 최고였고, 혜성은 아이답지 않게 엄마와 아빠를 위하고. 그런데 언제부턴가 영선의 마음에 불만이 스며들더니 고이기 시작했다. 말로 떠받들어 구름 위로 올리면 뭐하겠는가. 몸은 가장 낮은 곳에서 옴치고 뛸 수 없는데. 친정 식구들과 이어 주던 끈이 얇아진 건 아무래도 다른 형제들과 사는 형편이 달라져서인 것 같다. 사는 형편이 달라진 건, 다름 아닌 이 남자와 결혼했기 때문이다. 그런데 이 남자와의 결혼은? 누가 등 떠민 적 없다. 결국 자신이 순진하고 세상 물정 몰라서 그렇게 결정한 것이다. 그런데 세상 물정 모르고 자라게 된 건, 집에서 가두어 놓았기 때문이다. 경선이 결혼하고 나자 다 큰 딸을 향한 아버지의 감시는 더 심해졌다. 시장에서 조금만 늦게 돌아와도 왜 이리 늦었냐고 묻던 아버지. 그때 마음껏 나돌아다니고 싶었던 영선에겐 부모의 보호가 창살 없는 감옥처럼 느껴졌다. 이렇게 꼬리에 꼬리를 물다 보면 결국 부모를 원망하게 된다. 그런데 부모를 원망하는 건 있을 수 없는 일이라고 배웠다. 그래서 결국 내 팔자지,로 돌아온다. 눈에 콩깍지가 단단히 덮여 이런 남자와 결혼한 것도 내 팔자, 혜성이가 하고많은 부잣집을 두고 이런 부모 밑에서 태어난 것도 결국 제 팔자고, 그러니 누구의 책임도 아니다 하고 마음을 접는다.

◇

문이란 문은 있는 대로 열어젖힌다. 갑자기 밀려든 바람에 커튼 레일이 저절로 움직이며, 커튼이 드레스 자락처럼 동그랗게 펄럭인다. 커튼을 동여매고 오디오의 플레이 버튼을 누른다. 가슴을 자근자근 밟는 듯한 비소츠키의 낮고 굵은 목소리. 잠깐, 뭉근한 무엇이 가슴을 누른다. 봄 방학을 맞아 서울에 다녀오는 길이라며 들른 나영이 준 CD다. 나영의 취향이 아니라 지선은 갸웃했다. 내가 주는 거 아냐. 민기가, 너 결혼 선물 못 해 줬다고, 이거라도 주고 싶다고 전하랬어. 늦었지만 축하한대. 배 속에 응어리가 졌다.

군대 다녀와서 복학한 민기가 졸업 앞두고 홀로 떠난 여행에서 나영이 살던 도시에 들렀고, 그래서 만났다는 소식을 들었을 때, 어쩌면 두 사람이 사귀게 될지 모른다는 예감이 들었다. 확신에 가까운 예감이었다. 소녀처럼 여리면서도 속 깊은 나영과 섬세하고 부드러우면서 강직한 데가 있는 민기, 두 사람은 잘 어울렸다. 둘이 사귀었으면 하는 마음 뒤편에 그러면 민기를 가끔씩이라도 볼 수 있으리라는 기대가 뉘엿거렸다. 그러나 뉘엿거리는 그것을 치우면, 그 바닥엔, 나영과 민기가 사귀지 말았으면 하는 마음이 해류처럼 거셌다. 나 민기랑 사귀기로 했어. CD를 전하며 나영이 수줍게 고백했을 때, 지선은 속에서 넘어오는 쓴물을 삼키며 말했다. 잘됐다. 너희들 잘 어울려. 그럼 너희들 결혼할 거니? CD에 떨군 눈길을 들지 않은 채였다. 말하고 난 뒤에야 성급한 질문이었다는 걸 깨달았다. 아직은 모르겠어. 이제 시작이나 다름없는걸. 민기는 공부하고 가르치는 게 적성에 맞는다고 대학원에 가고 싶다는데, 학원 강사 월급 모아서 언제 대학원 가니? 인기 과목도 아닌

역사 강사가. 대학원은 내가 보내 주겠다는데 그건 싫대. 민기가 은근히 고집스럽잖아. 툴툴거리는 나영의 얼굴은 민기에 대한 신뢰로 빛났다. 그 빛나는 얼굴을 보는데, 목젖이 부풀어 오르는지 목구멍이 좁아지는지, 목이 메었다.

나영의 집에서 나란히 나온 아침, 지선은 학교 정문이 보이는 곳에서 문득 걸음을 멈추었다. 전날 걸었던 거리였다. 그 이전에도 늘 지나다니던 길이었다. 거리는 그대로인데, 하루 사이에 지선 자신만 외계에 다녀온 듯했다. 재해를 입어 주민이 다 떠나 버린 마을, 말라 버린 나뭇잎과 함께 쓰레기만 바람에 날리는 거리에 홀로 선 듯한 황량함, 그 폐허를 휩쓸던 회오리바람이 지선을 감아올렸다.

3학년 때, 야유회에서 민기가 뜻밖에 자리에서 일어서더니 노래를 불렀다. "선뜻선뜻 잊읍시다. 간밤 꾸었던 슬픈 꿈일랑 아침 햇살에 어둠 가시듯 잊어버립시다. 없던 일로 해 둡시다. 함께 피웠던 모닥불도 함께 쌓았던 모래성도 없던 일로 해 둡시다. 가끔가끔 찾읍시다. 오랜 세월이 흐른 뒤에 조심조심 아주 조금씩 다시 찾읍시다." 민기가 노래를 잘 부른다는 걸 지선은 그때 처음 알았다. 민기를 떠올리며 지선은 나영에게 먼저 들어가라고 손짓했다.

"정 교수님 시간이잖아. 어디 가려고? 너 정 교수님 강의는

한 번도 안 빠졌잖아."

"나, 한 번도 안 해 본 일 하는 데 재미 붙였나 봐. 이왕 시작한 거 정 교수님 강의도 한번 빠져 보려고. 나중에 보자. 고마워."

학교 앞에서 버스를 타고 가다가 시내에서 무작정 내렸다. 내리고 보니, 1학년 때 진오와 자주 다니던 길이었다. 그때 내가 진오를 좋아했던가? 지선은 고개를 갸웃거렸다. 겨우 이태가 지났을 뿐인데, 한 생이라도 흐른 듯 까마득했다. 어젯밤 진오도 술에 취했던가, 술김이었을까. 아침에 눈을 떠서 무슨 생각을 했을까. 태풍과 해일이 지나간 해변 마을, 찢긴 비닐하우스의 비닐처럼 마음이 너덜거렸다. 갈래갈래 흩어진 마음을 모으기 전까진, 강의실에 들어설 수 없을 것 같았다.

아침에 영선의 집에서 나오면, 늘 그러하듯 학교로 향하는 차를 탔다. 그러다 아무 데서나 내렸다. 낯선 사람과 눈이 마주치면 어쩐지 찔끔했다. 버스나 전철 안에서 우연히 남자와 몸이 닿으면 소름부터 끼쳤다. 제 기억에서 모락모락 피어나는 검은 연기를 흩날리며 그냥 걸었다. 걷다 지치면 혼자 커피를 마시고, 너무 오래 머물러 눈치가 보이면 다시 나와서 걸었다. 이게 뭐지, 이게 뭐지? 그토록 어리석었던 자신에 대한 분노, 마음 한구석이 뻥 뚫리고 거기로 돌풍이 통과한 듯한 상실감, 그리고 더럽혀졌다는 느낌. 마음을 지탱하던 기둥을 도끼로 내리쳐 중동이 잘려 버린 기분. 뭉개진 마음을 만지작거리다 지선은 깜짝 놀란다. 내게 처녀막이 그토록 중요했던가? 지선은 고개를 갸웃한다. 그런데 왜? 느닷없는 의문으로 지선이 발걸음을 멈추는 바람에, 뒤에서 오던 사람과 부딪힌다. 죄송합니다. 뒤에서 오던 남자는 비껴 지나가면서 지선을 바라본다. 비난의 눈길을 각오했는데, 정작 그 눈길에 실린 건 무슨 일인가, 하는 호기심이었다. 바닥이 투명하게 비치는 호기심이 낯익다고 생각한 순간, 철렁, 마음이 요동쳤다. 그 바람에, 마음을 살짝 가렸던 얇은 막 아래 있던 것이 모습을 드러냈다. 민기.

공부방 일을 거들겠다고 약속했다. 다음 달부터 나가기로 했는데. 아무 일 없었던 듯 공부방에 나갈 수 있을까. 공부방에 나가면 시간이 줄어들 테니 생각도 덜할 테고, 그러다 보면 시간이 기억에 물을 타서 묽게 해 주겠지. 그게 현명하다는 걸 머리는 알고 있었다. 그러나 가슴은 머리와 반대쪽으로 오그라들었다. 공부방에 나가기 시작하면 민기와 함께하는 시간이 길어질 것이다. 이런저런 이야기도 더 많이 나누게 되겠지. 그러면……. 그제야, 민기를 향한 제 마음의 기울기가 생각보다 더 컸다는 걸 깨달았다. 지독한 상실감이 가슴을 후볐다. 민기의 그 순한 웃음이 떠올라 가슴이 저렸다. 웃는 민기의 얼굴에 한 번만, 딱 한 번만 손 대 보고 싶은 간절함으로 허물어지는 가슴에 지선은 재빨리 지지대를 세웠다. 우린 그저 좋은 친구였어. 지금까지 늘 그래 왔듯이, 난 또다시 빠져들 사람을 찾아낼 거야.

"강지선, 너 아팠다며?"

강의실로 들어서자 몇몇 사람이 알은체했다. 나영이 그렇게 말해 둔 모양이었다. 지선은 애매한 웃음으로 대답했다. 민기가 늘 앉던 자리는 비어 있었다. 교수가 앞문으로 들어서는 순간, 눈에 익은 감청색 남방셔츠가 뒷문으로 들어와 자리에 앉았다. 안녕, 지선의 마음이 입을 열었다. 만났을 때와 작별할 때의 인사말이 같다는 게 문득 서러워졌다. 딴생각으로 흘려 버린 강의가 끝나자 민기가 지선에게 다가왔다.

"어, 지선이 왔냐? 아팠다며? 얼굴이 쪽 빠졌네."

민기는 인사를 건네고 앞자리에 털썩 앉아 몸을 돌렸다. 민기의 투명한 눈빛은 맑은 물줄기가 되어, 마음 바뀐 이유를 물으면 어떻게 대답할까 하고 그동안 지선이 짜 둔 숱한 핑계들을 대번에 씻어 내렸다.

"응, 이제 괜찮아. 그리고 민기야, 미안한데, 너 공부방 다른 사람 알아봐야 할 것 같아."

거짓 이유를 댈 수 없었던 지선의 말은 무성의하거나 냉정하게 들렸을 것이다. 그동안 애한테 무슨 일이 있었던 걸까.

흰자위와 검은자위가 또렷한 민기의 눈이 그 생각을 내비쳤다. 지선은 슬며시 시선을 내렸다. 민기의 맑은 눈에 제 안의 혼탁함이 비쳐질까 두려웠다. 남방의 두 번째 단추가 헐렁하게 늘어져 있었다. 깨닫지 못하는 사이에 느슨해졌다가 언제 어디서 그랬는지도 모르게 떨어져 나갈 단추. 그 단추가, 민기에게서 멀어지려 마음먹은 자신처럼 느껴졌다.

"미안해할 것 없어. 너 얼굴 반쪽 된 거 보니까 네가 와 주겠다고 해도 내 쪽에서 미안해서 말릴 것 같다. 그런데 너 뭐 좀 많이 먹어야겠다. 이 오빠가 맛있는 거 사 줄까?"

민기는 오빠,라고 말해 놓고 호호훙, 장난스럽게 웃었다. 어리광 피우는 아이 같은, 문대면 젤리처럼 쉬 뭉개질 웃음소리. 마음을 친친 감아드는 그 웃음소리를 풀어내려, 지선은 웃음소리가 감아드는 반대 방향으로 팽그르르 몸을 돌렸다.

"까분다, 누나한테. 내가 너보다 한 달 빠르다는 거 잊었어? 나 나영이랑 어디 가기로 했어. 잘 가."

가방을 들고 돌아서는 지선의 귀에 작은 웅얼거림이 스쳤다. 좀 아쉽긴 하다. 애들이 너 좋아할 거 같았는데. 나도 그렇고. 지선이 빠져든 골짜기에 나도 그렇고,라는 메아리가 우렁우렁 울렸다. 가까스로 띄웠던 미소가 꺼져 들었다. 겨우 가라앉힌 마음이 그 메아리에 진동하며 사방으로 흙탕물을 튀게 했다.

2주일쯤 지난 뒤, 지선이 버스를 타려는데 정류장 옆의 빵집에서 진오가 나왔다. 내내 지켜보고 있었던 듯했다. 지선아, 부르는 진오의 앞을 그가 투명인간이라도 되는 듯 지나쳤다. 여느 때와 다름없는 진오의 표정에 뒤집힌 속을 가까스로 가누며 버스에 오르려는데, 진오가 지선의 팔을 잡았다. 지선은 눈에 있는 대로 힘을 주어 진오를 쏘아보았다. 넌 내 거다. 으드등거리던 그 목소리며 온몸을 찍어 누르던 공포, 그리고 이물스럽게 제 몸 안을 파고들던 그것에 대한 혐오, 그토록 방심했던 자신에 대한 분노까지 폭죽 터지듯 터졌다. 지선은 더러운 것을 떨어내듯 진오의 팔을 쳐냈다.

진오는 끈질겼다. 잊을 만하면 강의실 앞이나 정류장에서 기다렸다. 번번이 무시당하면서 그렇게 서 있는 걸 보니, 혈흔에 대한 책임감일지도 모른다는 생각이 들었다. 그렇다 해도 뜻밖이었다. 언니들의 말이나 사회의 통념대로라면, 진오는 한 번 밤을 보낸 지선이 아니라 더 조건이 좋은 사람을 만나려 들어야 했다. 지선에겐 투명 인간이었던 진오가 통념을 등짐으로써 조금씩 형체를 되찾았다. 시간은 순전한 분노로 들끓던 지선의 물살에 다른 것들을 조금씩 흘려 넣었다. 지선은 이해할 수 없는 남자들의 욕망, 그렇게 해서라도 지선을 자기에게 비끄러매려는 절실함 같은 것들이 졸졸졸 흘러들었다. 어느 날, 지선은 정문 못 미처에서 친구들과 함께 있는 진오와

247

마주쳤다. 진오는 친구들에게 손을 들어 올리고 지선의 앞으로 다가왔다. 제발, 차 한잔하자. 늘 그렇듯, 강의실 앞이나 정류장 앞에서 기다리고 있었다면 지선도 으레 하듯 외면하고 지나쳤을 것이다.

헨델의 「사라방드」가 흐르는 찻집에서 그 일 이후 처음으로 진오와 마주 앉자, 다시 가슴이 거세게 뛰었다. 음악의 악센트에 따라 심장 박동이 거세졌다. 가라앉혔다 싶은 마음과 달리 몸은 앞에 앉은 진오에게 거부 반응을 보이고 있었다. 한번 그런 일이 있으면 그다음부터는 당연히 만남이 섹스로 이어지리라 생각하는 게 남자들이라고 했다. 그런 두려움도 없지 않았다. 진오가 그런 기색을 내비쳤더라면, 다시 마주 앉는 일은 없었을 것이다. 막상 마주 앉긴 했으나 진오도 할 말은 없는 듯했다. 웬일인지 같은 곡이 계속 흘러나오고 있었다. 삭은 고무줄처럼 툭툭 끊어지는 말을 건네던 진오는 자리에서 일어서며 말했다. 고맙다. 네가 끝내 나를 안 본다면 내 마음이 영 그랬을 텐데.

꼭 진오가 아니어야 할 이유가 있을까? 두 번째 만남에서 그날 일에 대해 사과하는 진오를 보며, 지선은 곰곰 생각했다. 그동안 지선이 해 온 사랑은 짝사랑이었고, 그건 결국 제 마음속에 든 사랑의 씨앗 때문이었다. 사랑하고 싶은 마음이 민들레 갓털처럼 피어나 떠돌다 누군가를 대지로 삼아 발을 내리고, 거기서 싹을 틔우고 다시 꽃피운 것이었다. 그렇다면, 진오를 사랑하는 일이 불가능하란 법은 없지 않은가. 다른 사람을 사랑하게 되어 마침내 껴안았을 때, 지선에게 자기가 처음이 아니라는 걸 알게 된 그 사람의 반응 또한 두려웠다. 진오의 조건은 가족 모두를 안심시키고 환영받을 것이었다.

너무 쉽게 생각했다. 지선은 결혼하고 한 해도 지나기 전에 그걸 깨달았다. 진오는 다른 무엇을 받아들이기엔 너무나 단단한 땅이었다. 진오의 부모며 형제들도 그에게 일정한 거리를 두고 있었다. 명절이나 집안 모임에 가면, 시집 식구들과 진오는 서로 데면데면했다. 몇 번 그 어색한 분위기에 있다 나온 뒤, 지선은 굳이 책임을 묻는다면 진오 쪽이 더 많다는 생각을 했다. 진오는 개천에서 난 용이었고, 용인 제가 개천에 머무를 이유가 없다고 생각하는 쪽이었다. 오빠가 결혼한다고 했을 때 우린 모두 놀랐어요. 어떤 여자도 오빠 마음엔 차지 않을 것 같았거든요. 그래서 언니랑 사귄다고 했을 때 우리 모두 궁금해했잖아요. 엄청나게 잘난 여자인 줄 알았는데……. 추석을 앞두고 송편을 빚던 날, 시누이는 말끝을 흐렸다. 지선은 그냥 웃었다. 지선 자신도 궁금했다. 왜 나였을까. 어쩌면, 늘 누군가에게 마음을 주어 제 안의 사랑을 길어 내야 하는 지선을, 자기 자신만 사랑하느라 다른 누구도 사랑하지 못하는 진오가 눈 밝게 알아본 것일지도 몰랐다. 시누이가 무심코 흘린 말은 지선에게 좋은 알리바이가 되었다. 숨을 멈추면 안 되는 것처럼, 언제나 누구든 사랑할 사람을 찾아내는 자신이 하필 남편이 된 진오에게만 마음을 못 붙이는 건 진오가 자기 자신으로 꽉 차 있기 때문이라고. 아주 작은 갓털 하나도 못 받아들일 만큼 단단하기 때문이라고. 진오가 자부심이 강하다는 건 알고 있었지만, 이토록 견고할 줄은 몰랐던 거라고.

지선은 진오가 출근하자자마 문이란 문은 다 열어 환기시키는 버릇이 들었다. 진오가 집에 있을 땐 결코 듣지 않는 비소츠키를 크게 틀어 놓고 온 집 안의 공기를 바꾸는 것. 그건 하나의 의식 같은 거였다. 그러고 나면, 둥둥 뜬 채 나부대던 마음에도 발이 돋아났다.

◇

"수민아, 너 이모 말 잘 듣고 있어. 이모 말 안 들으면 안 데리고 올 거야."

"그럼 여기서 이모랑 살면 되지, 뭐,"

수민은 엄마의 협박에도 눈썹 하나 까닥하지 않는다.

"이모부가 살게 해 준대? 너 다음 주부터 학원 가야지. 학원에 돈도 냈는데 안 갈 거야?"

경선이 어처구니없어하자, 수민은 냉큼 대답한다.

"그러니까 엄마가 그런 말 말고 데리러 와야지. 난 학원 안 가고 여기 있으면 더 좋으니까, 엄마가 알아서 해!"

수민의 되바라진 말투에 지선은 속으로 눈을 크게 뜬다. 다른 사람들과 이야기할 땐 물 많은 사과 베어 먹는 것처럼 싹싹한 아이가, 제 엄마한테는 꼭 덜 영근 뿔을 들이미는 부룩송아지처럼 군다. 30년 세월을 사이에 둔 모녀인데, 말하는 걸 들으면 싸움장에 들어선 소 두 마리가 머리를 맞댄 장면이 저절로 떠오른다. 쪼그만 계집애가 웬 기가 저렇게 센지, 제 오빠도 닭 잡듯이 잡는 년이야, 저년이. 전화를 걸어 타박인지 푸념인지 늘어놓는 경선에게 맞장구치지 않으면 이번엔 지선까지 싸잡아 한패가 된다. 네가 오냐오냐 해서 수민이 저것이 더 버릇없어지는 거야. 그래도 지선은 경선 편을 들지 않고 그냥 흘려 넘긴다. 수민이 그러는 데에는 그럴 만한 이유가 있다. 제 덩치보다 훨씬 큰 소와 맞붙은 작은 소, 힘에서 밀리니 버티다가 앞발로 모래를 흩뿌리는 격일 터.

수민이가 방학하면 너희 집에 간다고 난리 친다. 이모가 안 오니까 제가 이모 보러 가야겠다고. 그러잖아도 더운데 수민 이년이 볶아서 더 덥다. 가면 저만 가냐? 내가 데려다주고 데려와야 할 텐데. 전화기 너머 들려오는 경선의 성마른 목소리에 지선은 일단 물어보고,라는 전제를 달았지만 마음속으로는 이미 수민을 데려왔다. 수민에게도 숨 돌릴 곳이 필요했을 것이다.

"잘 왔다. 덥지? 샤워해. 수민이도 씻기고. 지민인 아직 안 왔어. 난 5시쯤 돌아올 건데 어쩌면 늦을지도 몰라. 냉장고에 수박이랑 마실 거 있고 식탁에 돈 있으니 뭐 사 먹으려면 사 먹고. 애들이 치킨 시켜 달라면 시켜 먹어. 치킨집 전화는 지민이가 알아. 수민아, 이모 말 잘 들어. 나 간다, 수고해라!"

대학 시절의 어느 여름, 경선은 자기 집에 오라고 했다. 모임에 나가야 하는데 유치원생인 수민 혼자 집에 둘 수는 없다고. 지선이 들어서자마자 경선은 수민을 떠안기고 나갔다. 밖에서 뛰놀다 들어왔는지, 티셔츠가 등에 척 달라붙은 수민의 앙증맞은 이마와 콧잔등에 송글송글 땀이 솟아 있었다. 버스정류장에서 아파트로 들어오는 잠깐 사이에도 땀이 배어날 정도로 푹푹 찌는 날씨였다.

"수민아, 이모랑 샤워할까?"

"응, 이모. 나 더워 죽을 뻔했는데 엄마가 이모 오면 씻으라고 해서 기다렸어."

수민은 말을 마치기도 전에 병아리색 티셔츠부터 벗으려 했다. 땀에 젖어 한쪽 어깨가 벗어지지 않고 밀렸다. 티셔츠를 걷어 올리자 아이의 몸에서 새척지근한 냄새가 났다. 이모, 바진 내가 벗을 수 있어. 수민은 반바지를 벗다 말고 아 참, 하더니 한쪽 가랑이에 바지를 꿴 채 제 방으로 들어가 플라스틱 오리를 안고 나왔다. 욕조의 배수구 구멍을 막고 수민을 들어가게 한 뒤 샤워기의 물을 틀었다. 앗, 뜨거워. 이모, 뜨거워! 지선에겐 적당한 온도였는데 아이라 뜨겁게 느껴진 모양이었다. 얼른 찬물 쪽 수도 꼭지를 세게 틀었다. 노란 오리는 이내 물 위로 떠올랐다.

"수민아, 눈 꼭 감아. 비눗물 들어가면 눈 따가운 거 알지?"

"응, 나 눈 꼭 감고 오래 있을 수 있어."

수민은 눈을 꼭 감았다. 어쩌나 세게 감았는지, 양미간이며 눈 가장자리에 앙증맞은 주름살이 잡혔다. 물에 젖는 가는 머리카락이 애잔했다. 머리를 헹구고 몸을 씻긴 다음 물장난하게 놓아 두고 지선은 샤워를 시작했다. 수민은 지선이 머리를 감는 동안 샤워기의 꼭지를 쥐고 물줄기를 오리에게 뿌리며 말했다. 오리야, 비 온다, 비! 샴푸칠을 한 지선은 수민 쪽으로 팔을 뻗었다. 수민아, 이모 머리 헹궈야 해. 그러자 팟, 소리와 함께 전구가 꺼지며 불이 나갔다. 욕실이 캄캄해지고 깨진 전구 조각이 바닥에 튀었다. 물이 쏟아지는 샤워 꼭지를 지선에게 건네려다 물줄기가 거울 위의 등에 닿은 모양이었다.

"수민아, 움직이면 안 돼. 그대로 서 있어."

아이는 대답이 없었다. 지선은 욕실 슬리퍼를 조심스럽게 끌며 욕실 문부터 열었다. 샴푸 거품이 들어가 눈이 따가웠다. 수민은 욕조 안에 얼어붙은 듯 서 있었다. 괜찮아, 전기가 나간 거야. 지선은 아이를 안아 거실에 내려놓았다. 다행히, 아이의 몸에 유리가 튄 흔적은 없었다.

"잠깐만 기다려. 이모 머리 헹구고 나올게."

문을 열어 놓은 채 그 빛살에 의지해 대충 샴푸를 씻어 내고, 수민의 몸에 묻은 물기를 닦았다. 아이는 놀란 듯 꼼질거리지도 않고 서 있었다.

"이제 됐다. 이모 여기 치우고 나갈게, 놀고 있어. 옷 입으려면 입고. 혼자 입을 수 있지?"

수민은 고개를 끄덕였다. 지선은 눈에 띄는 큰 조각부터 집었다. 전구의 유리가 워낙 얇아 손가락에 힘을 주면 바스라질 것 같아서 조심스러웠다. 큰 조각들을 물바가지에 담고, 샤워기의 물살을 세게 해서 바닥에 남은 조각들을 하수구로 흘려보냈다. 수건으로 물기를 닦다 보니, 수민은 문간에 꼼짝도 않고 서서 골똘히 바라보고 있었다.

"수민아, 여태 거기 있었어? 이모가 치우느라고 몰랐네?"

수민은 말없이 그냥 지선을 바라보기만 했다. 많이 놀랐구나. 지선은 수민을 끌어안았다. 막 씻은 몸이라 보송보송했다.

"놀랐지, 수민아? 이제 괜찮아. 와, 우리 수민이 씻으니까 머리에서 꽃 냄새 나네? 우리 머리 말리자."

지선이 킁킁거리며 냄새를 맡고 미소 짓자 수민이 비로소 입을 열었다. 내내 잠겨 있던 골몰함에서 한쪽 발을 채 빼지 못한 듯, 특유의 당돌함이 싹 가신 목소리였다.

"이모……, 근데 왜 이모는 야단 안 쳐?"

지선은 싸했다. 그러니까 아이는 여태 야단맞을까 봐 조마조마한 마음으로 지켜보고 있었던 것이다. 지선이 유리 조각을 집어내고 물로 흘려 보내는 동안, 두려움이라는 유리 조각이 아이의 그 작은 가슴을 찔러 철철 피 흐르게 하고 있었다니. 지선은 아이 앞에 쪼그리고 앉았다. 수민의 까만 눈동자는 두려움으로 더 짙어진 듯했다.

"이모가 왜 야단을 쳐. 전등에 물 닿으면 깨지는 거, 수민이가 몰랐잖아."

"응, 몰랐어. 그냥 샤워기 주려고 했는데……."

"거봐. 이모 도우려고 한 거잖아. 모르고 한 건 실수고, 실수는 누구나 하는 거야. 이제 거기에 물 뿌리면 어떻게 되는지 배웠지? 알았는데 수민이가 일부러 그러면 그땐 이모도 야단칠 거야. 알았지?"

"응, 알았어!"

몸 안쪽의 스위치를 켠 것처럼, 아이의 작은 얼굴이 환해졌다. 아까 놀랐지? 지선은 다시 아이를 끌어안았다. 지선의 가슴에 느껴지는 아이의 심장 박동은 겁에 질린 작은 새의 그것 같았다. 아이의 등을 가만가만 쓸어내리며, 지선은 제 가슴에 차오른 먹먹함도 같이 쓸었다. 아이답지 않게 안으로 향했던 그 눈길, 그리고 짧은 한마디. 아이가 그동안 혼자 견뎌 온 두려움과 슬픔의 묵직함이 맞댄 가슴을 타고 지선에게 옮겨 왔다. 형부는 고집스럽지만 성품이 부드러운 편이다. 아이를 이토록 얼게 한 사람은 경선일 거라는 짐작이 들었다. 아이와 함께 먹으려고 수박을 자를 때 지선은 경선이 아버지를 쏙 빼닮았다는 걸 알았다. 인정하고 이해하려 하기보다는 우선 힘으로 억누르려는 기질이. 동네 사람들 눈앞에서 발가벗겨진 채 얻어맞았던 그날의 치욕이. 동시에 시추공으로 분출하는 원유처럼 검고 끈적거리는 기억이 십몇 년의 시간을 뚫고 솟아올랐다.

"수민이 왔어요. 수민아, 이모부께 인사드려야지?"
"이모부, 안녕하세요?"
수민의 목소리는 낭랑하다. 영민한 아이는 제가 이모부를 좋아하지 않는다는 걸 들키지 않으려 더 살갑게 군다. 집안 모임에서 지선 부부를 두어 번 만난 뒤, 수민은 제 엄마에게 고개를 갸웃거리며 물었다고 했다. 이모는 왜 이모부 같은 사람하고 결혼한 거래? 의사 선생님이라?
"어, 왔냐?"

진오는 아이에게 미소 지으려 했다. 그러나 치올려지던 입가는 이내 한계에 다다른 듯 처진다. 그만해도, 진오로서는 노력한 것이다.

"처형은?"

"바로 갔어요. 어두워지면 운전하기 어렵다고요. 당신한테 인사도 못 하고 간다고요. 저녁 금방 차릴게요."

"나 저녁 약속 있어. 씻고 바로 나갈 거야. 옷 줘."

진오는 신을 벗자마자 화장실로 들어간다. 현관 입구에 선 수민의 시선이 진오를 좇는다.

"수민아, 배고프지? 이모부 빨리 나가라고 하고 우리끼리 맛있게 먹자. 너 좋아하는 닭볶음탕 한 거 봤지? 잠깐만 기다려?"

"응, 이모. 우리끼리 먹자."

수민이 우리끼리,에 방점을 찍듯 또박또박 발음한다. 친척 집, 낯선 곳에 온 아이의 마음에 어릴 서먹함을 진오가 이해해 주기를 바라는 건 무리였다. 차라리 진오가 나가는 게 편했다. 체구가 큰 것도, 목소리가 거센 것도 아닌데 함께 있는 사람을 불편하게 하는 재주가 진오에게 있었다.

집 안에 생기가 돌았다. 늘 고여 있는 듯하던 공기도 수민의 움직임을 따라 팔락거리고, 거실로 들어오는 볕조차 조도를 높인 듯했다. 화분에 담긴 벤자민이며 치자의 잎까지 더 반짝이는 것 같다. 아이는 그런 존재였다.

집에 온종일 혼자 있다 보면 몸 안에서 무언가, 기운 같은 게 슬그머니 빠져나가는 듯했다. 이따금 전화 통화를 할 뿐, 온종일 입을 다물고 있다 보면 바지런한 거미가 입안에 줄을 친 듯 텁텁했다. 수민의 재잘거림이 그걸 막고 있었다. 지선이 수민의 간식을 만들 때면 수민은 옆에서 거든다고 나섰다. 결국 일을 더 만드는 것뿐이지만, 돕고 싶은 마음이 느껴져서 지선은 수민을 말리지 않았다. 그렇게 발랄하다가도 눈치가 빠른 수민은 진오가 집에 들어오면 말문을 닫다시피 했다.

진오는 아이를 좋아하지 않았다. 아니, 노골적으로 귀찮아했다. 유난히 딱딱한 얼굴로 집에 들어선 날이면 진오는 설레설레 고개를 저었다. 애엄마들이 말이야, 자기 진료 받으러 오면서 소아과도 아닌데 애들은 왜 달고 오는지. 대기실에서 애들이 빽빽거리고 뛰어다녀도 말릴 생각을 안 해. 대체 이 나라가 어찌되려고 그러는지.

추운 날씨도 아닌데 몸살이 나려는지 으슬으슬하다는 말을 들은 경선은 대뜸 물었다. 너 혹시 임신한 거 아니냐? 생리는? 혹시 모르니까 감기약 먹지 말고 임신 테스트부터 해 봐. 그러고 보니 생리가 늦어지고 있었다. 설마? 결혼했으니 아이를 갖는 게 당연하다는 걸 알면서도 어쩐지 자기와는 무관한 일 같았다. 규칙적이던 생리가 열흘 넘게 늦어졌던 적이 딱 한 번 있었다. 그때와 같은 증상이려니 했다.

진오와의 그 밤 이후, 예정일이 지났는데도 생리할 기미가 보이지 않았다. 초경 무렵의 몇 번 빼고는 거의 규칙적이었는데. 속이 타들어갔다. 예정일에서 열흘이 지났을 때 지선의 불안은 정점을 찍었다. 약국에서 파는 키트로 임신 여부를 알 수 있다는 건 결혼한 언니들을 보아서 알고 있었다. 그래도 학교 앞이나 집 근처에서는 차마 살 수 없었다. 종로에서 내려서 걷기 시작했다. 길가의 약국들을 그냥 지나쳤다. 테스트했는데 임신이라면? 현실을 맞닥뜨릴 자신이 없어서 자꾸만 걸었다. 종로 5가 쪽의 커다란 약국이라면 손님이 많으니 자연스럽게 살 수 있을 거라고 생각했다. 그런데 막상 그 앞에 가니, 대형 약국엔 약사도 많았고 손님도 많았다. 학생으로 보일 자신이 임신 진단 도구를 달라고 하면 그 시선을 다 받아 내야 할 것 같았다. 동대문이 보이는 지점에서 다시 돌아서서 걸었다. 맞닥뜨렸을 때의 암담함과 이대로 지나칠 때의 전전긍긍 사이에서 마음이 널을 뛰었다. 계속 걸은 다리가 아파 큰길에서 벗어나 찻집을 찾다가, 흰 가운을 입은 여자 약사가 혼자 앉아 있는 작은 약국을 보았다. 발이 퉁퉁 부어 신발이 꼈다. 저 약국에도 못 들어서면, 임신인 거야. 스스로 주술을 걸었다. 약국을 향해 한 걸음 내딛는 순간, 아래에서 무언가 뭉텅 쏟아지는 게 느껴졌다. 화장실에서 팬티에 묻은 피를 확인하자 눈물이 쏟아졌다. 재앙을 알리는 검은 연기처럼 뭉게뭉게 피어나 열흘 동안 단단하게 맺혔던 불안을 녹이는 눈물이었다. 퉁퉁 부은 눈을 찬물로 대충 가라앉히고 임신 진단 키트를 사려던 약국에 들어가 생리대를 샀다.

임신 소식을 알리자 진오는 그래? 당분간 몸조심해야겠네, 그렇게 말했을 뿐이다. 그땐 진오가 아이를 그렇게까지 싫어한다는 걸 몰랐다. 워낙 성품이 그러니까 하면서 심상하게 넘겼다. 뭘 깊이 생각할 수도 없었다. 임신했음을 알게 되자, 항히스타민제가 든 감기약을 복용한 것처럼 밑도 끝도 없는 느른함이 몸을 휘감았다. 겨우 눈을 떠서 밥을 차린 뒤, 진오가 나가면 식탁을 치우지도 못하고 늘어져 있다가 저녁밥 지을 무렵에 기신기신 일어났다. 눈을 붙이는 시간이 길어지는 만큼 온갖 꿈들이 찾아들었다. 주로 어딘가를 향해 열심히 가는 꿈이었다. 차를 타고 한참 가다가 문득 가야 할 곳의 반대 방향으로 가고 있다는 걸 깨닫는다든지, 어디론가 가는데 정작 갖고 가야 할 물건을 빠뜨리고 떠나왔다든지, 잔칫집에 가서 밥을 먹고 나오니 신발이 없어졌다든지 하는 꿈. 소파에 누웠다가 거실 안쪽까지 햇발이 스며든 오후에 몸을 일으키면, 온종일 누워 있던 다리는 모래주머니를 달고 모래사장을 뛴 것처럼 무거웠고 머릿속엔 푸르스름한 이내가 가득 낀 듯했다.

지선은 사과 과수원에 가 있었다. 일행은 과수원 입구에서 흩어졌다. 탐스럽게 익은 사과가 나무마다 주렁주렁 매달려 반짝거리고 있었다. 일행을 인솔해 온 사람은 얼마든 따 먹어도 된다고 했다. 입안에 군침이 돌았다. 지선은 가장 반짝이는 사과를 향해 손을 뻗쳤다. 단단한 사과를 따서 옷에 한번 쓱 문지르고 껍질째 먹고 싶었다. 그런데 지선의 손에 쥐인 것은 반짝이던 사과가 아니었다. 손님 드문 시장의 좌판을 일주일도 넘게 지키고 있었던 듯한 수밀도, 아니 전에는 복숭아였다는 걸 겨우 알아차릴 수 있는 물크러질 대로 물크러진 무엇이었다.

입덧을 시작하기도 전에 유산되었다는 걸 듣고도 서운해하지 않는 진오를 보고서야, 지선은 진오가 아이를 반기지 않았음을 알았다. 지선 마음 편하라고 짐짓 그런 척할 사람은 아니었다. 그제야, 어느 여름날, 저녁 먹고 아파트 놀이터에서 바람 쐬던 날이 떠올랐다. 아이들이 철봉대에 모래를 흩뿌리며 놀고 있었다. 별것도 아닌 놀이에 몰두하는 아이들을 보며 지선이 미소 짓는데, 진오가 아이들을 향해 말했다. 그만해라, 흙 날린다! 재미있게 놀다가 남자 어른의 목소리를 들은 아이들은 진오를 바라보더니 슬금슬금 멀어져 갔다. 그냥 먼지 날리는 것 때문인 줄 알았다.

진오는 얼마든지 대체 가능한 물건을 잃어버린 정도로 받아들였다. 이렇게 일찍 그렇게 된 걸 보면 태어나도 정상적인 아이는 아니었을 거야. 산부인과 의사의 진단과 비슷했다. 자궁 크기며 위치도 정상이고, 산모도 젊고 건강한 데다 과로한 것도 아닌데 이렇게 됐다면, 착상할 때 문제가 있었거나 아기 자체에 이상이 있었을 수도 있어요. 아직 젊으시니까 크게 걱정 안 하셔도 됩니다. 몸조리에 신경 쓰시고, 당분간 무리하지 마시고요. 진오도 말했다. 이왕 이렇게 된 거, 조리나 잘 해. 아직 병원이 제대로 자리 잡지도 못했는데 애부터 생기면 부담만 되지.

몸을 추스른 뒤, 경선은 진오 몰래 피임약을 먹기 시작했다. 아빠에게 환영받지 못하는 아기를 만들 마음은 없었다. 진오와의 섹스에서 기쁨을 느낀 적은 없었다. 그 많은 소설 속에서 나오는 오르가슴은 과장이 아니었을까, 의문이 생길 지경이었다. 좋지, 좋지? 진오가 씨근덕대며 속삭이면, 지선은 진오의 밑에 눌린 채 빨리 끝나기를 바라며 열의 없이 고개를 끄덕였다. 이렇게 움직여 봐, 저렇게 해 봐 하며 지선을 로봇처럼 다룬 뒤 진오는 반응을 보이지 않는 지선의 몸에 지친 듯 짧게 뱉었다. 이건 뭐, 차라리 통나무 끌어안고 하는 게 낫지.

문을 열자 술 냄새가 확 풍긴다. 오늘은 지역 의사 모임이 있다고 나가더니, 술을 제법 마신 모양이다. 비칠거리며 들어온 진오는 소파로 가서 겨우 몸을 허물어뜨린다. 꿀물을 타 온 지선은 퍼질러져 버린 진오를 내려다본다. 잠든 진오는 무방비 상태다. 아무것도 경계하지 않는 어리고 순한 짐승 같다.

"일어나요. 이거 마시고 방으로 들어가요. 수민이 잠들었으니 옮겨 놓을게요."

오늘도 지선과 둘만의 저녁을 먹은 뒤, 땅콩이라는 이름을 가진 친구네 몰티즈가 얼마나 귀여운지에서 시작해 강아지를 키우고 싶은데 엄마가 못 키우게 해서 자꾸만 친구네 집에 가는데 그 집 엄마가 조금 귀찮아하는 것 같다는 이야기를 재잘대다 같은 반 남자 친구에게 커플 반지를 받았는데 엄마 몰래 숨겨 놓고 학교 갈 때만 낀다는 이야기까지 끊임없이 쏟아 내던 수민은 그대로 안방 침대에 엎어져 잠들었다.

잠든 아이는 생각보다 무거웠다. 그새 땀이 배어나 이마가 젖었다. 들어 올릴 때 잠깐 눈꺼풀을 힘겹게 치올리던 아이는 다시 잠들었다. 겨우 아이를 옮겨 작은 방에 뉘는데, 언제 깨어난 건지 그새 방으로 따라 들어온 진오가 등 뒤에서 끌어안는다.

"이이는, 난 오늘도 수민이랑 같이 자야 해요. 애가 자다가 깨면 낯설어 할 텐데 어떻게 혼자 둬요."

"누가 그러지 말래?"

말은 그렇게 하면서도 진오는 지선을 끌어안은 팔에 힘을 준다.

"알았어요. 금방 건너갈 테니까 먼저 가 있어요."

진오는 말없이 지선의 치마를 걷어 올린다. 번개가 머리를 거쳐 온몸을 뚫고 지나간다. 그러니까 지금, 여기, 수민이 옆에서? 그새 팬티 고무줄에 걸린 진오의 손가락이 뇌관을 당긴다. 지선은 있는 힘을 다해 진오를 밀친다. 진오가 나동그라진다.

"이게 무슨 짓이야?"

"당신은 무슨 짓을 했는데요?"

진오의 충혈된 눈은 사람이 아닌 동물의 눈 같다. 다시 덤벼들까 봐 지선은 진오를 잡아끈다. 어디서 그런 힘이 난 것일까. 지선은 진오를 끌고 방문턱을 넘는다. 얼핏 본 수민은 다행히 눈을 뜨지 않았다. 살그머니 방문을 닫는다.

"당신, 미쳤어요? 아무리 취했어도 그렇지, 애 바로 옆에서."

어린애가 뭘 알겠냐, 웅얼거리며 진오가 다시 지선을 끌어안는다. 분노 때문인지, 옥죄는 힘이 거세다. 절대로, 오늘은 절대로 안 돼. 그 말을 떠올리면서 지선은 자기가 '절대로'라는 말을 썼다는 것에 잠깐 놀란다. 그동안 절대로 안 쓰는 말이 있다면 바로 그 '절대로'였는데. 자기 자신에 대한 놀람까지 겹치는 바람에, 지선은 있는 힘을 다 쥐어짜 진오를 밀어낸다. 그럴수록 진오는 더 힘을 준다. 소파로 지선을 끌고 가 밀어뜨리고, 몸으로 찍어 누른다. 헉헉, 진오의 가쁜 숨이 역겹다. 역겹다, 생각하자 지선의 목소리가 차갑게 가라앉는다. 다리를 힘껏 오므리고 팔에 힘을 준 채, 지선은 얼음이 뚝뚝 떨어지는 목소리로 말한다.

"당신 알아? 이건 강간이야."

"뭐, 강간?"

진오가 어이없다는 듯 허, 소리를 낸다. 지선은 그 틈을 타서 진오에게서 빠져나온다. 진오도 기운이 빠졌는지 소파에 기대 앉는다. 진오가 팔을 뻗쳐도 닿지 않을 만큼 간격을 두고 지선은 그 앞에 서서 진오를 내려다본다.

"내 살다살다 제 마누라하고 자는 게 강간이라는 소리는 처음 듣는다."

진오가 고개를 삐딱하게 들고 말한다. 빈정거리느라 삐뚜름해진 입술을 보자 주먹으로 한 대 치고 싶어진다.

"그래도 이건 강간이야. 내가 싫다고 하잖아."

진오를 내려다보며, 지선은 또박또박 말한다. 처음 하는 반말이다. 의대 본과 1학년과 학부 신입생으로 만났지만, 지선과 진오는 네 살 차이가 난다. 여덟 살에 학교에 들어간 진오는 재수해서 대학에 왔고, 지선은 일곱 살에 학교에 들어갔다. 처음 만났을 때부터 지선은 존댓말을, 진오는 반말을 했다. 그게 자연스러웠다.

싫다잖아! 저도 모르게 나온 그 말을 제 귀로 듣는 순간, 지선은 깨달았다. 진오와 함께한 나날은, 생목 오르는 걸 참으며 먹기 싫은 음식을 꾸역꾸역 먹는 일이나 다름없었다는 걸. 머릿속에 얼음을 채운 듯 무언가 명료해진다. 특별한 불만이 없었다는 게 행복을 뜻하는 건 아니었다.

"내가 싫다잖아." 지선은 또박또박 반복했다.

"싫다잖아, 싫다고! 내가 싫어한다고!"

오래 눌러 온 말을 거듭하는 동안, 마음속으로 발이라도 구른 것일까, 저도 모르게 기운이 솟구친다. 지선은 몸을 홱 돌린다. 수민이 잠든 방으로 들어가 문을 잠가 버린다. 심장은 그때까지도 초조한 새의 날갯짓 속도로 펄떡거린다. 심호흡을 해도 쉬 가라앉지 않는다. 지선은 제 손으로 제 왼쪽 가슴을 토닥이며 저를 격려한다. 괜찮아, 괜찮아! 잘했어, 잘한 거야! 진오와 결혼해서 사는 동안 내내 마음속에 담아 두었던 무언가를 터뜨린 듯 속이 후련해진다. 손에 쥐고만 있던 수류탄의 안전장치를 마침내 풀어 버리고 내던지면 이런 기분이 들까. 방문 손잡이가 비틀리다 걸리는 소리가 난다.

"야, 문 열어. 너 문 열지 못해?"

진오가 문을 탕탕 두드린다. 수민이 이마를 찡그리더니 눈을 뜬다. 막 잠에서 끌려 나온 수민의 눈이 동그래진다. 이모, 뭐야? 왜 그래?

"너 당장 문 안 열어? 열어!"

손잡이를 세게 당기는지 문이 덜컹거린다. 지선은 수민을 끌어안는다. 수민의 가슴이 팔딱거린다. 아이의 불안에 잠깐, 지선의 마음이 흔들린다. 그 순간, 방구석에 오그리고 앉아 있던 엄마가 20년 세월을 뚫고 스친다. 지선은 애써 자약한 표정을 짓는다.

"괜찮아. 이모부가 술을 많이 마셨거든. 남자들, 술 취하면 저렇게 미친 것 같을 때가 있어. 시끄러우니까 귀 막고 있자."

"이모 싸웠어?"

수민의 눈동자가 다시 짙어진다.

"응, 조금. 이모부가 말도 안 되는 일 하려고 했거든. 하지 말라고 했더니 저런다. 애도 아니고……. 너희 반에도 떼쓰는 애 있지?"

지선이 애써 말을 돌리지만, 수민은 끄덕도 하지 않는다.

"이모부 자주 그래?"

"아니, 처음이야. 하필 너 있는데. 저게 남자답다고 생각하나 봐. 우습지?"

지선은 수민의 등을 토닥인다. 수민도 제 작은 손으로 지선의 등을 토닥인다. 그 손이 살그머니 앞으로 오더니 지선의 볼을 토닥인다. 아이의 눈은 아이가 이미 고통을 알고 있다는 걸 말해 준다. 하필 아이 앞에서! 지선의 마음이 자꾸만 독액을 흘린다. 지쳤는지, 문고리를 마구 잡아 흔들던 진오가 멀어진다. 이내, 거실 장식장 문을 세차게 열고 닫는 소리가 들린다. 열쇠를 찾는구나. 다행히, 열쇠는 싱크대 서랍장, 행주며 수세미들이 쌓인 안쪽에 있다. 그것도 주머니 모양의 비닐 안에. 술에 취하고 제 분노에 들끓는 진오가 찾기는 어려운 곳이다.

수민이 쌔근쌔근 고른 숨소리를 내기 시작한다. 지선은 수민 옆에 누워 심호흡으로 숨을 고른다. 어떻게 그렇게 모를 수가 있었을까. 처음 진오에게 느꼈던 친밀감의 정체, 뭔지 모르게 익숙하던 그 느낌을. 어떻게 그렇게 눈을 감고 있을 수 있었던 걸까. 진오의 섬약한 체구, 크지 않던 목소리가 위장복 노릇을 한 걸까. 아무도 없는 줄 알고 한가롭게 걷던 들판에서 문득 위장복 차림에 총검을 치켜든 험악한 사람을 만난 듯한 섬뜩함.

그날, 집엔 엄마와 지선뿐이었다. 엄마는 뜨개질을 하고 있었고, 지선은 방바닥에 엎드려 책을 읽고 있었다. 열어 놓은 창으로 바람이 산들거리며 아카시아 향기를 실어 오는 오후는 한가하고 평화로웠다. 대문에서 쾅, 소리가 나기 전까지는. 문 닫는 소리에 지나지 않았지만, 집 안에 있는 사람에게 분노를 전달하기에 부족함이 없는 소리였다.

점심 모임에 갔던 아버지는 방으로 들어서면서 양복 윗도리를 홱 벗어던졌다. 엄마가 놀라서 물었다.

"아니, 무슨 일이에요. 태규 아버지? 왜 이래요?"

"여편네가 남편 망신시켜도 분수가 있지! 언다 정신 파느라 이따위 옷을 천연덕스럽게 내줘! 눈 있으면 이거 보라고!"

아버지는 몸을 돌렸다. 남방셔츠의 겨드랑이 근처에 아기 주먹만한 얼룩이 묻어 있었다. 그냥 묻은 얼룩이 아니라, 빨래할 때 다른 옷에서 물이 든 것 같았다.

"아이고, 하필 그게……. 미안해요. 내가 어쩌다가 그걸 못 봤는가. 미안해요."

"김 사장이 보고서 뭐라고 하는데 얼굴이 다 화끈거려서. 사내가 오죽 집에서 대우를 못 받으면 이런 옷 입고 다니나 했을 거 아냐. 여편네가 얼마나 칠칠치 못하면 이런 걸 그냥 입으라고!"

"내가 잘못했어요. 어째 그걸 못 봤을까. 내가 혼이 나갔나 봐요."

엄마의 목소리는 점점 꺼져 들고, 그럴수록 아버지의 목소리는 점점 커졌다. 엄마가 아무리 사과해도 아버지는 한 말을 되풀이하고 또 되풀이했다. 지쳐 버린 엄마는 아버지로부터 몸을 조금 틀고 앉아 방바닥만 내려다보았다. 엄마의 손이 부질없이 방바닥을 쓸고 있었다. 엄마가 문대는 건 방바닥이 아니라 엄마 자신인 것 같았다. 옷장 구석에서 흔적도 없이 조금씩 줄어드는 나프탈렌처럼, 엄마가 졸아붙고 있었다. 엄마가 더 줄어드는 걸 막아야 했다. 지선은 아버지 앞으로 나섰다.

"아버지, 그만하세요! 엄마가 잘못하셨다잖아요."

아버지 앞에 선 채로, 똑바로 바라보며 또박또박 말했다. 주먹이 날아올 각오를 하고. 그런데……, 잠깐 당황한 아버지가 이게 뭐지 하는 얼빠진 표정이 되었다. 다 큰 아들들도 당신 말이라면 꼼짝 못하는데, 쥐방울만 한 중학생 막내가 눈을 똑바로 뜨고 맞서다니. 한 번도 겪어 보지 못한 일이었다. 어떻게 대처해야 할지 가늠이 안 되는 모양이었다. 대뜸 호통이 날아와야 정상인데, 아버지는 입도 뻥긋하지 않았다.

"사람이 실수할 수도 있는 거죠. 아버진 실수 안 하세요?"

"네가 지금 네 엄마 역성 들고 나서는 거냐? 넌 엄마 편이냐, 내 편이냐?"

차라리 아버지에게 한 대 맞는 게 낫지, 지선이야말로 어안이 벙벙해서 대답할 수 없었다. 지금 이게, 내 편 네 편 따질 일인가 말이다. 지선이 어이없어서 속으로 한숨을 쉬는데, 아버지가 몸을 돌리며 못을 박았다.

"여편네가 집에 있으면서 애들 버르장머리를 어떻게 가르쳤기에. 집안 꼴 자알 돌아간다."

쿵쿵쿵, 힘주어 마루를 밟는 발소리가 울렸다. 대문이 쾅, 소리를 내며 닫히고, 엄마가 막혔던 숨을 토해 내며 모로 누운 뒤에도 지선은 아버지가 던진 말을 곱씹었다. 내 편이냐 엄마

편이냐라니, 아버지에겐 이게 편 가를 일이었나, 하면서.

그때 아버지가 받았을 충격을 지선이 어림하게 된 것은 대학에 들어간 뒤였다. 교수는 조교를, 조교는 학생을, 선배는 후배를 부하 다루듯 했다. 이런 식의 상명하복이 남자들 사회에서는 자연스럽게 몸에 밴 질서였다. 그러니, 중학생 막내딸이 아버지의 눈을 똑바로 바라보며 또박또박 맞선 건 갓 훈련 마치고 부대 배치 받은 신병이 별 네 개 단 장군을 치받은 것이나 다름없는 일이었다. 그걸 깨닫자 뒤늦게 아버지에게 미안해졌다. 그래도 아버지 편은 될 수 없었다. 한편 자신을 방어하지 못해 어린 딸이 나서게 한 엄마의 편에도 설 수 없었다. 최소한 자기 자신을 지킬 수는 있어야 한다. 특히 자기보다 약한 존재를 돌보는 사람이라면 더더욱 그래야 한다고 지선은 깊이 새겼다.

수민이 아니었더라면 진오를 끝내 거부할 수 있었을까, 그동안 잊거나 애써 덮어 주었던 진오의 어떤 면을 볼 수 있었을까. 지선은 잠든 수민을 바라본다. 꿈을 꾸는지 닫힌 눈꺼풀 안쪽 안구가 도록도록 움직이고 있었다. 아버지와 경선과 진오가 정삼각형의 세 변으로 서 있었다. 무엇이 그들을 닮게 한 것일까. 그 물음을 만지작거리며 지선은 스르르 잠으로 미끄러진다.

5

나방이
펄럭거린 자리

식탁은 어수선하다. 된장 국물 찌꺼기가 말라붙은 대접, 밥풀 몇 알이 묻은 채 말라 가는 밥공기, 열무김치는 가라앉아 말간 윗물이 겉돌고, 접시에 발라 놓은 갈치 가시는 찌를 듯 날카롭다. 분명 자신이 차린 식탁인데 낯설다. 지선은 빈 그릇을 설거지통에 집어넣고 밥통 뚜껑을 열다가 몸을 돌린다. 열무김치며 시금치나물, 누글누글해진 김과 장아찌까지, 그릇에 남은 반찬을 다 쏟아 버리고 그릇들을 한꺼번에 설거지통에 쓸어 넣는다. 그릴 문을 열자 식은 생선 비린내가 확 끼친다. 갈치는 진오가 유독 좋아하는 생선이다. 그릴 문을 닫아 버리고 냉장고에서 달걀을 꺼낸다. 가스레인지에서 된장국이 데워지고, 중탕 중인 달걀찜 그릇은 냄비 속에서 달각거린다. 달각

275

달각, 달각거리던 마음이 그 리듬을 탄다. 된장국을 뜨고 달걀찜을 식탁에 올린 뒤 지선은 의자에 앉는다. 짐짓 허리를 꼿꼿하게 편다. 먹자, 먹고 힘내자. 울컥하고 올라오는 무엇을 삭이듯 천천히 씹는다. 끓어오르는 밥물처럼 속에서 부글거리는 무엇이, 천천히 씹는 동안 뜸이 든다. 여느 때보다 훨씬 오래 씹었는데도 정작 넘기려니 목이 멘다. 열무김치 국물의 차갑고 새콤한 기운이 몸을 깨운다. 잘했어, 잘 생각한 거야. 저 자신을 다독이고 격려하며 지선은 밥을 먹는다. 어금니가 맷돌의 윗돌과 아랫돌이라도 되는 듯이 천천히. 틈틈이 젖은 걸레로 닦아 준 벤자민 고무나무의 잎이 반짝인다. 이 집에 살림이 들어오던 때 같이 온 나무다. 유아원생 같던 작은 나무가 그새 제법 뼈대 실한 아이로 자랐다. 도톰한 볼처럼 동그스름한 잎 위쪽, 아침햇살 받아 반짝이는 나뭇잎을 보는 동안 지선의 눈에도 반짝임이 차오른다. 시린 눈을 다독이려 깜박이자 그게 물꼬를 틔운 것처럼 주르륵, 눈물이 흐른다. 눈물이 볼을 타고 흐르게 내버려 둔 채, 지난 시간을 맷돌 윗구멍에 집어넣어 잘게 바수듯 천천히 씹는다. 전화벨 소리가 맷돌 돌리던 손길을 멎게 한다. 그래도 손잡이에서 손을 떼지는 않는다. 한동안 울리던 벨이 지친 듯 끊어졌다가 다시 울린다.

"어, 전화 받네? 난 또 네가 없는 줄 알았지. 웬일로 아침부터 나갔나 했다."

"나가긴……. 별일 없지?"

경선에게서 늘 받던 인사를 제 쪽에서 건네다 지선은 깨닫는다. 그동안 경선이 물었던 건 지선의 안부가 아니라 경선 자신의 안부였을지도 모른다는 걸.

경선은 주로 아침에 전화를 걸었다. 남편 출근하고 애들 학교 가고 난 뒤, 북적이다 텅 비어 버린 집의 고요가 경선에게 전화기를 들게 하는 듯했다. 나다, 별일 없냐? 뭐하고 있었냐? 의례적인 안부에 지선은 늘 같은 대답을 했다. 응, 별일 없지, 뭐. 그 말은 경선의 마음에 덮인 뚜껑을 여는 병따개가 되었다. 일단 뚜껑이 열리면, 그 안에 든 것들이 마구 흘러나왔다. 맏며느리 위세는 있는 대로 부리면서 제삿날 장도 안 봐 놓고 불러들여 밀린 자기네 집 청소까지 하게 만드는 손윗동서의 얄미움, 키는 난쟁이 똥자루만 하고 인물도 보잘것없는 데다 살림엔 젬병인 마누라를 애지중지 받드는 시아주버니의 알 수 없는 행태, 불난 집에 부채질도 유분수지, 자기 마누라가 무보수 파출부가 되거나 말거나 걸핏하면 큰집에 가자고 설쳐 내복장을 뒤집으니 이건 남편이 아니라 남의 편이라는 형부. 듣다 보면, 말 위에서 칼날 번뜩이는 적군들에게 둘러싸인 채 적들의 날라리 소리에 휘둘리며 혼자 고군분투하는 병사가 따로 없었다. 아니나 다를까.

"별일이 왜 없겠냐. 무자식 상팔자라더니. 글쎄 수민이가 오늘도 한 건 하지 않았겠냐? 어떻게 된 애가 지금도 아침마다 깨워야 일어나고, 겨우 깨워 놓으면 나무늘보처럼 꿈지럭거려서 억지로 등 떠밀어 내보내야 하니. 아침마다 그러고 나면 진이 다 빠져. 한참 퍼져 있다가 겨우 일어나 청소기 돌리는데 수민이 그년이 전화를 했어. 준비물을 안 갖고 왔다나. 네가 빠뜨린 걸 어쩌라구 나한테 전화하냐고 했더니 빨리 챙겨 오라고 난리를 치는 거야. 그놈의 학교, 공중전화를 없애든가 해야지. 한번 당해 보라고 모른 척 놔두려다가, 선생에게 칠칠치 못한 애로 찍힐까 봐 부랴부랴 갖다 주고 왔다. 아침부터 그렇게 수선 떨고 나니 청소고 뭐고 기운이 쪽 빠지네. 대체 그놈의 계집앤 누구 닮아 그 모양인지. 난 학교 다녀오면 숙제 다 하기 전엔 집 밖에도 안 나갔는데. 한 번 그러고 나면 다음엔 정신 차려야 하는 거 아니냐? 이번 학기만도 세 번째다. 아주 제 엄마를 종 부리듯 부려 먹으려고 작정한 년이야, 그년이. 입덧 유난하게 해서 제 어미 아무것도 못 먹게 만들 때 알아봤어야 했는데."

채 삭지 않은 분기 때문에 경선의 목소리는 오히려 활기차다. 수민이 면목 세워 주려고가 아니라, 아이 엄마가 어떤 사람이기에 아이 준비물도 안 챙겨 주나 할까 봐 다녀왔겠지, 수민이가 공연히 그러겠어, 지선은 속에 떠오르는 말들을 가만히 눅이며 듣는다. 한바탕 쏟아내고 난 뒤에야 경선은 지선이

278

아무런 대꾸 없이 듣기만 한다는 걸 깨달은 모양이다. 여느 때라면 그렇구나, 그랬어? 했을 지선이.

"너 어디 아프냐? 무슨 일 있어?"

가뜩이나 정해지지 않던 마음은 경선이 쏟아내는 말을 듣는 동안 고양이가 갖고 논 실타래처럼 얼크러졌다. 무슨 일 있어? 경선의 말이, 엉클어진 실 무더기를 더듬어 꼬투리를 잡아챘다.

"언니……, 나 이 사람하고 갈라설까 봐."

가장 바깥쪽 실 꼬리가 아니라 하필 맨 안쪽의 꼬투리가 잡힐 게 뭐람. 지선은 제가 경선에게 그런 말을 했다는 것에 놀란다. 한편으로는, 오랫동안 쥐고 만지작거려 손아귀에 눅진한 땀이 차게 하던 주사위를 내던진 시원함이 없지 않다. 차마 보는 게 두려워 손에서 떠나 보내지 못하던 패가 한눈에 들어온다.

"뭐? 너 지금 뭐라고 했어?"

"이혼할까 한다고."

"이호온? 얘가, 미쳤어!"

경선의 뾰족해진 목소리가 고막을 찌른다. 지선은 송수화기를 슬쩍 귀에서 뗀다.

"너 이혼이 누구네 집 강아지 이름인 줄 알아? 편하게 살다 보니까 복에 겨워서 별생각이 다 드나 보지?"

경선의 빈정거림이 지선의 발뒤꿈치를 지른다. 간밤에 진오
가 이미 가격한 지선의 아킬레스건이 새삼 찌릿하다.

문을 열자 술 냄새가 확 끼쳤다. 휘적거리며 들어서는 진오
의 뺨 양쪽이 불그스레했다. 얼핏 나비처럼 보였다. 뺨에 나비
가 앉은 날이면, 진오의 몸 안에서 나비떼가 마구 펄럭였다.
아니, 독이 있는 걸로 보아 나비가 아니라 나방이었을 것이다.
그 나방 떼는 현관을 들어서자마자 꼿꼿한 눈으로 집 안을 휘
둘러보며 트집거리를 찾아냈다. 그때부턴 모든 게 진오의 성
에 차지 않았다. 오래전부터 걸려 있던 액자가 마음에 안 들
때도 있고, 아침에 달여서 냉장고에 보관해 둔 보리차가 시큼
하게 느껴졌으며, 된장찌개에 든 호박은 물크러져 애호박인지
썩은 호박인지 구분할 수 없었고, 진오가 집어 든 김치 쪽엔
하필 양념에 든 생강끼리 모여서 회의를 하는 형국이었다. 진
오는 의사라는 것에 거창한 자부심을 갖고 있었다. 진오의 몸
에 깃든 나방이 펄럭이기 시작하면, 지선은 날개에서 떨어지
는 분가루를 삼키지 않도록 그저 입을 다물고 있어야 했다. 어
쩌다 하는 해명은 진오에겐 변명이나 말대꾸가 되었고, 그러
면 어둠 속 헤매다 불빛 만난 것처럼 나방 떼가 더 극성맞아진
다는 걸 충분히 알게 되었으므로. 불빛에 몸을 부딪다가 떨어
질 때도 나방은 한소리 하는 걸 잊지 않았다. 내가 미쳤지, 어

280

쩌다 너 같은 여잘…….

신발도 제대로 벗지 못한 채 거실로 올라서던 진오는 현관 턱에 걸려 고꾸라졌다. 지선이 다가가 부축하려 들자 세차게 손을 뿌리쳤다. 그 바람에 지선은 뒤로 나동그라졌다. 팔에 힘을 주며 몸을 일으키던 진오는 지선와 눈이 마주치는 순간 상을 찌푸렸다.

"웃어? 너 지금 내 꼴 보고 웃는 거냐?"

웃은 건 아니었다. 진오의 뺨에 앉은 나방 빛깔이 더 짙어지는 걸 보며, 사람 얼굴에 저런 게 생기기도 하는 거구나, 새삼스러워졌다. 사람을 밀칠 정도면 어지간히 힘센 나방이네, 하면서. 그게 아니라……. 지선은 말을 맺을 수 없었다. 취해서 제 몸도 가누지 못하던 사람이 그렇게 날쌜 수 있다니. 어느새 진오는 지선의 덜미를 잡았고, 덜미 잡혔다고 느낀 순간, 뒤통수가 빠개지는 듯했다. 쿵, 지선은 눈을 감았다. 쿵, 쿵, 쿵, 그리고 쾅! 방문 닫는 소리가 거실 바닥을 울렸다. 달리는 차에서 창밖으로 내던진 쓰레기 봉투처럼 널브러진 채, 지선은 그 소리를 들었다. 놀이 기구를 타고 돌다가 막 내린 것처럼 어질어질했고 속이 메슥거렸다. 머리를 다치고 속이 메슥거리면 안 좋은 거라고 했는데…… 하면서 그대로 누워 있었다. 지선을 싣고 출렁이던 파도가 조금씩 가라앉았다. 울렁거림이 그만그만해지자, 어질어질한 머릿속에 차가운 물 같은 게 한 줄금 흘렀다. 이런 사람이었구나, 이럴 수 있는 사람이었구나. 수민이 제 집으로 돌아간 게 다행이다 싶었다.

냉장고에서 멸치와 채소들을 꺼내 작은 방으로 들고 갔다. 멸치의 머리를 떼고 똥을 발라내며 물었다. 그런 사람이라는 걸 정말 몰랐어? 처음 그 일이 있던 날, 나영네 집으로 가던 신새벽의 꺼멓게 잦아들던 마음을 어떻게 덮고 있었지? 제 눈을 가렸던 손, 그 손가락을 세워 눈을 찌르고 싶은 욕망을 잘근잘근 눅이며, 지선은 멸치를 다듬었다. 시금치를 다듬으려 가져온 식칼이 불빛을 받아 날을 빛냈다. 당장 부딪칠 현실이 두려워 제 눈을 가리려 해도, 이번뿐일 거라는 확신이 서지 않았다. 뭐든, 처음이 어려운 법이다.

동이 터 올 무렵 지선은 쌀을 씻어 밥을 안치고 멸치와 마른 새우로 국물을 내어 시금치 된장국을 끓이고 해동해 둔 갈치를 구웠다. 진오가 화장실에 들어간 사이에 상을 차려 두고 작은 방으로 들어가 방바닥에 웅크리고 누웠다. 밤새 눈을 못 붙여서, 눈꺼풀 안쪽에 잔모래가 쏠리는 것처럼 쓰라렸다. 눈물로라도 그 모래를 씻어 내고 싶었는데, 눈물이 나오지 않았다.

"무슨 일이냐? 니 남편이 바람 피웠냐?"

바람? 이따금 지선을 끌어당기던 진오가 그러지 않은 지 몇 달 되었다. 진오가 소 닭 보듯 하자, 무겁게 지고 다니던 짐 하나를 내려놓은 듯했다. 진오와의 섹스는 그저 아내로서의 의무에 지나지 않았다. 진오가 제 욕구를 다른 데서 풀지도 모르지만, 더 깊이 알고 싶은 마음은 없었다. 진오와 살을 맞대는 일을 피할 수 있다면, 그게 뭐든 상관하고 싶지 않았다.

"그거야 누가 알겠어. 그런데 내가 아는 건 없어."

"바람 피운 게 아니라면, 그럴 리는 없겠지만, 혹시 마약 했냐? 의사들, 겉으론 멀쩡해 보이는데 은근히 마약에 중독된 사람들 있다더라."

"언니, 그럴 사람 아니야. 자기 몸에 해로운 건 절대 안 하는 사람인데? 술 못 끊는 게 신기할 정도라니까."

"그것도 아니면, 혹시 시집에서 아이 안 생긴다고 뭐라고 하냐? 결혼식 때 보니까 어째 니 시부모 생긴 게 오종종하니 속좁아 보이더라."

부부를 이혼에 이르게 하는 변수들이 경선의 입에서 하나둘 나온다. 지선은 피임하는 걸 아무에게도 말하지 않았다. 이따금 속이 쓰렸지만, 피임약의 부작용인지는 알 수 없었다. 경선은 궁금증을 풀 때까지 수화기를 내려놓지 않을 것이다. 이미 입밖에 낸 말, 쓸어담을 수는 없다. 왜 말했을까. 아무래도 잠을 못 자서 멍해졌던 모양이다.

"아니, 우리 시부모님은 정말 순한 분들이셔."

동이 터올 무렵, 진오와 갈라서겠다 마음을 정하자 가장 걸린 사람은 친정 부모와 시부모였다. 지선이 진오와 결혼하겠다 했을 때 '네가 이제야 효도 한번 하는구나!' 하는 눈으로 보던 아버지와 마음 놓던 엄마. 30여 년 된 주택단지에서 사는 시부모에게 다녀오면, 30평이 채 안 되는 아파트가 그렇게 넓고 화사해 보였다. 진오의 학비 대기에도 허리 휘었을 시부모는 아들을 어려워했고, 지선을 며느리가 아니라 손님 대하듯 했다. 죄 없는 시부모 이야기까지 나오니 더는 듣기만 할 수 없었다.

"그 사람, 아버지가 겉보기와 달리 남자답다 하시더니 잘 보셨어. 사람 팰 줄도 알고."

"때려? 널? 대체 네가 뭘 어떻게 했기에!"

때려? 하면서 커졌던 경선의 목소리에 살짝 기댔지만, 경선은 네가 뭘 어떻게 했기에,라는 말로 지선의 몸을 밀쳐 버린다. 그 반동으로, 지선은 비칠거린다. 뭘 어떻게 했기에? 대체 내가 무슨 일을 한 거지? 왜 맞으면, 때린 사람이 아니라 맞는 사람에게 문제가 있다는 생각부터 하는 거지?

"나 아무것도 안 했어. 어제 술에 떡이 되어 들어와 엎어지데. 그래서 일으켜 세우려 했는데 날 떠밀더라고. 대체 이 사람이 왜 이러나, 하고 어이가 없어서 멍하니 보았더니 자길 비웃었다면서."

"취해서 정신이 없었나 보지. 네가 어이없어서 너도 모르게 비웃었을 수도 있고. 그렇다고 때려?"

"뭐, 맞았다고는 할 수 없지. 그냥 내 머리를 휘어잡고 벽에 찧은 거니까. 그래도 아프긴 아프데."

"웬 술을 그렇게 마셨기에. 뭐 속상한 일 있었나 보지. 남자들, 밖에서 스트레스 받으면 먹기 만만한 게 콩떡이라고, 꼭 집에 와서 그 지랄들이야. 못난 놈들. 그래도 그렇지, 어제 한 번 그랬다고 오늘 바로 이혼 이야길 꺼내? 너도 참……."

경선은 혀라도 찰 기세다. 남자들이 밖에서 받는 스트레스를, 잠깐 다른 여자 만나서 이야기 나누는 걸로도 잊을 수 있다는 걸 언닌 몰라서 그랬던 걸까. 남편이 다른 여자에게 한눈팔자 펄펄 뛰던 경선을 떠올리자 지선은 맥이 풀린다.

수민이 다녀간 뒤, 한동안 진오는 지선을 투명 인간 취급했다. 아침이면 지선이 차려 놓은 식탁에 앉아 신문을 펼친 채 밥을 먹었다. 세상 돌아가는 데 관심이 있어서라기보다는 지선의 눈길을 피하기 위해 펼쳐 든 신문이었다. 다 먹고 나면 말없이 일어서서 나갔다. 퇴근하고 돌아오면 샤워하고, 그러는 사이에 지선은 저녁 식탁을 차렸다. 국 더 드려요? 갈치 한 토막 더 먹을래요? 지선의 말도 짧아졌다. 저녁을 먹고 나면 지선이 설거지하는 동안 혼자 텔레비전을 보다 방으로 들어갔다. 그러다가, 투명인간 놀이에 진력 났다는 듯, 그때까지 보이지 않던 걸 어디 땅속에서 발견하기라도 한 듯 지선을 덮쳐왔다. 네가 그렇게 생각한다면, 네가 바라는 대로 강간해 주겠다는 듯이 난폭하게. 배설을 마친 진오가 잠들면, 몸도 마음도 쓰리고 아렸다. 진오의 말이나 행동은 지선의 아킬레스건을 끊임없이 욱신거리게 했고, 어젯밤엔 급기야 직접 차 버린 것이나 다름없었다. 지금은 그저 발로 찬 정도이지만, 어느 순간 끊어버릴 수 있었다. 그렇게 되면 혼자 걸을 수 없어져 그냥 그 자리에 주저앉을 수도 있다. 엄마 사는 걸 본 언니가 정말 모르는 걸까. 내가 그런 걸 어떻게 알겠냐는 듯, 경선이 무지른다.

"한번 그런 거 갖고 이혼하면, 세상에 같이 살 부부 하나도 없다. 그렇게만 알고 있어."

탁, 전화가 매정하게 끊겼다. 언제나, 자기 할 말만 쏟아붓고 동생 말은 안 듣고 끊는 게 경선의 특기였다. 그때마다 지선은 뺨 맞은 것 같은 기분이 들었다.

◇

병신 같은 년, 그렇게 물러서야……

수화기를 내려놓으며 경선은 중얼거린다. 얌전한 강아지 부뚜막에 먼저 올라간다더니, 큰소리 한 번 내 적 없는 지선이 이혼 소리를 꺼냈다. 이혼, 소리를 듣는 순간부터 뒷목이 뻣뻣해졌다. 일진 사나운 날이었다.

아침부터 수민 때문에 왔다 갔다 해서 진이 빠졌다. 책가방을 전날 미리 싸 놓으라고 귀에 딱지가 앉게 일렀지만 제 엄마 말을 귓등으로 흘리는 버릇은 고쳐지지 않았다. 가방하고 원수가 졌는지, 수민은 유치원 때부터 가방을 현관에 휙 던져두고 나가는 버릇이 들었다. 아무리 야단쳐도 그때뿐이었다. 수민의 가방에 걸려 넘어질 뻔했던 날, 경선의 참을성은 바닥을 쳤다. 수민이 집에 들어서자마자 한 손엔 가방을, 다른 손으로는 수민의 목덜미를 잡고 베란다로 나갔다. 경선의 기세가 워낙 험해서인지, 다른 때 같으면 앙알댈 수민이 입도 벙긋하지 않았다. 수민을 베란다에 내치고, 가방을 베란다 바깥으로 휙 집어 던졌다. 제대로 잠그지도 않았는지, 책이며 공책이 우수수 쏟아지며 아래층 화단으로 떨어졌다. 수민은 눈에 있는 대로 힘을 주고 입을 앙다문 채 숨만 몰아쉬었다. 봤지? 한 번만 더 그러면 다음엔 네 차례야! 내려가서 주워 오든지 말든지 마음대로 해! 수민은 경선을 쏘아보고 제 방으로 들어가 쾅, 소리가 나게 문을 닫았다. 저걸 그냥! 방으로 들어가 요절을 낼까 하다가 참았다. 화낸 것 때문에 기운이 다 빠졌다. 수민은 한참 뒤에야 방에서 나왔다. 경선이 베란다에서 슬쩍 내려다

287

보니, 화단 앞에서 팔짱을 끼고 씩씩거리다가 화단으로 들어섰다. 그런 뒤로는 현관에 가방을 두지 않았다. 진작 이 방법을 쓸 걸 그랬다. 그래도 다음 날 책가방을 미리 챙기지 않는 버릇은 여전했다. 수민이 때문에 시끄러운 속 가라앉히려고 전화했는데.

걸핏하면 마음에서 바글바글 끓어오르는 분노, 혼자서 잦히기엔 기세가 너무 센 그 뜨거운 기운을 경선은 말로 내뱉어야 했다. 그러지 않으면 저 자신이 데거나 망가질 것 같았으므로. 속에서 기포가 일기 시작하면 영선이나 지선에게 전화를 걸었다. 영선은 잘 듣다가 가끔 철없는 소리를 해서 오히려 부아를 돋구었고, 말없이 듣다가 잊을 만하면 그랬어? 으응, 이렇게 추임새를 넣어 주는 지선이 가장 만만한 상대였다.

지선은 이를테면 경선에게 감정의 쓰레기통 같았다. 어릴 적부터 딴세상에 사는 애 같았다. 전화해서 안부를 물으면 지선은 늘 비슷한 대답을 했다. 별일 없어, 늘 그렇지 뭐. 미적지근한 물 같은 대답이었다. 그 대답이 자기 말할 권리를 보장해 준 듯 경선은 마음속에 있는 것들을 다 퍼부을 수 있었다. 경선이 보기에도 지선의 나날에 별일 있을 여지는 없었다. 돈 잘 버는 남편 두었으니 결혼 초의 경선처럼 아등바등할 일은 없을 터였다. 첫아이 유산한 게 안됐지만, 지선도 제부도 아이를 빨리 가져야 한다는 생각은 없다는 걸 알고는 자신만 쓸데없는 걱정을 한 기분이었다. 따로 사는 지선의 시부모는 노처녀 시누이와 함께 지내니 신경 쓸 일도 없고. 경선이 무슨 말을 해도 그냥 듣는 지선은 가장 만만한 상대였다. 그런데 오늘은 혹 떼려다 오진 혹 하나 더 붙인 셈이다. 병신 같은 년, 때린다고 맞아? 맞았다고 이혼해?

지선이 결혼한다고 했을 때, 경선은 말리고 싶었다. 대학까지 나오고 그냥 결혼해? 경선 자신이 대학에 다녔더라면 지금쯤 텔레비전이나 잡지에 나오는 명사가 되고도 남았을 것이다. 비싼 등록금 내면서 대학에 다닌 게 아깝지도 않은가? 돈 잘 버는 의사 부인이 되는 것도 좋지만 어쩐지 아쉬웠다. 그러다 세상과 어딘지 모르게 동떨어진 지선이 의사 남편을 잡은 게 어딘가, 했다. 제부가 의사라는 건 경선에게도 여러모로 유리했으니까. 시집에 자랑하기도 좋았고, 남들에게도 꼭 막내의 남편이 의사라고 말하곤 했다.

제 복 제가 차고 결혼했으면 잘 살아야지. 지선이 잘나가는 커리어 우먼이라면 남편에게 맞는 일 따위는 없었을 것이다. 부글부글 끓던 마음에 점성까지 생겨서 픽픽 튄다. 경선은 다시 전화기의 버튼을 누른다.

"나다, 별일 없냐?"

"응, 잠깐만."

전화를 받자마자 영선의 목소리가 사라진다. 글쎄 조금 전에 지선이랑 통화했는데 개가……. 막 쏟아지려던 말이 목에 걸린다. 100미터 달리기 출발선상에서 한껏 긴장하며 출발신호를 기다리는데, 딱총을 치켜들었던 사람이 잠깐, 하더니 본부석으로 가 버린 기분이다.

"보리차 올려놓았는데 막 끓어넘치지 뭐야. 가스 불 줄였어. 별일 없지?"

"별일 없으면 내가 왜 전화했겠냐?"

별일 없이도 잘만 전화했다는 건 기억이 스스로 삭제했다. 나중에 생각날지도 모르지만, 그땐 이미 지나간 것이다.

"왜, 무슨 일인데? 형부가 또?"

영선의 목소리에 호기심이 덕지덕지 묻어난다. 바람도 피워 본 사람이 피운다는데. 그 일이 있은 뒤, 영선은 걸핏하면 형부를 의심했다. 제가 한 말을 들으면 경선 또한 묻어 두었던 일이 떠올라 새롭게 분노한다는 걸 영선은 알지 못했다.

나 공부 더 하려고 해. 퇴근한 남편은 웃음을 한입 베어 문 듯한 표정으로 말했다. 이따금 신문에 만학도의 기사가 나오면 남편은 오랫동안 눈을 떼지 못했다. 하긴 경선도 40대에 대학에 들어갔다거나 하는 기사를 읽으면 묵은 먼지 쌓인 다락에서 오래전에 잃어버렸다고 생각한 귀한 물건을 찾은 듯했으니까. 설마 가장이 주간대학에 다니겠다는 건 아니겠고, 야간이려니, 했다. 새벽에 출근했다 늦은 시각에야 퇴근하는 남편, 아무리 똑똑했다 하더라도 입시를 준비하는 건 무리일 것 같았다. 내가 이 나이에 그런 공부를 하겠어? 남편이 말한 학교는, 시험을 치르지 않고도 들어갈 수 있는 대학 부설 최고경영자 과정이었다. 그래도 그게 어딘가 싶었다. 최소한 남들이 물을 때 대학 이름을 올려도 되니까.

야간 강좌를 듣고 파김치가 되어 귀가한 남편은 씻고 책상 앞에 앉으면 다시 생기가 돌았다. 강의실에서 만난 사람들이라선지, 40대든 50대든 다 학생 기분이라고 했다. 새롭게 만난 사람들과 자주 통화했다. 어, 김 사장? 응, 공부 떠난 지 오래되어서 머리가 안 돌아가네. 겨우 마쳤는데 제대로 한 건지 뭔지…… . 아직 못했다구? 그러엄, 회사가 바쁘게 돌아간다며? 그래도 요즘 같은 때 바쁜 게 어디야. 아직 시간 있으니 내 거 보여 줄게, 조금만 다르게 고쳐 봐. 내가 아예 손봐서 보내 주면 좋을 텐데 나도 시간 여유가 그렇게 많지 않아서 안타깝구먼. 그래, 그럼 내일 만날까? 좋지. 남편과 주로 통화하던 김 사장이 여자라는 건 생각도 못했다. 엄마, 여사가 뭐야? 수민이 묻기 전까지는. 결국 남편에게 캐묻고 나서야 중소기업의 사장인 김 사장이 여자라는 것, 경선이 있을 땐 김 사장이라 부르던 남편이 경선 없을 땐 농을 실어서 김 여사라고 부른다는 것, 그 김 사장인지 김 여사인지가 일찍 남편을 여의고 혼자 사업을 해 온 여자라는 걸 알았다.

그때부터 속이 끓기 시작했다. 남편 없이 혼자 사업을 한 여자? 게다가 그 사업이 뭔지는 모르지만, 자기도 남편이 없었으면 그 정도 위치에 오를 수 있을 것 같았다. 어쨌든 남편이 다른 사람도 아닌 혼자인 여자와 자주 통화한다는 건 속이 상했다.

"과제 때문에 자주 통화하는 거야. 당신이 신경 쓸 일 아니야."

남편은 눙치려 들었지만, 회식 자리에서 남편과 그 여자가 어깨동무를 하고, 술자리에서 러브샷 하는 두 사람을 에워싸고 여럿이 박수 치는 사진을 보자 속이 뒤집어졌다. 알고 보니 남편과 그 여자는 캠퍼스 커플로 불리고 있었다. 공부하러 다닌다더니 결국 연애질하러 다니는 거였어? 한 번만 더 수상하게 굴면 강의실로 찾아가 뒤집어 놓겠다고 협박한 뒤에야 펄럭이던 남편의 바람기는 잦아들었다. 그래도 모를 일이었다. 언제 또 난데없는 바람이 불어오려는지.

"너는 꼭 네 형부가 바람 피우길 바라는 애 같다?"

"무슨 말을 그렇게 해? 별일 있다니까 혹시 그랬나 했지. 왜 한 번 바람 피우면……."

듣기 싫어진 경선이 말을 딱 끊는다.

"별일이 꼭 우리 집에서만 생기란 법 있냐? 조금 전에 지선이랑 통화했다가 하도 어이없는 말 들어서. 걔가 이혼하겠다더라."

"뭐, 이혼온?"

꺾이며 올라가는 목소리. 경선의 기대에 어긋나지 않는 반응이다. 감칠맛 같은 건 찾으려야 찾을 수 없는 그저 그런 음식을 먹으면서 정말 맛있다는 말을 거듭하고, 별스럽지 않은 옷에도 느낌표를 세 개쯤 찍은 듯한 감탄사를 발하는 영선이었다. 품위라고는 찾아볼 수 없는 호들갑에 경선은 그때마다 찡그리지 않을 수 없었다. 그래도 지금의 이런 반응은 흡족했다.

"그래, 이혼해야겠단다, 걔가."

"아니, 이게 웬 날벼락이야? 무슨 일 있었대? 잘살다가 왜 그런데?"

"지 신랑이 술 마시고 와서 때렸다나 밀쳤다나. 그래서 못 살겠단다."

"그랬다고 이혼한대? 걔도 참……. 그런데……, 그 정도 일 갖고 그럴 애는 아닌데? 뭐 다른 일 있는 거 아냐?"

"나도 그렇게 생각했는데, 모르지 또. 넌 뭐 좀 들은 거 있나 하고 전화했다."

"내가 뭘 알겠어. 요즘 바빠서 통화도 못했는데."

동네 마트의 계산대에서 일하기 시작하면서 영선이 경선에게 전화하는 횟수도 부쩍 줄었다.

"그냥 해 보는 말이겠지. 나 지금 준비하지 않으면 늦어. 나중에 전화할게."

"알았다. 그럼……."

말을 끝맺기도 전에 똑, 전화 끊기는 소리가 뺨을 친다. 무슨 떼돈을 번다고! 경선은 수화기를 세게 내려놓는다. 이나저나, 정말 갈라설 결심을 한 걸까? 지선은 허튼소리 할 성격이 아니다. 되나 마나 생각나는 대로 말해 버리고, 까마귀 고기를 먹은 것처럼 내가 언제? 하는 영선과 다르다. 어젯밤 일 말고 뭔가 더 있을 것이다. 그게 뭘까. 바람을 피운 것도 아니라면 도박? 경선은 고개를 젓는다. 진오는 의심이 많은 성격이다. 남을 못 믿어서라도 도박 같은 건 안 할 것이다. 혹시 더 심하게 맞는 게 아닐까? 집중하는 경선의 양미간에 세로 주름이 세 겹으로 잡힌다. 그게 신호라도 되는 듯, 웅크리고 있던 딱따구리가 부리를 들고 쪼아 댄다. 찌릿, 찌릿, 일정한 간격으로 머릿속에 전류가 흐른다. 무슨 일이 있으면 제가 제 입으로 얘기를 해야지. 밑도 끝도 없는 말로 사람 가슴만 철렁하게 해 놓고. 하여튼, 도처에 속 썩이는 것들 투성이야. 세상이 온통 자기를 공격하기 위해 날을 세운 것 같다. 경선은 한숨을 쉬며 소파에 비스듬히 누워 버린다.

쿵, 쿵, 쿵. 누군가가 아주 묵직한 해머로 벽을 치고 있다. 경선은 그 소리를 들으며 서성인다. 가구가 하나도 없는 방이다. 바닥까지 울리는 걸 보니 아무래도 벽이 무너질 것 같다. 밖으로 나가야 한다. 그런데, 방에 문이 없다. 이게 뭐야? 그럼 나는 여기 어떻게 들어온 거지? 어디로 나가야 하는 거지? 나갈 수 없다는 생각이 들자 숨이 가빠지고 목이 졸린다. 어쩌지, 나가야 해, 나가야 해! 부르쥔 주먹을 흔들면서도, 나갈 도리가 없다는 절망이 발끝에서부터 기운을 뺀다. 콰르릉 쾅쾅! 무시무시한 소리가 나더니 벽이 기운다. 어디선가 아이들의 외마디 소리가 들린다. 지민과 수민이라고 막연히 짐작하는데, 어디에 있는지는 알 수 없다. 콰르릉, 마침내 벽이 기우뚱하더니 암막처럼 덮쳐 온다. 헛되다는 걸 알면서도 두 팔을 뻗어 벽의 무게를 지탱하려 애쓴다. 어찌나 힘이 주었는지 팔이 부르르 떨린다. 더는, 더는 못 버틸 것 같다……. 아, 엄마!

무너지는 벽에 깔리는 순간, 경선은 눈을 뜬다. 무서운 꿈에서 채 벗어나지 못해 눈을 끔벅거린다. 벽에 걸린 가족사진이 눈에 들어온다. 진회색 양복을 입은 남편과 갈색 투피스를 입은 경선, 그 사이에 무던해 보이는 지민과 누가 봐도 똑소리 나게 생긴 수민. 그들이 앉은 자리 뒤편은 은은하게 환하고 그 환함은 사진 가장자리로 가면서 짙어진다. 사진의 주인공들에게 환한 일만 생길 거라는 듯. 팔꿈치가 저릿저릿한 걸 보니 꿈속에서 어지간히 힘을 준 듯싶다. 깨어나기를 기다렸다는 듯 콕, 딱따구리가 찍어 댄다. 잠들기 전엔 왼쪽 정수리를 찍더니 그새 옮겨 가서 이번엔 오른쪽 관자놀이다. 경선은 몸을 일으켜 한 손으로 다른 쪽 팔꿈치를 주무르며 그 주먹으로 관자놀이를 친다. 위협을 느낀 딱따구리는 더 맹렬하게 쪼아 댄다. 편두통 약을 털어 넣고 찬물을 벌컥벌컥 들이켠다. 팔의 강직은 여전히 풀리지 않는다.

엄마를 패는 아버지의 팔을 잡으려 다가설 때면 두려움으로 배 속에 응어리가 졌다. 그대로 그 자리에서 사라졌으면, 얼마나 간절히 바랐던가. 그러나 그 팔을 잡을 사람은, 그래서 엄마가 매를 덜 맞게 할 사람은 경선 자신밖에 없었다. 꿈틀거리며 뭉친 응어리가 쇠공이라도 되는 듯 딱딱해졌다. 그걸 꺼내어 던질 수만 있다면. 매달리는 경선을 쳐 내던 아버지의 팔꿈치가 명치를 질렀다. 숨이 턱 막혔다. 제대로 맞서지 못하는 엄마가 야속하고 한심했다. 힘에는 힘으로 맞서야 한다. 폭력이 얼마나 길들기 쉬운지 몰랐던 경선. 엄마처럼 그렇게 살지는 않으리라. 신문이며 잡지에 오르내리는 사람이 되면, 남편이라 해도 함부로 대하지 못할 것이었다. 그러기 위해선 힘을 가져야 했고, 힘을 가지려면 많이 배워야 했다. 아버지는 경선에게 날개를 달아 주기는커녕 진학을 막음으로써 아예 날갯

죽지를 부러뜨렸다. 경선이 결혼하고 아이를 낳아 키우면서도 이따금 아픈 날갯죽지를 만지작거린다는 걸 아는 지선은 어느 날 방송통신대를 권하더니, 그래 볼까, 하자 지원서를 챙겨다 주었다. 학교 다니던 시절, 선생들마다 칭찬한 반듯한 글씨로 칸을 메우려 했다. 글렀어, 글렀어. 네가 할 수 있을 것 같니? 이 나이에? 제 안에서 울려 나오는 소리를 듣지 않으려 턱이 아프도록 이를 악물었지만, 그 소리는 성능 좋은 앰프와 스피커를 거친 듯 마구 울렸다. 결국 지원서를 구겨 버리고 말았다. 배울 만큼 배우고도 저 스스로 날개 접어 가정에 내려앉은 지선이, 원서 정도가 아니라 제 삶을 구겨서 내던지려 한다. 속에 다시 불길이 인다. 경선은 다시 찬물을 따라 벌컥벌컥 들이켠다. 그걸로 불길을 잡을 것처럼.

◆

"자, 지금부터 반짝세일 들어갑니다. 동해바다 푸른 물에서 마음껏 누비다가 사람 사는 게 궁금해서 살랑살랑 헤엄쳐 마트까지 온 오징어 세일이에요. 한 마리에 2000원짜리 오징어가 두 마리 3000원, 네 마리 5000원! 매콤하게 양념해 볶으면 술안주, 무 송송 썰어 찌개 끓이면 바로 속풀이 해장국이 되는 다목적 오징어를 지금부터 딱 열 분만 모십니다. 얼룽얼룽

오세요. 천지마트로 오세요. 오징어를 사는 게 아니라 돈 벌어
가시는 겁니다, 돈!"

마트 입구, 창고의 물건을 꺼내 진열하고 배달도 하는 박
군이 핸드마이크를 들고 시장 쪽 길을 향해 외친다. 계산대에
선 영선은 박 군의 멘트에 맞춰 다리 운동을 한다. 한 마리에
2000원짜리 오징어가, 오른쪽 다리를 들어 무릎과 발목을 구
부린다. 두 마리 3000원, 왼쪽 다리로 교대. 그런 다음엔 발꿈
치로만 디뎠다가 발끝으로만 디뎠다가 하면서 쉼 없이 다리의
피로를 풀어 준다. 늘 하는 동작이지만, 박 군의 활기찬 목소
리를 들으면 저절로 흥이 나 발동작이 커진다.

어릴 적, 해를 가리는 구름처럼 집 안에 그늘이 드리워질 기
미만 보이면 영선은 쏟아지는 비를 맞기가 무서워 집 밖으로
뛰쳐나갔다. 혼자 거리를 쏘다니면서, 영선은 제 몸을 살리는
방법을 스스로 터득했다. 시내에서 조금 벗어난 야산이나 들
판에는 먹을 것도 많았다. 까마중이며 산딸기며 삘기를 보이
는 대로 뜯어 먹고 씹다 보면, 집에서부터 묻어 나와 몸안으로
스며들려던 그늘쯤은 쉬 물리칠 수 있었다. 속이 더부룩해졌
을 땐 냇가로 가 따뜻하게 달궈진 돌을 손에 쥐고 만지작거리
노라면 풀렸고, 제 손으로 손을 주물러도 효과가 있었다. 그래
도 집에 쏟아질 뇌성벽력과 거센 빗발, 그 빗발을 온몸으로 맞
을 엄마와 우산을 씌우려 애쓸 언니가 떠오르면 그냥 걸으면

서 손뼉을 쳤다. 손바닥을 맞대고 손뼉을 치다가 소리가 커지면 손목끼리만 맞대거나 손가락 끝끼리 맞대 가며. 그게 집으로 떨어지는 번개를 막는 피뢰침이라도 되는 듯이. 누가 알려 주지 않아도 목숨의 본능으로 터득하게 되는 것들. 그 본능은 힘 앞에 고분고분하게 굴어야 한다고 끊임없이 속삭였다. 회사 차 기사인 남편이 노조에 가입하려 했을 때 극구 말린 것도 그 때문이었다. 힘은 법이었다. 힘 가진 사람들이 원하지 않는 일을 해서 좋을 게 없었다. 영선의 말을 따른 남편은 노조에 가입한 대부분의 동료들과 서먹서먹해졌다. 그게 나쁜 것만은 아니었다. 그 덕분에 동료들과 한잔하는 일 없이 퇴근하면 바로 집으로 돌아오는 가정적인 남자로 남을 수 있었으니까.

비엔나소시지, 참치 캔, 삼겹살과 깻잎과 맥주를 계산대에 올려놓는 여자는 화장기 없는 피부가 뽀얗고 잔주름도 없다. 아무리 보아도 서른 살 안팎인데, 짜리몽땅한 키에 구를 듯 둥근 몸매 때문에 뒷모습은 50대다. 게다가 목이 늘어난 티셔츠에 무릎이 튀어나온 트레이닝 바지, 쥐어짜면 기름이 흘러내릴 것만 같은 머리를 눈 가리고 아옹하며 덮은 야구 모자까지. 이따금 점심시간 직전에 마트에 와서 건강이나 다이어트에 영 도움 안 되는 비슷비슷한 품목만 사 가는 여자다. 막 잠에서 깨어나 세수도 안 하고 그대로 나오는 것 같다. 평일 이 시간에 이런 차림으로 나다니는 걸로 보아 직장에 다니는 것도 아닐 테고, 사 가는 물건의 내용이나 숫자로 미루어 가족하고 사는 것도 아닌 것 같다. 속으로 혀를 차던 영선, 눈이 반짝 빛난다.

"손님, 이 카드는 승인이 안 되는데요?"

여자의 눈이 흔들린다. 이상하다, 그럴 리가 없는데요……. 안으로 기어드는 목소리.

"다른 카드 없어요?"

여자에게 다른 카드가 없을 거라는, 확신에 가까운 짐작으로 영선의 목소리엔 심이 선다. 여자는 대답 대신 지갑을 연다. 돈을 꺼내다 말고, 계산대를 거친 물건 중에서 참치 캔을 밀어 놓는다. 이건 다음에 와서 사 갈게요. 영선은 말없이, 그러나 못마땅한 기색을 감추지 않고 계산서를 다시 작성한다. 맥주가 아니라 참치 캔을 밀어놓는 걸 보니 알 만하다, 속으로 말하며. 아침도 거르고, 혼자 삼겹살을 구우며 맥주를 마시는, 게다가 카드 대금도 연체한 여자. 그 고운 피부나 나 주지, 영선은 영수증을 홱, 던지듯 내어 준다.

"수고 많았어요. 이거, 저녁에 찌개에 넣으라고."

교대하러 나온 사장 부인이 선심 쓰듯 내어 준 건 오늘이 유통기한 마지막인 두부와 시들거리는 열무다. 잘 먹을게요. 영선은 한껏 반기며 받아 든다. 처치 곤란이라 주는 거라도,

300

즐거운 낯으로 받아야 다음에 떡고물이 떨어져도 한 번 더 떨어진다.

두부를 냉장고에 넣어 두고 열무를 꺼내 다듬으려다, 영선은 전화기부터 집어 든다.

"나다, 뭐하고 있었냐?"

"그냥 있었어."

"언니한테 들었다. 그게 무슨 말이냐? 정말 그럴 생각이냐?"

"응."

지선의 대답은 간결하다. 그 간결함이 더 부아를 돋군다.

"애, 한 번 맞았다고 갈라서면 세상에 같이 살 부부가 어디 있겠냐? 너 미애 알지? 약국집 미애. 걘 그야말로 오리지널 공주로 자란 애잖아. 손에 물 한번 안 묻히고 시집간 애가 미애야. 오죽하면 신혼 초에 시어머니가 담요 빨라고 내놓았는데, 어떻게 빨아야 할지 몰라서 그냥 두었더니 시어머니가 그다음부턴 아예 일을 안 시키더란다. 그러다 분가하고 처음으로 밥 지어 본 애 아니니. 걔도 남편한테 언어맞았다더라. 그러고도 얼마 전에 부부 동반으로 해외여행 멀쩡하게 다녀왔대. 네가 아직 몰라서 그러는데, 다들 그러고 사는 거야."

"영선아, 잘 있었어? 나 지금 어디게?"

전화선을 타고 들려오는 미애의 목소리는 통통 튀었다.

"어디 좋은 데 놀러간 것 같다. 어디니? 콘도?"

미애는 까르르 웃었다.

"응, 콘도라고 볼 수도 있지, 친정 콘도라고. 나 엄마 집에 왔어. 애들 떼어 놓고 여기 와서 엄마가 해 주는 밥 먹으니까 좋다, 애. 집에 오니까 네 생각이 나서 전화해 본 거야. 응, 그저께 왔어. 애들? 애들이야 지 아빠가 챙기겠지, 뭐. 참 아까 길에서 너희 엄마 만났어. 그 곱던 분이 많이 늙으셨더라. 하긴 우리 엄마도 이제 파파 할머니지만. 너희 엄마, 너넨 여전히 금실 좋다고, 돈만 좀 더 있으면 바랄 게 없겠다 하시더라. 알고는 있었지만, 너희 엄마 자랑하시는 거 들으니까 더 부럽더라. 비결 좀 알려 주라, 애."

남부러운 거 하나 없이 살면서 사탕발림은……. 입술이 저절로 비죽거려졌지만, 듣기에 달콤한 건 사실이었다. 어쩐지 목에 힘이 주어지는 걸 보면.

"그거야, 내가 혜성 아빠 해 달라는 대로 다 해 주니까 그렇지. 우리 언니는 내가 남편 버릇 잘못 들였다고 얼마나 뭐라고 하는데. 요즘은 나도 가끔 그런 생각이 들어. 너무 잘해 줘서 버릇 잘못 든 거 같다니까. 하긴 우리 남편도 나한테 그만큼 하지만, 그래도 어쩐지 손해 보는 기분이 들어."

통통 튀던 기세로 보아 공을 쳐 내듯 바로 대답이 들려와야 할 것 같은데, 어쩐지 잠잠했다. 후우, 잠시 뒤에 들려온 건 한

숨소리였다.

"왜 그래? 너 집에 무슨 일 있니? 누구 편찮으셔?"

"그래, 내가 편찮으시다."

"어디가? 너 어디 아프니?"

아파서 친정에 간 건가? 두 달 전 동창 모임에서 본 미애는 살이 도톰하게 올라 보기가 좋았다. 워낙 자기 몸 가꾸는 데 열심이라 피부가 반들반들했다. 아픈 기색은 전혀 없었는데.

"마음이 아프셔. 나도 너처럼 알콩달콩 살고 싶은데 그게 잘 안 되네."

너니까 말인데, 다른 애들 귀에 안 들어갔으면 좋겠다, 미리 입단속부터 해 놓고 미애는 실토했다. 우리 엄마, 나더러 이혼 하라고 성화다. 애들이고 뭐고, 내려와서 피아노 강습이나 하 면서 살라고. 진영이 아빠가 나한테 손댔거든. 그러게, 상상도 못한 일이야. 내가 이 나이에 남편에게 맞고 살아야 되겠니? 모르지, 요즘 회사에 구조조정설 나돈다고 스트레스 엄청 받 는 것 같긴 했어. 집에 와서도 인상 북북 긁고 줄담배 피워 대 고. 담뱃재 날려, 벽지 누래져, 노인 사는 집처럼 퀴퀴한 냄새 가 온 집 안에 배…… 참다 참다, 더 참으면 내 속이 터질 것 같아서 진영 아빠 보는 데서 담뱃갑에 남은 담배 죄다 꺼내서 뚝뚝 잘랐거든. 그러게, 오죽하면 나 같은 사람이 그랬겠니? 그런데 글쎄, 나한테 달려들더라. 난 살다살다 그렇게 무서운

303

꼴 처음 봤어. 아, 이 사람이 제정신 아니구나, 이러다 사람 죽일 수도 있겠구나 싶더라. 다음 날, 진영 아빠 나가자마자 엄마한테 전화했더니 엄마가 바로 달려오셨어. 우리 엄마, 좀 세잖니. 퇴근한 진영 아빠 바로 앉혀 놓고, 그 자리에서 우리 딸한테 빌든가 이혼하든가 하라고 하시더라. 우리 딸은 클 때 부모에게도 큰소리 한 번 안 들은 애라고. 그런 애가 이런 대접받는 꼴 죽어도 못 본다고. 내가 하고 싶은 말을 다 해 주시는데 10년 묵은 체증 내려가는 기분이었어. 이 남자, 꼴에 남자라고 자존심 다쳤나 봐. 꿀 먹은 벙어리처럼 아무 말도 안하는 거야. 우리 엄마 성질 건드려도 단단히 건드린 거지. 우리 엄마, 대뜸 나더러 가방 싸라는 거야. 난 이런 꼴 못 보네. 우리 미애야 피아노 강습을 해도 혼자 충분히 살 애니까 데려가겠네. 애들은 이 집 씨니까 알아서 하게 하고. 외할머니 기세가 워낙 심상치 않으니까 애들도 찍소리 못하더라. 속이 다 시원했어. 응, 그래서 엄마 따라 왔지. 올 엄마, 사흘 안으로 제 발로 와서 무릎 꿇을 거라더니 아까 전화 왔어. 내일 오겠대. 내일이 사흘째거든. 우리 엄마, 참 귀신 같지? 이번은 봐주지만 한 번만 더 그러면 엄마가 나서서 이혼시킬 거래. 무슨 엄마가 딸 이혼 못 시켜서 안달이니?

공주도 맞는구나. 놀랍고 안쓰러우면서 한편으로는 고소한 마음도 없지 않았다. 미애는 한숨으로 실마리를 풀더니 제 엄마 자랑으로 이었다가, 이제 내일부로 남편은 나한테 꽉 쥐여 살 거니까 언제든 너 시간 될 때 같이 놀러 가자,로 마쳤다. 얄미운 계집애, 결국 제 자랑하려고 그런 거였다.

언니, 다들 그런다고 나도 그래야 하는 건 아니잖아? 사람마다 아킬레스건은 다 달라. 그리고, 다들 그렇게 산다고 해서 그게 폭력이 아닌 건 아냐. 마음 표면에 떠오른 그 말을 지선은 가만히 가라앉힌다. 쇠귀에 경 읽기다. 어쩌다 자매들이 모여 앉아 어린 시절을 이야기하면 경선은 생각하기도 싫다는 듯 찌푸린 표정이었고, 영선은 늘 똑같은 반응이었다. 애, 그 시절엔 다들 그러고 살았어. 남자들이 자기 마누라나 애 때리는 건 일도 아니었지. 감초당 한의원도 그랬고. 그 집 아줌마도 가끔 스카프로 얼굴 가리고 나섰잖아. 알고 보니 그게, 그 아줌마 얼굴에 든 멍 가리느라고 그런 거였어. 그 아저씨, 그래 놓고 아줌마한테 한약은 지어 줬나 몰라. 멍 푸는 한약도 있다던데. 그리고 대동상회 아줌마도 그랬고. 가끔 맨발로 뛰쳐나와서 명동의상실 언니가 자기 뒷방에 숨겨 주기도 했잖니. 다들 밖에 나오면 멀쩡하게 유지 행세하는 사람들이 집에 들어가면 그 모양이었는걸. 그때마다 지선은 말문이 막혔다.

한눈판 남편 때문에 경선이 펄펄 뛸 때도 영선은 심상하게 말했다. 돈 좀 만진다는 남자들 다 한 번씩 그래 보는 건데. 왜

305

우리 어릴 때도 그랬잖아. 양조장집도 주유소집도 다들 첩살림했잖아. 미애 아버지처럼 아예 본부인 내쫓고 당당하게 사는 사람도 있었고. 그래 봤자 바람인데 언니가 너무 과민하게 반응하네. 자꾸 그러면 진짜 형부 마음이 딴 데로 갈지 모르는데. 그야말로 타는 불에 기름 부은 격이라서, 경선에게 악담까지 들었다. 넌 네 남편이 안 그러니까 맘 편하게 그런 말 하는 거지, 어디 네 남편 바람피워도 그런 말 나오나 보자.

다들 그런다고 해서 그래도 되는 건 아니라고, 다시 떠오른 말이 목 밑까지 차올랐지만 지선은 꿀꺽 삼킨다. 영선의 생각이 바뀔 것 같지 않았으므로. 채 넘기지 못한 말이 입에서 올각거리다 튀어나온다.

"언니, 미애 언닌 미애 언니고 나는 나야."

"너도 참, 고집 피워서 좋은 거 하나도 없는데. 그럼 네 말대로 헤어지면? 그다음엔 어떡할래? 엄마 아버지가 어이구, 우리 막내딸 잘 돌아왔다, 반겨 주실 것 같니? 잘도 그러시겠다. 그리고, 이혼하면 뭐 해서 먹고살래?"

"그건 내가 알아서 할 거야. 지금 이것저것 알아보고 있어. 언니, 나 이 사람 오기 전에 저녁 준비해 놔야 해."

"갈라설 거라며?"

"갈라설 때 갈라서더라도, 그러기 전까진 할 일은 해야지."

"잘났다, 정말. 네가 더 말하기 싫어하는 것 같으니 끊는다만, 아무튼 다시 생각해 봐. 너도 네 남편에게 좀 살갑게 굴고. 남자는 여우하고는 살아도 곰하고는 못 사는 거야. 말이 쉬워 이혼이지, 끊는다."

정말 일을 저지르려는 걸까? 지선의 목소리에 전에 없이 단단한 심 같은 게 박힌 게 걸린다. 가는 삼실을 꼬아 만든 로프를 떠올리게 하는 단단함이다. 이미 벌어진 일, 좀 참으면 외풍 같은 거 없이 편하게 살 수 있는데. 아무리 세상이 바뀌었다 해도 여자 혼자 사는 건 힘든 일이다. 낮에 본 그 여자처럼 남에게 무시당하기 십상이다. 물러 터진 것 같던 애가, 남편에게 한 번 맞았다고 대뜸 이혼할 생각부터 한다는 게 영선에겐 이해되지 않는다. 얘가 힘든 일을 안 겪어 봐서 세상이 얼마나 험한지 모르는 거지. 영선은 파근한 종아리를 쓸어 본다. 오랫동안 서 있어서 지렁이처럼 튀어나온 정맥. 빈 맥주병을 놓고 종아리를 그 위에서 굴린다. 다리에 알싸하고 저릿한 쾌감이 느껴진다. 미애 같은 애도 얻어맞고서 잘만 사는데.

지선이 제가 미애 엄마 같은 그런 엄마를 둔 것도 아니고, 나처럼 마트 계산대에 설 것도 아니면서……. 영선은 빈 맥주병을 치워 두고 벌떡 일어선다. 우선 먹고 기운을 차려야 할 것 같다.

마트에서 챙겨 온 양념으로 떡볶이를 해 먹는다. 어묵도 조금 가져올 걸. 떡볶이엔 역시 어묵이 들어가야 하는데……. 영선은 없는 어묵 대신 양파를 듬뿍 썰어 넣는다. 멸치와 다시마를 우려낸 물에 고추장을 풀고 고춧가루를 조금 집어넣는다. 설탕을 조금 넣자 빨갛고 달큰한 국물이 졸아든다. 남편 몫으로 조금 남기고 통깨를 뿌려 우선 퍼먹는다. 제가 했지만 맛있다. 어디 가서 떡볶이 장사나 할까? 가게 세가 만만치 않을 것이다.

떡볶이로 배가 차오르자 영선은 전화기를 잡아끈다. 우선 봉규에게 전화를 한다. 봉규는 아버지가 물려준 고향집에서 가게를 하고 있다. 봉규의 아내는 어질다. 그래서 전화를 자주 하게 된다.

"어, 봉규냐? 별일 없지?"

"응, 별일 없어. 애들 키우느라 허리가 휘는데, 그래도 애들이 귀여우니까."

"애들 엄마는?"

"애들 씻기고 있어. 밖에 나가 놀기 시작하니까 집에 오면 먼지투성이야." 미진 아빠, 애들 엄마 목소리가 섞여 든다. 이리 와서 나 좀 도와줘요.

"응, 알았어. 누나, 나 잠깐만. 애가 둘이니 혼자 씻기기 그런가 봐. 자꾸 도와 달라고 하네. 하고 와서 내가 전화할게."

"그래, 난 이따 나갈 거니까 바로 전화해라."

"알았어. 누나 여태 마트 나가는 거야?"

"응, 조금이라도 벌어야지. 집에 있으면 뭐하겠니?"

"알았어. 몇 시에 나가? 11시? 좀 있다가 전화할게."

전화기에서 들려오던 봉규의 목소리가 사라진다. 영선은 후다닥 설거지를 해치운다. 떡볶이 볶은 프라이팬만 닦아 놓고, 얼른 세수하고 화장대 앞에 앉는다. 10시가 넘은 시각이다. 사람을 만나야 하니 화장이라도 해야 한다.

◇

"글쎄, 임용고사는 나도 해 본 적이 없어서…….'

나영은 말끝을 흐렸다. 나영은 임용고사를 치른 게 아니라 친척의 도움으로 사립학교에 있었다. 결혼해서 서울로 올라오며 자리를 알아보다가 쉽지 않은지 그만두었다.

"나영아, 그 사람이 알고 싶은 건 임용고사가 얼마나 어려운가 하는 것도 있지만 학교의 분위기가 어떤가 하는 거지. 학교에서 이혼녀도 교사로 받아 주니? 혹시 네가 다니던 학교에 그런 여선생 있었니?"

아는 사람이 이혼하려 한다. 그런데 혼자 살려면 직업이 있어야 할 텐데 그나마 갖고 있는 거라고는 교직 과목을 이수해 얻은 교사자격증뿐이란다. 지선은 남의 이야기처럼 물었다. 미리 말해서 걱정하게 할 필요는 없다. 나영에게 걱정을 끼치고 싶지 않다는 표면상의 이유 밑에 웅크린 건, 별일 없이 잘 사는 나영과 민기 부부에게 삐걱거리는 자신을 보여 주고 싶지 않다는 마음이었다.

진오와의 결혼, 그 선택이 잘못되었음을 깨달은 이후, 지선은 이따금 생각했다. 무엇이 나를 여기로 오게 했을까. 부질 없는 짓임을 알면서도, 생각이 그리로 치닫기 시작하면 고삐를 죌 수 없었다. 무수한 갈림길마다 방향을 틀어 이리로 왔는데, 혹 그중의 한 갈림길에서 다른 선택을 했더라면 지금쯤 어디에 가 있을까. 그렇게 생각이 치달을 때면 이따금 민기의 웃음소리가 귓전에 울렸다. 다른 사람도 아닌 나영과 결혼해 잘 살고 있는 민기가 이런 제 마음을 알면 얼마나 어이없을까, 아니, 무서울 거야 하면서 혼자 웃기도 했다. 절 마당의 비질 자국처럼 쓸쓸한 웃음이었다. 못다한 아쉬움 때문일 거야. 막상 민기와 함께했더라면 지금쯤 내 마음이 먼저 떴을지도 모르지. 신 포도라며 돌아서는 여우처럼 그렇게 굴었다.

"글쎄다, 지리 선생? 자기 말로는 주말부부라고 했는데, 가정 선생 말로는 주말에도 혼자 지내는 걸 보니 아무래도 별거 중인 것 같다더라고. 그래도 모르지. 아, 생각났다. 윤리 선생님이 이혼했다고 했어. 잘은 모르지만, 여자가 도박인가 해서 남편 몰래 빚을 많이 졌대. 그 선생님 월급 일부 차압당하면서 빚 갚는 중이었는데 부인이 그 와중에도 또 도박에 손을 댔대.

도박은 정말 마약 같은 건가 봐. 결국 이혼했대.”

남자니까 또 입장이 달랐을 것이다. 게다가 누가 봐도 타당한 명분이었을 테니. 그런 생각을 하면서 지선은 들었다. 나영이 저렇게 쫓기듯 말하는 건 뭔가 딴생각을 하고 있다는 뜻일 것이다. 아니나 다를까, 나영이 조심스럽게 묻는다.

“그런데 왜? 누가 그럴 거래? 임용고사도 쉽진 않겠지만 그보다도 여자가 이혼하고 살기는 더 힘들 텐데……. 무슨 일인지는 모르지만, 웬만하면 참고 살지.”

“웬만하지 않은가 보지, 뭐. 넌 어떠니? 여전히 잘 지내지?”

“나야 특별히 힘든 건 없지만, 그래도 늘 속 편한 것만도 아니지, 뭐. 우리 딸이 커서 남자 데리고 왔는데 그 남자가 효자다, 이러면 난 무조건 뜯어말릴 거야. 효자 아들 마누라 노릇, 쉽지 않더라. 돈 좀 모일 만하면 시댁에서 기다렸다는 듯이 일이 터지네. 지난번에도 시어머니가 길턱에 걸려 넘어지셨는데 그만 엉덩이뼈가 부러지셨대. 그래서 수술 받으셨어.”

“아직 연세가 그 정도는 안 되어 보이셨는데? 니 신랑이 맏이 아니었니?”

“왜 아냐, 그런데 워낙 고생하시고 잘 못 드셔서 그런지, 의사 말로는 어머니 뼈가 팔순 넘은 할머니 뼈만큼이나 구멍이 숭숭이래. 병원에 오래 계셨어. 지금 같으면 나도 그냥 주말부부로라도 학교에 남을 걸 그랬다 싶다니까. 서울 학교 알아보던 거, 힘들어도 계속 알아봤어야 했는데. 그땐 내가 눈에 콩깍지가 씌어도 단단히 씌었나 봐. 그냥 비리비리한 민기 씨 잘 챙겨 먹이고 싶어서 앞뒤 안 가렸으니까. 그랬더니 요샌 나 때문에 자기 몸무게 늘었다고 나한테 덮어씌우기까지 해요. 저만 늘었나, 나도 늘었지. 가끔 옷장 열어서 전에 입던 옷 보면 한숨 나와. 이제 어디 가면 그야말로 아줌마 소리 듣는다."

"너야말로, 이제라도 임용고사 준비하면 어떠니? 너야 가르치던 가락도 있으니 남보단 쉽지 않을까 싶은데."

"나도 돈이 안 모이니까 그 생각은 해 봤는데, 그게 생각만큼 쉽지가 않아. 혹이 하나 생기니까 맘대로 할 수 있는 게 별로 없네. 분명히 애는 하나인데, 가끔은 애가 분신술 쓰는 거 아닌가 싶다니까. 몇 사람 몫은 하는 것 같아. 잘 때 보면 천사가 따로 없는데, 일단 눈뜨고 제 마음에 안 드는 게 있다 싶으면 정신 놓게 만들어요. 극성스러운 거 보니까 아무래도 제 아빠 닮았나 봐."

"하긴, 민기 씨가 워낙 활동적이긴 했지."

"너야말로, 뭐든 하고 싶으면 아기 없을 때 해. 일단 아기 생기면 내 인생은 저기 저 멀리로 달아나니까. 너 같은 약골은 아기 낳고 나면 오히려 튼튼해지는 경우도 많다는데. 그나저나 어른들 걱정 안 하시니? 한번 실패하고도 바로 들어서기도 하던데……."

"나야 뭐. 이 남자 욕심이 하늘을 찌르잖니. 자기 원하는 만큼 자리 잡기 전까지는 아이 없는 거 크게 아쉬워하는 것 같지 않아. 그건 다행이지."

그리고 효자 아내가 낫다고 생각하는 사람도 있단다,라는 말은 삼켰다. 제 부모 앞에서 소작료 거두러 온 마름처럼 구는 진오를 보는 것도, 자식 눈치 보는 시부모를 보는 것도 마음이 편치는 않았다. 하지만 그 입장이 아니고서는 알 수 없는 것들이 있으니, 나영의 입장도 편치 않기는 마찬가지일 터였다.

"그래도 네가 적적할 텐데. 그리고 조금이라도 젊을 때 낳는 게 좋다고도 하고. 하긴 이제 서른이 코앞이니 젊다는 말 할 시간도 얼마 안 남았다, 얘."

"그렇긴 하지?"

"우리 예쁜 혹, 일어나신 거 같다. 눈뜨고 내 모습 안 보이면 애타게 찾으셔. 우리 엄만 애가 조금만 크면 내가 놀아 달라고 해도 안 놀아 줄 거라 하시는데, 그때 기다리다 주름 생기겠다."

칭얼거리는 소리가 들리더니 이내 울음이 터진다. 지선이 허둥거린다.

"그래, 건강 잘 챙겨. 안녕."

"너도! 담에 통화하자."

친정에선 지선이 아이 없는 거 빼고는 무탈하게 지내는 걸로 알고 있었다. 지선의 불화를 유일하게 목격한 수민이 돌아간 뒤, 한동안 지선은 경선이 전화할 때마다 가슴이 내려앉았다.

경선이 전화를 걸어 내일 수민을 데리러 오겠다고 했을 때, 지선은 안도의 한숨을 쉬었다. 수민이 없었더라면, 진오를 향한 마음에 지른 빗장을 스스로 잡아 빼지는 않았을 것이다. 지선은 진오가 술김에 실수한 거고, 그걸 너그럽게 넘긴 아내의 가면을 썼다. 마음속 담장에 두른 가시철망이 그저 길과 집의 영역 구분을 위해 아이도 쉽게 넘을 수 있는 낮은 목책뿐이라는 듯이. 가면을 쓰는 일은 힘겨웠지만 그게 그나마 수민을 보호할 수 있는 길이었다.

"수민아, 엄마가 내일 너 데리러 오신대. 뭐 먹고 싶은 거 있으면 말해 봐."

"괜찮아. 이모가 맛있는 거 많이 해 줬잖아."

수민은 의젓하게 대답했다. 그러는 수민을 보면, 수민의 안에 허연 머리로 바둑판을 앞에 둔 노인이 들어 있는 것처럼 느껴졌다.

"그래도……, 이제 한동안 수민이 보기 어려울 거라 이모가 뭐라도 해 주고 싶어서 그래. 그럼 피자 해 줄까?"

"그래, 이모. 나 피자 좋아해!"

수민은 짐짓 박수까지 쳤다. 양파는 칼날 밑에서 다져지다 말고 자주 튀어나갔다. 지선의 마음도 들쑥날쑥 튀었다.

구워진 피자를 식탁으로 옮기면서도 갈피를 잡지 못했다. 수민에게 이 집에서 있었던 일을 말하지 말아 달라고 해야 하나, 말아야 하나. 진오는 어쩌다 만나는 장인장모 앞에서는 적당히 예의 바른 사람이었다. 어째 사내답지 못하고 피죽도 못 먹은 것 같아 보인다던 평가는 '겉보기와 달리 남자답다'로 바뀌었다. 부부싸움이야 어느 집에서나 있는 일이지만, 하필 수민이 있는 데서 그랬다는 건 예사롭지 않게 받아들여질 수 있었다.

"수민아."

용기를 내어 입을 떼었다. 수민이 입가에 묻은 치즈 기름기를 혀로 핥고 대답했다.

"왜, 이모?"

그 맑간 눈을 보자 말문이 막혔다. 엄마에게 말하지 말아 달라고 부탁하면, 영민한 아이가 입 밖에 내지 못한 생각은 아이의 가슴에 납덩이의 무게로 얹힐 것이었다. 아이들이 얼마나 많은 걸 보고 느끼는지, 어른들의 눈이 보지 못하는 것까지 한순간에 알아차리고 그걸 가슴에 담아 두는지 지선은 잊지 않았다. 나오려던 말을 꿀꺽 삼키고 다른 말을 했다.

"피자 맛있어?"

"응, 이건 비밀인데, 엄마가 해 주는 것보다 훨씬 맛있어. 이모가 서울 와서 피자집 차리면 좋겠다. 그럼 날마다 공짜 피자

먹을 텐데."

"이모가 공짜로 줄 것 같니?"

수민은 설마, 하는 눈으로 바라보았다. 반짝이는 눈이 구슬 같았다. 오래전, 이모네 집에서 보낸 시간이 떠올랐다. 이모가 이런 심정이었겠구나. 사는 일이 너무 적막하고 막막해서 어린 조카를 데리고 장난친 거구나. 20여 년 뒤에야 깨닫다니. 그때 이모네 집에서 누렸던 평화는 먼지 안 묻게, 예쁜 보자기에 싸 두고 싶은 기억이었다. 어쩌면 수민도 20년쯤 뒤에 오늘을 떠올리게 될지 몰랐다. 그래도, 그 기억엔 먼지처럼, 오점처럼, 그날 밤의 소란이 묻어 있을 것이다. 평화로운 기억만 주고 싶었는데, 목이 메었다.

"농담이야. 이모가 피자집 내면 수민인 날마다 피자 한 판씩 먹어도 돼. 근데 그렇게 먹으면 살도 찌고 건강에도 안 좋을 텐데?"

"살 쪄도 좋아. 난 피자가 정말 맛있어. 이모…… 정말 서울로 와서 피자집 하면 안 돼?"

수민의 작은 눈이 얼핏 어두워졌다. 아이다운 예민함으로, 수민은 지선의 마음에 인 균열을 알아차린 것 같았다. 이모부는 어떡하고? 차마 그 말을 꺼낼 수 없어서 지선은 웃으며 얼버무렸다. 수민이가 그렇게 좋다면 생각해 볼게. 그 대신 아직 아무에게도 말하면 안 돼? 이모가 피자집 낼 정도로 실력을 쌓은 뒤에.

경선이 득달같이 전화하지 않은 걸 보면, 수민이는 이모집에서의 일을 이야기하지 않은 듯했다. 아이답지 않은 수민의 속 깊음이 대견하다기보다는 안쓰러웠다. 수민은 벌써, 제 엄마에게 하고 싶은 말을 다 못하는 것이다.

◇

쿵쿵, 벽을 치는 소리가 들렸다. 지선은 밖으로 나갈 수 없었다. 땡땡, 세게 친 종처럼 마구 벌렁거리는 심장. 그냥 움직였다간 종끈이 떨어지듯 그대로 심장이 떨어져 나갈 것만 같았다. 손으로 가슴을 토닥였다. 아기를 재우는 엄마들처럼 토닥토닥…… 쾅, 문이 닫혔다. 한참 지난 뒤에 숨을 깊이 내쉬고 벽장 문을 조심스럽게 열었다. 벗어 놓은 옷가지처럼 벽에 기댄 채 허물어져 있던 엄마가 눈을 크게 떴다. 지선아, 너……. 엄마는 말끝을 흐렸다. 어쩐지 엄마를 바로 볼 수 없었다. 그래도, 엄마의 얼굴에 눈물 자국이 없다는 건 알 수 있었다. 머리카락이 마구 헝클어졌을 뿐. 지선은 엄마처럼 벽에 기대고 앉았다. 방바닥을 바라보는 엄마의 어깨에 고개를 기댔다. 지선의 손을 쥔 엄마의 손에서, 버들피리를 불 때의 떨림 같은 파들거림이 느껴졌다. 제 가슴을 다독이듯, 엄마의 손

317

도 다독이고 싶어서 맞잡은 손에 힘을 꼭 쥐었다. 시곗바늘 돌아가는 소리가 그렇게 크다는 걸 처음 알았다. 째각, 째각, 째각.

시간이 얼마나 흘렀을까. 아랫배가 빵빵하게 부풀었다. 벽장 속에서부터 오줌이 마려웠는데, 어쩐지 움직일 수가 없었다. 더 있으면 쌀 것 같았다. 엄마, 나 오줌 누고 올게. 어쩐지 그냥 일어날 수가 없어서 엄마에게 말했다. 엄마는 힘없이 고개를 끄덕였다. 지선은 다리를 꼬며 방문으로 다가가 문을 열었다. 문은 열리지 않았다. 뭐가 걸렸나 싶어서 다시 밀었다. 문은 끄덕도 하지 않았다. 엄마, 문이 안 열려. 지선은 다리를 꼬며 울상이 되어 말했다. 그 말이 주술을 푼 것처럼, 팔 하나 들어올리지 못할 것 같던 엄마가 몸을 일으켰다. 엄마의 힘으로도 문은 안 열렸다.

창 밖으로 구름이 지나가며 엄마의 하늘에 뜬 해를 가렸다. 공기놀이를 하다가 문득 땅이 어두워지는 순간, 그때 고개를 들어 보면 구름이 지나며 해를 가리고 있었다. 엄마는 숨을 몰아쉬고 방을 둘러보았다. 쓰레기통은 마루에 있었다. 아랫배에 힘을 주다 못해 무릎까지 구부린 지선을 본 엄마는 창문을 열었다. 창엔 마름모꼴 모양의 철망이 쳐져 있었다. 엄마는 지선의 바지를 벗기더니 담쑥 안았다. 그 바람에 질금 오줌을 지렸다. 창문턱에 발이 닿자마자, 참고 참았던 오줌이 쐐애 쏟아졌다. 워낙 오래 참아선지, 한참 누고 나서도 질금질금 흘러나온 오줌은 창턱을 적셨다. 마침내 오줌보를 다 비우자 부르르, 진저리가 쳐졌다.

다 눴냐? 시원하겠다. 바지를 올려 주고, 다시 지선을 안아서 방바닥에 내려놓는 엄마의 얼굴에 아주 흐릿한 웃음이 떠올랐다. 밖에서 열어 주기 전에는 나갈 엄두를 낼 수 없는 그 웃음은, 아궁이의 잿더미 속에 겨우 살아남은, 곧 스러질 불씨 같았다. 엄마는 그제야 생각난 듯, 수은이 조금 벗겨져 얼룩거리는 거울을 보면서 흐트러진 머리를 손으로 쓰다듬어 가라앉혔다. 오빠들은 왜 학교에서 안 오는 걸까. 오빠든 언니든 어서 와야, 아버지가 잠근 문을 열 텐데.

언니들에겐 그런 기억이 없는 걸까. 그래서 그렇게 잊고 있는 걸까. 맞을 만한 짓을 했으니 맞는 거라고, 정말 그렇게 생각하는 걸까. 칼질하는 손길에 힘이 들어간다. 종말 앞둔 지구에서 사과나무 묘목을 챙기듯, 지선은 저녁상을 준비한다. 가리라, 곧 가리라 다짐하면서. 또 다른 해가 있는 곳, 크든 작든 저마다 나름대로 해여서, 서로에게 그늘을 드리우지 않는 곳으로. 이미 깃든 그늘을 걷어 내며.

작가의 말

『사소한 그늘』을 쓰는 동안 형제자매들의 시선으로 그들을 바라보게 되었다. 특히 셋째 오빠, 큰언니와 둘째 언니, 그리고 돌아가신 아버지의 고독을 들여다보았다. 경기를 하는 나를 방치했더라면 뇌성마비에 이를 수도 있었는데, 내가 글쓰는 사람이 된 것도 아버지의 은덕이 있어서였다. 그 모든 걸 알게 된 것은 이 소설을 다시 손보면서였다.

『사소한 그늘』은 오래전에 연재했던 소설이다. 연재를 마친 뒤 에콰도르에서 머물 때 나름대로 손을 보다가, 지난해 연말에 문득 마일리지로 비행기표를 끊어서 한국에 돌아온 뒤에 본격적으로 들여다보기 시작했다.

에콰도르, 살기는 좋았지만 한국에서 오는 우편물이 그냥 되돌아가는 바람에 보내 주신 분들께 죄송한 마음에 돌아왔다. 살짝 분노도 섞였다. '대체 이 나라 우편 시스템은……' 싶었던 것이다. 결국 영주권도 포기하고 돌아와서 소설에 집중했다.

지금 한국에 있을 수 있다는 게 얼마나 감사한 일인가. 에콰도르에서도 재미있는 일들이 많았지만, 거기 그대로 있었더라면 어땠을까. 나의 언니는 '에콰도르 우체국에 감사하라'고 했다.

한국에 돌아와서 먹고 싶던 홍시도 마음껏 먹고, 친구가 담가 보내 준 김치와 씨 없는 감귤도 먹으면서, 언니의 말이 정말 정곡을 찔렀다는 걸 깨닫는다. 에콰도르에 있을 때 먹었던 야생 블루베리가 가끔 생각난다. 그 나라, 채소며 과일은 한국에 비해 저렴했다. 피곤해서 눈이 잘 안 보일 때, 장날마다 나가서 야생 블루베리를 사다가 먹곤 했다. 그걸 먹고 나서 눈이 개운해지고 아직 책을 읽을 수 있다는 것만으로도 감사하다.

민음사와 부족한 원고를 꼼꼼히 교정 보아 주신 김세영 편집자, 추천 글을 써준 후배 김혜진, 그리고 만난 적 없으나 마음으로 가까이 느껴지는 분들에게 감사드린다. 코로나 팬데믹이 멀리 떨어진 사람과도 무관하지 않다는 진리를 다시금 깨우쳐 주었다.

이제 이 책을 털고 다시 다른 책에 집중할 때다.

2021년 1월

이혜경 드림

사소한 그늘

1판 1쇄 찍음 2021년 3월 12일
1판 1쇄 펴냄 2021년 3월 26일

지은이 이혜경
발행인 박근섭, 박상준
펴낸곳 ㈜민음사

출판등록 1966. 5. 19. 제16-490호
주소 서울특별시 강남구 도산대로1길 62(신사동)
강남출판문화센터 5층 (우편번호 06027)
대표전화 02-515-2000 | 팩시밀리 02-515-2007
홈페이지 www.minumsa.com

ⓒ 이혜경, 2021. Printed in Seoul, Korea

ISBN 978-89-374-1377-3 03810